अनुगूँज

अनुगूँज

गीतांजलि श्री

राजकमल प्रकाशन

ISBN : 978-81-267-1127-7

मूल्य : ₹395

पहला संस्करण : 1991
तीसरा संस्करण : 2022

प्रकाशक : राजकमल प्रकाशन प्रा. लि.
1-बी, नेताजी सुभाष मार्ग, दरियागंज
नई दिल्ली-110 002

शाखाएँ : अशोक राजपथ, साइंस कॉलेज के सामने, पटना-800 006
पहली मंजिल, दरबारी बिल्डिंग, महात्मा गांधी मार्ग, प्रयागराज-211 001
36 ए, शेक्सपियर सरणी, कोलकाता-700 017

वेबसाइट : www.rajkamalprakashan.com
ई-मेल : info@rajkamalprakashan.com

मुद्रक : बी.के. ऑफसेट
नवीन शाहदरा, दिल्ली-110 032

ANUGOONJ
Stories by Geetanjali Shree

मेरी माँ
श्री को

क्रम

प्राइवेट लाइफ़

बाहर संसार का बेकार शोर उठ रहा था और बन्द खिड़की की दरारों से कमरे में दाख़िल हो रहा था। उसने चाहा कि वह खिड़की खोल दे, पर फिर बन्द छोड़ देना ही बेहतर समझा।

उन्होंने वे चप्पलें उसके मुँह पर दे मारीं और पागलों की तरह चीखे, "बताओ यह कहाँ से आईं ?"

चाची सिसक-सिसककर रो रही थीं।

उसके मन में छाए घने सियापे को कुछ बेध नहीं पा रहा था।

"यह क्यों बताएगी ? मैं अभी रस्तोगी को बुलाता हूँ। वह बताएँगे। यहीं, इसके सामने। तब देखते हैं यह कैसे घूरती है।"

रस्तोगी मकान-मालिक थे। पाँच महीनों से अन्दर ही अन्दर भरते चले गए थे। अब जब मौका मिला तो टूटे बाँध की तरह फट पड़े।

पाँच महीने वह भी छिपा गई थी कि उसने यह बरसाती ले ली है और होस्टल छोड़ दिया है। तनख़्वाह का एक चौथाई से कुछ अधिक किराए में लुट जाता था, पर उसे वह मंज़ूर था। अपने घर की तमन्ना बहुत तीव्र हो चुकी थी, जिसे वह अपनी पसन्द से सजा सके, जहाँ वह अपने दोस्तों को बुला सके...एक भरी-पूरी ज़िन्दगी जिए। बरसाती के कण-कण पर उसने अपने व्यक्तित्व की छाप लगाई थी। ख़ुद डिज़ाइन किए केन फर्नीचर से सुसज्जित किया था। छत पर 'बौन साई' के पेड़ एकत्र किए थे। रसोई में लकड़ी के बर्तन भर दिए थे। गैस, सैकेंड-हैंड फ्रिज, म्यूज़िक सिस्टम, सबके लिए जगह बना ली थी। दोस्तों का आना-जाना चल निकला था।

उसे मालूम था, उन्हें भी, चाची को भी, यह कभी गवारा नहीं होगा कि वह अकेली घर बनाकर रहे। ऐसे ही उनके मन में सैकड़ों मलाल थे। वह उसे नौकरी करने से नहीं रोक पाए थे। शादी के लिए उसे किसी तरह राज़ी नहीं करा पाए थे। पहाड़ की तरह उसकी उम्र हो रही थी, पर वह उसे 'इज़्ज़त' से बसर करने को तैयार नहीं कर पाए थे। वह उनके लिए खटकता काँटा बन गई थी।

एक सीमा तक वह बदलते ज़माने के साथ चलने में ऐतराज़ नहीं करते थे। उसकी सखियों में एक मुसलमान भी थी—उन्होंने कभी कुछ नहीं कहा। पर हर बात की हद होती है। वह तो जैसे कहीं भी रुकने को तैयार नहीं थी। कितनी भी उसकी रस्सी ढीली छोड़ो, वह खूँटे से और दूर होना चाहती थी।

और आज तो जैसे उसने रस्सी ही तोड़ दी थी। उनके विश्वास को गहरी ठेस पहुँचाई थी। एक बरसाती में...अकेली...बिना बताए पाँच महीने से रह रही थी। और...और...वह आदमी...ये चप्पलें...।

दुख से वे तिलमिला उठे, "अड्डा चलाए और हम चुपचाप देखें !"

वह चुप रही। क्या उसने कोई नासमझी की थी जो .खुद ही चाची को अपनी बरसाती के बारे में बता दिया था ? पर अपना नाम-पता छिपाकर भी जिया जाता है क्या ? वह भी अपने ही घरवालों से ? फिर छिपाए क्यों ? उसका भी तो हक है जीने का। ज़िन्दगी को समझने का। यह कैसे हो सकता है कि जीने को गुनाह मान, .खुद को गुनहगार समझ सबसे कतराती फिरे ?

पर उन्हें यह सब बेबुनियाद बक़वास लगी थी—"आग में हाथ डालकर आग को नहीं पहचाना जाता।"

उसने भी जोश में जवाब दे दिया था, "गाड़ी के नीचे न आ जाएँ, इस डर से सड़क पर ही न निकलें, यह कहीं की बुद्धिमानी नहीं है।"

वे बिलबिला उठे थे, "किस कदर ढीठ होती जा रही है। कोई इससे कुछ न कहे, बस इसे आज़ाद छोड़ दे और यह जो चाहे करती रहे..."

वे चुप ही नहीं हो पाए थे, "अलग, अकेले रहने की क्या ज़रूरत पड़ गई ? होस्टल में कौन-सी कमी है ? हर सहूलियत है, इज़्ज़त है, सुरक्षा है, कोई देखनेवाला है..."

यही तो वह कह रही थी। किसी देखनेवाले की ज़रूरत नहीं है। उसकी दिनचर्या तय करनेवाला कोई और नहीं होगा।

वे ज्वालामुखी की तरह फूट पड़े थे, "यह ज़रूरी होता है। हमारे समाज में लड़की हमेशा किसी की निगरानी में रहती है। पहले बाप, फिर पति, फिर बेटा उसकी देख-भाल करता है।"

"पर मैं अपनी देख-रेख .खुद करूँगी।" उसे लगा, कैसी ज़िल्लत है जो ऐसी बात को शब्द देने पड़ रहे हैं। जैसे कहना पड़े—मुझे रातों को सोने का इख़्तियार है।

"तुम कितनी अच्छी तरह करोगी वह तो मैं देख रहा हूँ।" वे उफ़नते ही चले गए, "ख़ानदान की आबरू से खिलवाड़ कर रही हो।...हमारे समाज में

लड़की बहुत बड़ी हस्ती होती है...देवी होती है। उसकी इ़ज़्ज़त हल्की-फुलकी नहीं होती।...बहुत सँभलकर चलना होता है। हर कदम फूँककर रखना पड़ता है।...लड़की के पलक झपकने का भी मतलब लगाया जाता है।...इ़ज़्ज़त सबसे मूल्यवान वस्तु है...।''

हाँ, उसे मालूम था वह कम बोलना और कम नज़र आना, जो लड़की की इ़ज़्ज़त बनाता है। उसके बचपन में वे, उसे भी और माँ को भी, निरन्तर सुनाते थे—'ऐसे रहो कि किसी को पता न चले कि घर में कोई है।'

उसने कहना शुरू किया, ''जिसे आप इ़ज़्ज़त समझते हैं, उसे मैं अपनी सबसे बड़ी बेइ़ज़्ज़ती मानती हूँ।''

''बकवास मत करो,'' वे चीख उठे, ''बेवकूफ़ हो...समझती नहीं...।''

उसने उनके काँपते हाथों को देखा। उनके बूढ़े तमतमाते चेहरे को देखा। उनकी आँखों में कट्टरपन की लौ देखी।

उसकी सारी बातें उन्हें बनावटी लग रही होंगी। बड़ी-बड़ी किताबों से रटी हुई।

उसने शान्त स्वर में कहा, ''मैं अपने ढंग से जीना ठीक समझती हूँ। आप समझ सकते हैं तो यहाँ रहिए। ज़बर्दस्ती तो मैं समझा नहीं सकती। मैंने तो यही चाहा था कि आप भी मेरे जीवन में शरीक हों।...पर मेरी बेइ़ज़्ज़ती करने के लिए नहीं...मेरे व्यक्तित्व की...मेरी प्राइवेट लाइफ़ की...आपको कद्र करनी ही पड़ेगी। आपको अच्छा नहीं लगता तो चले जाइए...।''

उनके बदन में सनसनी फैल गई। ''यह मजाल...?'' उन्होंने लपककर उसकी बाँह जकड़ ली।

उसने झटके से अपना हाथ छुड़ा लिया। 'डुप्लीकेट' चाभी उठाकर वह दरवाज़े की तरफ़ मुड़ गई। जाते-जाते बोली, ''देखिए, है तो यह मेरा ही घर। आप अच्छे-से रह सकते हैं तो ठीक है। तोड़-फोड़ मचाना है तो चले जाइए।'' वह ख़ुद पर जब्त न कर पाई, ''यू कैन गेट आउट।''

कहकर वह चली गई।

वे पागल हाथी की तरह चक्कर काटने लगे। यह कैसे हो सकता है ? अपना खून है। उसे हर हालत में बचाना होगा। आख़िरी दम तक उसके पीछे जाना होगा। उसका दिमाग़ फिर गया है। अपने को, सबको, बरबाद करके रख देगी।

ऐसे ही क्षण की रस्तोगी को तलाश थी—''साहब, हमारे संग चाय पीजिए।''

रस्तोगी बैंक में काम करते थे। उनकी एक पत्नी और चार लड़कियाँ थीं। जैसे-तैसे उन्होंने यह घर बना लिया था और ऊपर के दो कमरे किराए पर उठा

दिए थे। सिगरेट-शराब का बन्दोबस्त इस तरह हो गया था। बीवी-बेटियों की ख़ातिर उन्होंने वह किया जो बिरले करते हैं—अकेली औरत को बरसाती दे दी। उन्हें लगा था वे दिन-भर बैंक में रहते हैं, घर पर सब अकेले होते हैं, किराएदार कोई शान्त महिला होगी तो अच्छा ही रहेगा। यह लड़की पास ही एम्बैसी में ट्रांसलेटर थी, पढ़ी-लिखी थी और भले खानदान की दिखती थी। ठीक ही रहेगी।

पर...

अब उन्हें अपनी भूल का एहसास हो रहा था। उनकी भी मोहल्ले में कोई इज़्ज़त है। सच तो यह है कि इस उम्र पर, भले या बुरे घर की लड़की अकेली हो तो हर समझदार इनसान के मन में प्रश्न उठना चाहिए। रस्तोगी मन ही मन कुढ़ने लगे। किस तरह कुछ करें, सूझ ही नहीं रहा था। यह लड़की है या कुछ और ? छत पर बैठकर आदमियों के संग सिगरेट पीती है। खुलेआम। नए वर्ष पर रस्तोगी को शराब की दुकान पर मिल गई थी। बियर खरीद रही थी। और वह काले चश्मेवाला फिरंगी आए दिन उसके घर में घुसा रहता है। दो रात वहाँ ठहरा भी था। शायद हवाई अड्डे से सीधा आ गया था—उसके सूटकेस पर 'आलीतालिया एवरवेज़' की चिप्पी लगी थी।

"देखिए साहब, आप हमारे बुजुर्ग हैं। आपका सम्मान करता हूँ। पर बुरा न मानिए...लड़कियों का इतना आधुनिक होना...ठीक नहीं...दस तरह की बातें होती हैं..."

"हाँ-हाँ बिलकुल ठीक कह रहे हैं आप। आपकी भी लड़कियाँ हैं..."

"हाँ साहब, इसीलिए बोल रहा हूँ...बुरा न मानिएगा...आप बड़े आदमी हैं...यहाँ...इस घर में बैठकर...सिगरेट पिए..."

सिगरेट...बियर...फ़िरंगी... !

उनके सिर पर जुनून सवार हो गया।

"आप निश्चिन्त रहिए। कुछ महीनों की थी तब से मेरे साथ है...मेरा खून है...मैं देख लूँगा...इन्हीं हाथों से चार टुकड़े कर दूँगा।"

"हमारे यहाँ लड़कियाँ किसी के सामने नहीं आती हैं," उन्होंने उससे चिंघाड़कर कहा था, "किसी को अपना स्पर्श नहीं करने देतीं। बाप तक को नहीं।"

सच कह रहे थे। जब उसने सड़क पार करते वक्त बचपन में उनका हाथ थाम लिया था तब उन्होंने कहा था कि लड़कियों को अपनी माँ का हाथ पकड़ना चाहिए।

उसके मन में यादों का अम्बार फूटा। वह छोटी लड़की जिसको देखकर

उन्होंने गम्भीर आवाज़ में कहा था, "अब तुम बड़ी हो रही हो।"

वह बेइज़्ज़त हो गई थी। वे उस पर आरोप लगा रहे थे। उसे अपने बदन पर शरम आ गई।

तब वह फ्रॉक पहनती थी। उन्होंने एक दिन चाची को डाँट दिया और उसे फ्रॉक के नीचे पैंट पहनवा दी—पूरी टाँगों को ढकती हुई।

शायद उसके व्यक्तित्व ने बढ़ना बन्द कर दिया, जिस दिन उसका बदन बढ़ने लगा।

"हमारे यहाँ नारी का बहुत ऊँचा आदर्श है। उसे अपने आपको सबसे दूर रखना है। बदन को चादर में लपेट के रखना है।"

वह शरम से सिमटती चली गई थी। जितना ही उसका बदन बढ़ा था, उतनी ही वह सिकुड़ गई थी। उसका सारा अस्तित्व उन उभरते गोलों में जाकर समा गया था। उसकी सारी चेतना और उसके जीवन-भर की चेष्टा उन गोलों को छिपाने में लग गई, मानो सारी दुनिया उनकी भूखी है और उसकी सारी जान उनमें समाई हो।

जब शाम ढले गाड़ी एक गाँव के पास पंक्चर हो गई थी तो वह भयभीत हो उठी। उन्होंने ड्राइवर को भेजकर गाँववालों को पहिए की मरम्मत करने के लिए बुलवाया। दबे स्वर में उससे कहा कि चुपचाप पीछे की सीट पर लेट जाओ। वह घबराकर चाची की गोद में दुबक गई थी और चाची ने उसे दोहर से ढँक दिया था। आदमियों की भारी-भारी आवाज़ें उसके कानों में एक असह्य युग तक गूँजती रहीं। फिर ख़ुदा के फ़ज़ल से गाड़ी चल पड़ी थी।

वे भी सोचते होंगे—न जाने क्या कमी रह गई उनके सिखाने में। क्यों यह खब्त सवार हुआ इस पर जो अपने अस्तित्व को अपने बदन से अलग देखने लगी। इतनी आज़ाद-ख़याल हो गई। वे अपने आपको कोसते रहे जो उसे इस नई तालीम का भागीदार बनाया। तभी बड़े-बूढ़े कहते हैं कि लड़की को ज़्यादा पढाना नहीं चाहिए। उस पर कड़ी निगाह रखनी चाहिए।

उन्होंने उसे बहुत अकेला छोड़ा। उन्हें पता ही नहीं चला कि उसके दिमाग़ में क्या आकृतियाँ घर कर रही हैं। एक बार उन्होंने उसे स्कूल की किताब में छिपाकर प्रेमकहानी पढ़ते पकड़ा था। उस पर बिगड़े भी थे—'हमारे यहाँ लड़कियाँ सबकुछ देर से जानती हैं। वे पवित्र होती हैं।'

फिर कभी उन्होंने सीमोन दी बूवुआ की किताब, जो वह पढ़ रही थी, हमेशा के लिए छिपा दी थी। चाची से कहा भी था कि अकेले मत छोड़ा करो, कोई ग़लत चीज़ न सीखने पाए।

उसे वह दिन भी याद आया जब वह छाँटकर मीठे अमरूद लाई थी और बचपने की एक छलाँग लगाकर उनके दफ़्तर में कूद आई थी। तब उन्होंने बहुत ज़ोर से उसे डाँट दिया था, क्योंकि वह तेरह वर्ष की थी और पतली-सी नाइटी पहने अन्दर आ धमकी थी, टाइप बाबू के सामने। तब भी उन्होंने कहा था—'हम किसी को अपना बदन नहीं देखने देते। दूर से नमस्कार करके अन्दर चले जाते हैं।'

उसके सिमटे हुए बचपन ने उसे झुककर चलना सिखा दिया। अपनी ही काया पर शरमाकर सबसे कतराना सिखा दिया। सबकी नज़र के डर ने उसे सन्नाटे में रहना सिखा दिया।

पर वह तो बचपन की बात थी, बौने बचपन की। सन्नाटे में भी न जाने कहाँ से सोच की चिंगारी दबी पड़ी थी। अनजाने में झोंके आते रहे और आग भड़क उठी।

जब उन्हें पता चला, तब तक बहुत देर हो चुकी थी। उसने उनके हर नियम का, हर आदर्श का उल्लंघन कर दिया। वे कहते थे, वह बेशरम हो गई है। वह कहती थी, वह स्वाभिमानी हो गई है। कहती थी, वह एक जिस्म से इनसान बन गई है। वे कहते थे, वह एक इनसान से गन्दा जिस्म बन गई है।

"कोई और शब्द नहीं बचा तुम्हारे लिए। गिर गई हो। नीच...औरत बन चुकी हो। पागल...दुराचारी...अपने इन बूढ़े चाचा-चाची की मौत बन गई हो।"

"जहाँ सब कपड़े पहन के घूमते हैं, वहाँ निर्वस्त्र घूमोगी ?" वे चिल्ला पड़े।

"आप चले जाइए," उसके मुँह से दृढ़ स्वर निकला, "मेरी अपनी राह है। इस उम्र में मुझे अपने हिसाब से जीने का हक है। आपको मेरे ढंग नहीं रुचते तो आप जा सकते हैं।"

उस वक्त वे चले गए थे। पर जाकर वे रोते रहे। चाची को दुत्कारते रहे।

वह भी रोई थी अपनी तीस वर्ष की नाकामी पर। अकेली होकर, समाज में इज़्ज़त न पाने की लाचारी पर। आदमी न होकर, उसकी तरह जीने की चाह की लानत पर।

जीवन का मनचलापन वह कबूल करे, यह हक उसे नहीं था। नई दिशाओं, नई मंज़िलों की तलाश उसके लिए नहीं। और अगर खुली हवा के थपेड़े लग ही गए तो हमदर्दी करनेवाला कोई नहीं। यह कौन मानेगा कि उसका भी जीवन पूछ-पूछकर नहीं आता ?

याद है हर इतवार को बरसातियों के वे इश्तिहार देखना। किसी ने फ़ोन पर मना कर दिया। किसी ने उसके पीछे नज़र फेंकी—'आप...अकेली...माफ़

कीजिए' और किसी ने कानून गिनाने शुरू कर दिए—'रात को कोई आदमी मेहमान न हो...शोर न हो...मिलनेवालों की लिस्ट बना दीजिए।'

फिर रस्तोगी ने, बिना कुछ कहे-सुने उसे बरसाती दे दी। वैसे उनकी बीवी पूरी कोशिश करती कि कुछ जान जाए। कभी सिगरेट-पैकेट देखकर उसकी आँखें फैल जातीं, कभी किसी आदमी की झलक पाकर। और तो और, जैसे ही वह अपनी डाक देखने सीढ़ी से उतरती, वह भी धम्-धम् अपनी डाक जाँचने उतर आती, मानो दरवाज़े की ओट में बस उसी की ताक में बैठी रहती हो।

चिट्ठियाँ उठाते हुए पूछती, "आपके माँ-बाप ने आपकी शादी नहीं की ?"

"मैंने नहीं की।" उसे थोड़ा गुस्सा आता।

सो तो ठीक है, रस्तोगिनी सोचती होंगी। एक-आद ऐसी रह ही जाती हैं। पर फिर यह रंगरलियाँ कैसी, यह सजने-धजने की धुन कैसी, यह मिलने-मिलाने का शौक कैसा ?

हाँ, बात साफ है। या तो लकीर पर चलो और ठस्से से चलो। माँग में सिन्दूर, माथे पर बिंदिया, हाथ में चूड़ियाँ—इतराओ अब...या संन्यास ले लो...।

बस, इज़्ज़तदार औरतों के लिए यही दो रास्ते हैं। इनके अलावा सब रास्ते, तीसरा रास्ता है—कुलटाओं का।

उसकी भी ज़िद हो गई कि दबंग बनूँगी, किसी को फुसलाने की कोशिश नहीं करूँगी। जब अज्जु भइया रहने आए और ख़त की पेटी के पास मकान-मालकिन पूछ बैठीं—'कौन आए हैं ? बड़ी तैयारियाँ हैं' तो उसने 'मेहमान' कहकर मुँह फेर लिया।

इन इज़्ज़त के भूखों की कुढ़न बढ़ती गई।

पर अब खेल का वारा-न्यारा करना उनके बूते का बन चुका था।

रात नौ बजे फिरंगी उसे संगीत-सम्मेलन में ले जाने आया तो रस्तोगी, जो अपने अतिथि के लिए नहीं खड़े होते थे, सरपट-सरपट दौड़े गए कि कहीं मेहमान ऊपर तशरीफ़ ले जाने का इरादा न बदल दे। जीने का दरवाज़ा खोल आए।

ऊपर वे बैठे थे। स्तब्ध।

वह उठी—"मैं देर से लौटूँगी"—और चली गई।

उन्हें मानो लकवा मार गया। सुन्न। कोई पुराना तजुरबा हो तो सूझती कैसे निपटाएँ। पर इस तरह लड़की आँख मिलाकर चल दे...उस...लफ़ंगे के साथ...।

नहीं, चुप नहीं बैठ सकते। किसी हालत में नहीं। वे दाँत पीसकर गुर्राए थे, "बूढ़ा हूँ पर यह न समझो बेकार हूँ...ऐसा सबक सिखाऊँगा कि इस देश में आना

भूल जाएगा...एक हड्डी साबुत नहीं बचेगी... ।''

वे हाथ मलते रह गए।

तब पत्नी के पैरों पर गिरे और उन्हें साथ लेकर फिर आए। अचानक। आधी रात को।

''यह मैं क्या सुन रही हूँ ?'' चाची रोने लगीं।

उसने समझाने की कोशिश की, ''चाची, सबका हक है...सबकी प्राइवेट लाइफ़ है... ।''

''प्राइवेट लाइफ़...!'' उनकी चीख गले में अटकने लगी थी, ''सुनती हो ? अब यह प्राइवेट लाइफ़ चलाएगी...देख रही हो...धन्धा... ।''

और सन्न-से वे चप्पलें उसके कान को रेतती हुई दीवार से टकराकर नीचे गिर गईं।

''किसकी हैं ये चप्पलें ? पूछो...बताओ...रस्तोगी जी, एक मिनट आइए। देखिए हमारी पत्नी—बूढ़ी हैं, लँगड़ी हैं, चल नहीं पातीं—परेशान होकर आई हैं। आप बताइए, क्या होता है यहाँ... ।''

वह ठगी-सी बैठी रही।

रस्तोगी ने उसके नाम आए ख़त सामने रख दिए।

''पूछो इससे...पूछो...इस...''

शायद बेज़ार रातों का ज़िक्र कर दिया हो। या उसकी कमर के तिल को याद किया हो।

उसने देखा, वहीं, उसके सामने, बर्बरता से उसकी अँतड़ियाँ बाहर खींची जा रही थीं।

''आदमी जानवर होता है। भूखा भेड़िया। वह औरत की इज़्ज़त नहीं करता है।...उसे...खाता है... ।''

उसे दिख रहा था, वही, उतना ही, जो उन्हें दिख रहा था... ।

पता नहीं अब भी वे नंगी तस्वीरें देखते हैं कि नहीं। तब उनके तकिए के नीचे, अक्सर, फिरंगी पत्रिकाएँ पड़ी रहती थीं, जिनमें जिस्मों की नुमाइश थी। आदमियों के 'खाने' के लिए... ।

पत्रिका का अगला पन्ना खुल गया, जो हमेशा खुला रहेगा, जो निरन्तर उन्हें दिख रहा होगा।

उस पर वह होगी... ।

उनकी भद्दी निगाह पर उसकी आँखें झुक गईं।

रस्तोगी उठकर चले गए थे। गंजे सिर और खिचड़ी मूँछोंवाले सज्जन ने

अपनी डगमगाती इज़्ज़त मोहल्ले में सँभाल ली थी।

चाची...। चाची तो पैदा ही हुई थी रोते हुए !

वे गुस्से और शर्म से काँप रहे थे।

''हमारी लड़कियाँ पवित्र होती हैं...वे सबकुछ देर से जानती हैं...हमसे कहती है निकल जाओ...हम तुम्हें निकालेंगे...रस्तोगी तुम्हें धक्के मारेगा...।''

उसे लगा, वह तीस साल की बालिग नहीं, एक अधमरी चिड़िया है।

''प्राइवेट लाइफ़...'' वे दहाड़े।

प्राइवेट लाइफ़ ! क्या मतलब ? इनसान की अपनी निजी ज़िन्दगी, जिसमें बहुत से मिले-जुले तत्त्व हैं—शान्ति, काम, अकेलापन, दुकेलापन, दोस्त, रोमांस...।

नहीं, प्राइवेट लाइफ़ का मतलब है...व्यभिचार...!

''इसलिए अकेले रहना था...इसलिए...इसलिए...!''

क्या-क्या करती है वह। जग-भर का हक है कि जाने। किससे कितनी दूरी से बात करती है ? किसे चूमती है ? होंठों पर या उँगलियों पर...

उसे लगा, उसने इज़्ज़त से जीना चाहा था। अपनी दुनिया बनाने की कोशिश की थी।

उसे लगा, अभी, इसी वक्त, एक बलात्कार हुआ है उसकी इंसानियत पर, उसकी बालिग़ अहमियत पर।

बचपन में उसका अस्तित्व उसके जिस्म के एक हिस्से में सारी जान, सारा जुनून लेकर बस गया था। वहीं उसकी इज़्ज़त समा गई थी।

उसे लगा, उसका अस्तित्व उसके जिस्म से फिसलकर ज़मीन पर पड़ा तड़पड़ा रहा है।

बेल-पत्र

सब्ज़ी बाज़ार में फ़ातिमा का पैर 'छप' से किसी गिलगिली चीज़ पर पड़ गया।

"ओफ़्..." घिन के साथ उसने पैर को अलग झटका।

"कुछ नहीं है, रीलैक्स," ओम ने झुककर देखा और दिलासा दिया, "गोबर है बस।"

पता नहीं क्यों फ़ातिमा के अन्दर ऐसा तेज़ गुस्सा फूटा, "देखो, होगा गोबर तुम्हारे लिए पाक। मेरे लिए वह उतना ही घिनौना है जितनी घोड़े की लीद।"

ओम के भीतर तक कुछ हिल गया, "फ़ातिमा पागल हो जाओगी। इस तरह करोगी तो हर इशारे का दो में से एक ही मतलब होगा, हिन्दू या मुसलमान।"

"अब भी सँभल जाओ," ओम कराह उठा, "तुम जिस कीच में फँस रही हो वह अभी नरम है, अभी उसमें से निकल सकती हो। पर फ़ातिमा, समझोगी नहीं तो धँसती जाओगी, और फिर वह पदार्थ ठोस हो जाएगा...तुम उसमें अटक जाओगी, हिल नहीं पाओगी, अकड़ी रह जाओगी...।"

दोनों स्कूटर पर सवार घर लौट आए।

अन्दर शन्नो चाची आई थीं, "यह लो बेटा, शिरडी गई थी, साईं बाबा का परशाद है। बहू, यह धागा बँधवा लो।"

फ़ातिमा ने चुपचाप धागा बँधवा लिया।

उसकी आँखों में अनोखी चमक थी।

उसी शाम उसने अपना सूटकेस खोला। अम्मी ने गुलाबी और हरे गोटेदार साटिन में कुशन और जा-नमाज़ लपेट दी थीं। फ़ातिमा ने खिड़की के नीचे, कमरे के एक तरफ़ वह चीज़ें लगा दीं। नमाज़ पढ़ी और आसन एक कोने से ज़रा-सा मोड़ दिया।

रात को ओम ने अपना हाथ धीरे-से फ़ातिमा के कन्धे पर रखा। फ़ातिमा ने मुँह फेर लिया। ओम ने और नज़दीक खिसककर कहा, "फ़ातिमा, यह क्या कर रही हो ?"

फ़ातिमा घायल जीव की तरह छिटककर अलग हो गई, "मैं कुछ नहीं कर

रही हूँ। उल्टा चोर कोतवाल को...'' वह चीखते-से स्वर में बोली।

अजीब-सी हो रही थी फ़ातिमा, मानो एक बारीक़-सी पर्त के नीचे बस 'हिस्टीरिया' ही 'हिस्टीरिया' दबा पड़ा हो। जब तक चुप्पी ठीक है, पर ज़रा-सी आवाज़ हुई कि पर्त चटकी और चीत्कार बाहर फूटा।

ओम ने उसका हाथ हलके से दबाया, ''प्यारी, मैं क्या कर रहा हूँ ? तुम तो हर बात का मतलब निकालने लगी हो। इतनी जल्दी बुरा मान जाती हो। पहले हम हर तरह की बात पर हँस लेते थे।''

फ़ातिमा के आँसू छलक पड़े, ''पहले की बात मत करो। पहले हम कुछ और ही थे।'' उसने सिसकी के साथ अपना मुँह तकिए में दबा दिया।

ओम ने उसे कस के चिपटा लिया।

''छोड़ दो मुझे, छोड़ दो !'' वह रोती हुई उसकी बाँहों से निकलने को तड़पने लगी।

''नहीं,'' ओम ने बाँहें और कसते हुए कहा, ''नहीं फ़ातिमा, कैसे छोड़ सकता हूँ तुम्हें। प्लीज़...! तुम समझ ही नहीं रहीं...''

समझ तो वह भी नहीं रहा था। उसकी मति मारी गई थी। मुँह फाड़े कोई लहर आई थी और उसे मध्य सागर में, अनजान अँधेरों में गोते खाने पटक गई थी। यह सब क्यों हो रहा है ? यह सब क्या हो रहा है ? उसे कुछ भी समझ नहीं आ रहा था।

सिसकती फ़ातिमा को सीने से लगाए वह मद्धिम चाँदनी में चुपचाप पड़ा रहा। पलंग के बगल में खड़े 'कैबिनेट' पर चाँद इशारा कर रहा था। फ़ातिमा की कॉलेज की तस्वीर धुँधली-सी झलक रही थी। दुबली-सी लड़की, जींस पर कुर्ता लटकाए, कुर्ते पर एक लम्बी चोटी झुलाती, हँसमुख चेहरेवाली, चपल नयनोंवाली। तब फ़ातिमा कितनी शोख हुआ करती थी। और निडर। और बागी। होस्टल लाउंज में ही अपने अब्बा से लड़ पड़ी थी—'समाज...मज़हब...धमकाइए मत मुझे...सारी दुनिया घटिया नियम अख़्तियार करे तो भी वे सही नहीं हो जाएँगे।' दोनों ने मिलकर सबका सामना किया था। जान की धमकी देनेवाले अनाम ख़तों को हिकारत से फाड़कर फेंक दिया था। ओम की नौकरी चली गई। उस पर आरोप लगे कि वह घमंडी है और ऑफ़िस का माल निजी इस्तेमाल में लाता है। मित्रों के संग दोनों हँसे थे, क्योंकि वाकई ओम ऑफिस का कागज़, जब-तब अपने लेख टाइप करने के लिए उठा लाता था। एक के बाद एक बवाल हुआ। शहर-भर में हंगामा फैला। फ़ातिमा को तो उसके अब्बा ने ताले-चाभी में बन्द कर दिया। पर वह खिड़की से कूदकर भाग आई थी और दोनों ने शादी

कर डाली थी।

ओम ने गहरी साँस ली। ऐसा लगा था कि एक डरावने दौर का अन्त हुआ था, एक ख़तरनाक कहानी खत्म हुई थी। पर न जाने कैसे उस कहानी का अन्त एक नई शुरुआत बन गया।

सवेरे आँख खुली तो फ़ातिमा नमाज़ पढ़ रही थी।

''ये क्या ?'' ओम के तन-बदन में आग लग गई। उसने झपटकर जा-नमाज़ खींच ली और फ़ातिमा को घसीटकर खड़ा कर दिया, ''ये क्या कर रही हो ?'' वह दाँत पीसकर बोला, ''अब यही कसर बाकी है ?''

''छोड़ दो मुझे !'' फ़ातिमा की आवाज़ काँप रही थी। उसकी आँखों का दृढ़ संकल्प देखकर ओम थर्रा उठा। फ़ातिमा झटके से वापस जा बैठी।

नाश्ते पर दोनों चुप थे। ओम अपने चेहरे के आगे से अखबार हटाता तो केवल एक और कौर मुँह में डालने के लिए। जब फ़ातिमा ख़ाली प्लेटें उठाने लगी तब उससे नहीं रहा गया।

''रुको।''

फ़ातिमा ठिठक गई, सिर बिना उसकी तरफ़ घुमाए।

''जाओ,'' ओम गुर्राकर बोला, ''जब सुनने से पहले ही तय कर चुकी हो कि सुनोगी नहीं तो क्या फायदा ?''

फ़ातिमा सट्-सट् साड़ी फड़फड़ाती रसोई में घुस गई। वह वाकई कुछ भी सुनने को तैयार नहीं थी। सारा दर्द, सारी कुंठा, उसने अब इसी एक बिन्दु पर न्योछावर करने की कसम खा ली थी—अपनी एक पहचान पर, क्योंकि उसे लग गया था कि कोई उसे पहचानता नहीं है, मानता नहीं है। या तो बस बर्दाश्त करता है या फिर ज़लील करता है। उसे अपनी अस्मिता की खोज हो आई। ठीक है, वह भी दिखा देगी वह क्या है।

ओम का हाथ फिर उसके कन्धे पर था। ''फ़ातिमा !'' उसकी आवाज़ रुँधी-रुँधी थी।

फ़ातिमा तड़प उठी। ओम की कोमलता वह सह नहीं सकती। इसी तरह वह हिलगा देता है। वह उम्मीद और विश्वास में बैठ जाती है कि उसे मंजूर किया जा रहा है। नहीं चाहिए यह नरमी। चीख लो। मार लो। पर...।

''फ़ातिमा, कुछ तो सोचो। तुम समझती क्यों नहीं हो कि क्या कर रही हो ? सारा जग इठलाएगा कि उन्हें तो हमेशा पता था तेल और पानी का मेल कब हो पाया है।...तुम सँभलती क्यों नहीं...? हमने एक-दूसरे से प्यार किया है। धर्म से परे।...तुमने क्यों ठान लिया है कि दुनिया के रचे झूठे भँवर में हम फँस

जाएँ ?...तुली हुई हो हमें हिन्दू-मुसलमान दिखाने में।...फ़ातिमा, तुम जहर को मरहम समझ रही हो। प्लीज फ़ातिमा, प्लीज...। जिसमें से लड़कर निकल आए थे उस गढ़े में गिर जाना चाहती हो ?...हम तो बेइंसाफी से लड़नेवालों के लिए एक ताकत बन गए थे, 'सिंबल', 'सिंबल' ऑफ विक्टरी..."

फ़ातिमा तिलमिला उठी, "हाँ-हाँ 'सिंबल' हैं। बस 'सिंबल' बनके रह गए हैं। मुर्दा 'सिंबल'। और कुछ नहीं रहे। जैसे तिरंगे झंडे पर बना चक्र।...ओम, मैं इनसान हूँ, फरिश्ता नहीं। सुना ? समझे ?...सुन लो ओम, मुझे मेरी दुनिया चाहिए, इनसानोंवाली।...डू यू अंडरस्टैंड...। जिसमें तरह-तरह के रिश्ते हैं, दूर के, करीब के। मुझे चार जिगरी दोस्तों के सहारे नहीं जीना है। ओम...ओम, तुम बेवकूफ हो...ज़िन्दगी एक ज़रा-से 'इंटीमेट' घेरे में नहीं जी जाती। हर पल की यह 'इंटीमेसी'...सब इतने नज़दीक...सब एक-दूसरे के बारे में सब कुछ जानते हुए...। ओम, मेरा दम घुटता है। साँस लेने के लिए थोड़ा दूर होना पड़ता है। मुझे यह चाहिए...यह सब चाहिए...।"

ओम उत्तेजित होकर बोला, 'सब' किसे कह रही हो ? इस तरह क्या तुम 'सब' पा जाओगी ? फ़ातिमा, तुम अपने आपको भी खो दोगी। जिसे 'सब' समझ रही हो वे हैं बेजान सिंबल्स।...तुम डर गई हो...।

फ़ातिमा झटके से वहाँ से चली गई।

वह सच ही बहुत डरने लगी थी। बेकार में ही घबराहट की लहर उसके बदन में सिहर उठती। रातों को नींद खुलती तो वही जानी-पहचानी आवाज़ें—नल से गिरती टप-टप बूँदें, हवा से धीमे-धीमे खड़खड़ाती खिड़की, दूर सड़क पर जाती ट्रक की आवाज़—वह अँधेरे में ही डरकर झाँकने लगती...कौन है, क्या है...?

कभी ख़्वाब देखती—अम्मी के कमरे में दाखिल हुई। अम्मी चुपचाप काम कर रही हैं। कहीं जानेवाली हैं। चेहरे पर भाव शान्त संयमित है; और फ़ातिमा उनसे कहने को तड़प रही है, उनकी सुनने को बिलख रही है। पर अम्मी बात ही नहीं करतीं, पथराई-सी हैं। उनका क्या होगा ? फ़ातिमा डरने लगती, अजीब-सी घुटन उसे डसने लगती, वह टूटती जाती। टूट रही है, चीख रही है। चेहरे की हर बनावट उस चीख में बिगड़ रही है।

अचानक वह जाग जाती। उस चीखते, विकृत चेहरे पर पड़ा यह शान्त, स्थिर, सिलवटरहित सोकर जागा चेहरा...। वह और भी अधिक डर जाती।

फ़ातिमा कुर्सी पर बैठ गई। पस्त। उसकी हिम्मत चूर हो गई थी। अपने किए के नतीजे को नहीं जानना चाहती थी। आदर्श लड़ाई अब बहुत हुई। उसे लग रहा था उसमें सिर उठाने की ताकत नहीं रही। हर पौधे को पनपने के लिए

मिट्टी चाहिए, हवा-पानी चाहिए। वह मुरझाने लगी थी। ओम कहता था, उसे कोई हक नहीं कि हर झोंके पे ज़रा और झुक जाए, इतनी कमज़ोर साबित हो। समाज से लोहा लिया है तो बंजर ज़मीन पर उगना पड़ेगा। नहीं तो पहले ही किसी बेल की तरह कहीं पेड़ या दीवार से क्यों नहीं चिपट गईं ?

बहुत हो गईं ये कोरी बातें। फ़ातिमा का सिर भन्ना उठा। उसे लगा किसी और ज़िन्दगी में वह अपनी इस कमज़ोरी को कोस लेगी। अभी तो बस वह अपनी एक जगह चाहती है, अपनी पहचान माँगती है, अपनों को पाने के लिए तड़प रही है।

किसी ने घंटी बजाई। फ़ातिमा ने नज़र उठाई। शन्नो चाची थीं।

सोमवार था। चाची हर सोमवार आ जाती थीं। अम्मा के नाम पूजा कर जाती थीं।

दो बरस अम्मा मुँह फुला के बैठ गई थीं। पर बेटे से कौन माँ अलग हो पाती है। देखते ही देखते सारी अकड़ चम्पत हो गई और बेटे के घर आना-जाना शुरू हो गया। तभी शन्नो चाची भी आने लगीं।

अम्मा तो फ़ातिमा को जी-जान से प्यार भी करने लगीं।

कभी शन्नो चाची ने आँखें मटकाकर कहा था, "क्यों री, तेरी बहू की आवाज़ तो बड़ी सुरीली है। वरना मैं तो आवाज़ से हिन्दू-मुसलमान बता देती हूँ।"

अम्मा ने फ़ातिमा के गाल पर हाथ फेर के कहा था,–"मेरी बहू किसी कोने से मुसलमान है ही नहीं।"

फ़ातिमा ने पूछ लिया,–"मैं भी तो सुनूँ आवाज़ में क्या रहस्य है ?"

चाची ने हाथ नचाया, "भई मुसलमानिन हमेशा भोंडी आवाज़ ही पाती है। आदमियों-जैसी ! भारी !...वह मालिन नहीं आती है ?"

फ़ातिमा ने तपाक से कह दिया, "आवाज़ तो आवाज़ ठहरी, हिन्दुओं के तो आदमी ही औरतों-जैसे हैं, पिद्दे...से !"

बाद में ओम और फ़ातिमा अपनी मित्रमंडली में इस किस्से पर ठहाके मारके हँसे थे। ओम के पाँच फुट सात इंच के पुरुषत्व की लम्बी खिंचाई की गई थी। फ़ातिमा ने खुद को फ़तेह खाँ फ़नकार कहकर कोई जोशीला गाना सुना दिया था।

आए दिन ऐसे किस्से होते थे जिनको लेकर मित्रों में छेड़छाड़ चलती। सब मिलकर संसार की रीतियों पर ताज्जुब करते। ओम के बाबा कहा करते थे कि राह चलते कभी साँप और मुसलमान मिल जाए तो पहले मुसलमान का खात्मा

करो, फिर साँप का ! ओम तब बनिए और पठान का चुटकुला सुनाता कि बनिया पठान के सीने पर सवार घूँसे पे घूँसे जमाए जा रहा है और फफक-फफककर रो रहा है कि रुके तो कैसे, क्योंकि वह रुका नहीं कि पठान उठकर उसे वह पटकेगा...वह पटकेगा...!

कभी ओम फ़ातिमा को चिढ़ाता, ''इधर आ मुसलटी, देखें तो तेरे बदन से कैसी बू आ रही है, पानी से बैर करनेवाली ?''

फ़ातिमा इतरा के अलग हो जाती, ''जा-जा काफ़िर, दो बूँद छिड़क ले और स्वच्छता का राग अलाप। बड़ा आया, ढोंगी धर्मात्मा कहीं का !''

तब और दोस्त मिल जाते, ''ना-ना भाभी, नहाने की बात तो छोड़। वह तो गनीमत है इतनी गर्मी है कि तुम्हें भी नहाना पड़ता है। पर उसका क्या जो हर मांस खानेवाले जानवर की बू होती है ?''

''हैं ? यह क्या बकवास है ?''

सब हँसते, ''क्यों हमारी गाय महकती है ? कभी नहीं। और शेर ? और मुसलटा ?''

''और घोड़ा ?'' फ़ातिमा ताली पीटकर हँसती।

सब मज़े में झूम उठते। कभी लोगों के दिमाग पर हँसकर, कभी चौंककर। क्या-क्या नहीं प्रचलित कर देते हैं, कुछ भी मान लेते हैं।

पर शन्नो चाची तो शहद से लीपकर व्यंग्य कसती थीं। उन्हें तो 'फ़िट' करना ही था। लेकिन अम्मा कभी ऐसा-वैसा नहीं बोलती थीं। उन्होंने तो बस एक बार बहू बना लिया तो फिर स्नेह ही बरसाया।

फिर अचानक उनका देहान्त हो गया। ओम एकदम टूट गया। अम्मा को याद करके नन्हे-से बच्चे की तरह रो पड़ता। फ़ातिमा भी रोने लगती। अम्मा याद आतीं। फिर अम्मी और अब्बा का ख़याल भी आ जाता। न जाने किस हाल में होंगे। इधर-उधर से कोई उड़ती खबर आ जाती थी। ख़ालूजान के पास गए हैं...नदीम की शादी कर दी...मोतिया का ऑपरेशन हुआ है..., वगैरह। एकदम कट चुकी थी उनसे फ़ातिमा। कभी...कुछ हो गया तो...?

ओम ने अम्मा की तस्वीर फ्रेम करा के टाँग ली। शन्नो चाची ने उसी के बगल के आले पर उनके सबसे प्रिय भगवान—शंकर—का फोटो खड़ा कर दिया। कभी-कभार आतीं तो हाथ जोड़ लेतीं। देखते ही देखते वह कोना एक पूजा-स्थल बन गया। पार्वती और गणेश भी आ गए। सामने पीतल की एक तश्तरी में शिवलिंग, गंगाजल, अगरबत्ती और दीया सज गए।

अम्मा की याद से कुछ ऐसी जुड़ गई थी यह पूजा कि ओम ने कभी उँगली

नहीं उठाई। फ़ातिमा और वह आरती भी ले लेते और शन्नो चाची के कहने पर आले की तरफ़ जूता-चप्पल पहनकर न जाते।

बहुत दिनों तक चाची नहीं आती हैं तो ओम अधीर लगने लगता है, फ़ातिमा को ऐसा वहम था। एक ऐसे ही दिन उसने पूछा, "मैं फूल बदल दूँ ?"

ओम क्षण-भर चुप रहकर बोला था, "ठीक है, अम्मा को अच्छा लगता था।"

फ़ातिमा ने नहाकर चाची की तरह सिर पर पल्लू डाल लिया। केले के पत्ते पर गुड़हल, गुलाब और मोगरा धो लाई और शिवजी के लिए बेल-पत्र। दूध से शिवलिंग को नहलाया, फूल-पत्र चढ़ाए, दीया जलाया। उसके मन से हूक-सी उठी—'अम्मा...अम्मी...अब्बा...!'

अगली बार चाची आईं तो पूछने लगीं, "यह पूजा किसने की ?"

"मैंने।" फ़ातिमा ने बताया।

चाची कुछ बोली नहीं, पर हर सोमवार को आने लगीं।

"क्यों बहू, ओम ऑफिस गया ?"

"हाँ चाची।"

"और तूने वह धागा तो नहीं उतारा ? हाँ उतारना नहीं, तेरी गोद भरेगी।"

"धागे से नहीं चाची, हमारी मर्ज़ी से भरेगी।"

"अरे तो मर्जी तो है ही।" चाची ने पूजा के आले पर से घी उतारा और चढ़ावे के लिए थोड़ा-सा हलुवा बनाया। पूजा की।

किसी जन्माष्टमी में नीचे के आले को साफ करके कृष्ण-झाँकी भी बना गई थीं। तभी फ़ातिमा ने, जैसे अम्मा बनाती थीं, वैसे सिंघाड़े का हलुवा बनाया था। शाम को ओम की तरफ़ बढ़ाया तो उसने पूछा, "क्या शन्नो चाची बना गईं ? तुमने ?...इतना आसान थोड़े है। एक दिन में नहीं आ जाता।"

शन्नो चाची पूजा करके चली गईं। फ़ातिमा भी बैंक के लिए चल पड़ी। फुटपाथ पर लोगों की भरमार थी। फ़ातिमा को लगा, वह सबके रास्ते में आ रही है और सब उस पर मन ही मन भन्ना रहे हैं। अपराध-बोध से वह कभी बाईं ओर झुकती, कभी दाहिने को हटती, और एकाएक रुक जाती...भीड़ को गुजर जाने दो...।

वह भीड़ से बेहद घबराने लगी थी। लोगों से घबराने लगी थी। कभी कोई जाननेवाला दिख जाता तो अव्वल तो वह उसे पहचानती ही नहीं और अगर पहचान लेती तो दुविधा-भरी एक मुस्कान के साथ कतरा के बगल से निकल जाती कि न जाने सामनेवाला उसे पहचान भी रहा है...पहचानना भी चाहता है...?

ओम झल्ला उठता, "कहीं जाते हैं तो बोलने की कोशिश भी नहीं करती हो। लोग समझेंगे खिलजी खानदान का होने का गरूर है, बादशाहत का गुमान पाले हुए हो।"

"तो मत ले जाओ मुझे कहीं।" फ़ातिमा बात निपटा देती।

ओम अक्सर अकेले ही जाता। फ़ातिमा से कह-कहके हार गया कि लोग हर बात का टेढ़ा मतलब ही निकालेंगे और निकालेंगे ज़रूर। उसी दिन की, मनचन्दा बता रहा था, बाला ने कह दिया था—"देखो, नहीं आईं न शहज़ादी। समझ रही होंगी कि बेटे का जन्मदिन तो बहाना है, दुर्गा-पूजा का जमघट होगा असल में। अजी मानो न मानो, मुसलमान होता ही है ज़्यादा मुसलमान। हम तो सिद्दीकी के घर हर ईद पर जाते हैं। जबकि हमें मालूम है वह छुप के गाय काटते हैं।"

लोग कैसा-कैसा बोलकर महफ़िल में रंग लाते हैं, इसका ओम और फ़ातिमा को पुराना तजुरबा था। वह तो शादी की खबर उड़ी-भर थी कि जग-भर अपने-अपने परमेश्वर का दूत बन बैठा और ओम और फ़ातिमा का रक्षक भी।

"अरे भाई चुप कैसे बैठें, एक शरीफ लड़का बरबाद हुआ जा रहा है...वह चंडाल निकाह किए बगैर नहीं माननेवाली...।"

"अमाँ फलाँ-फलाँ की यह जुर्रत ? हमारी लड़की उठाएँगे ? देख लेंगे...।"

और तो और, अम्मा बेचारी की मौत पर भी अफवाहों का बाजार गर्म था—"देखा ना, निकाह किया, बेटे का धर्म लिया, माँ रो-रो के जान दे बैठी...।"

मनचन्दा बता रहा था कि इकहत्तर में तो यह शोहरत थी कि फ़ातिमा के बाप पाकिस्तान के एजेंट हैं। शादी का विरोध तो नाटक है, लड़की को दुश्मनों की मदद की खातिर काफ़िर से ब्याहा है, ओम की कम्पनी, शायद डनलप के तकियों और गद्दों में एफ.बी.आई. की फ़ाइलें सिलती थी !

फ़ातिमा चैक भुनाकर लौट आई।

शाम को ओम जल्दी घर आ गया। "चलो डमरूपार्क चलें।"

वहाँ पहुँचकर दोनों एक घने पेड़ के नीचे, उसके चौड़े तने से टेक लगाए बैठ गए। फ़ातिमा जमीन पर पड़ी एक टहनी से खेलने लगी। अचानक किसी सड़की कुत्ते की, उसी टहनी पर, उसी तने से लग के, एक टाँग उठाके क्रिया करने की तस्वीर बेवजह उसके मन में कौंध गई। उसने चीखकर टहनी गिरा दी।

"क्या हुआ...क्या हुआ ?" ओम भी हड़बड़ा गया।

"व...वो..." फ़ातिमा ने बड़ी-बड़ी आँखें उधर कीं। और फिर खिलखिलाकर हँस पड़ी। सरिता-सी कल-कल करती उन्मुक्त हँसी।

"फ़ातिमा !" ओम ने उसे गले लगा लिया।

हँसते-हँसते फ़ातिमा रो पड़ी।

"ओम, मुझे अच्छा नहीं लगता। बिलकुल अच्छा नहीं लगता।"

"क्या बात है, फ़ातिमा ! मेरी जान, अब तो खुश हो जाओ। सब तो अच्छा हो रहा है। तुम अम्मी के भी पास जाने लगी हो।"

अब्बा का तार आया था। उन्हें अस्पताल में भर्ती कर दिया गया था। सख़्त बीमार थे। फ़ातिमा बदहवास हाल में मैके पहुँची थी। शादी के बाद पहली बार। बहुत रोना-धोना हुआ। अब्बा जान अच्छे हो गए। पर मुहर्रम शुरू हो गया था। फ़ातिमा ने ओम को लिखा–"अब्बा घर लौट आए हैं। अब कोई खतरा नहीं है। पर मुहर्रम शुरू हो गया है। उसके बाद ही आ पाऊँगी। अभी छोड़कर जाना ठीक नहीं लगता।"

मिलते ही दोनों में झगड़ा हो गया। ओम बरस पड़ा, "यह हमारा समझौता था कि धर्म से कोई साबिका नहीं होगा, उसके पचड़ों में बिलकुल नहीं पड़ेंगे।"

फ़ातिमा ने आश्चर्य से कहा था, "तुम तो गज़ब ही करते हो ओम। मुझे धर्म से अभी भी कुछ वास्ता नहीं है। अब्बा बीमार थे। अम्मी का जी हल्का हो पाया। मेरे नौहे पढ़ लेने से उन्हें राहत मिली। बस। मैंने कोई समझौता नहीं तोड़ा।"

"वाह-वाह," ओम ने लाल-पीले होकर ताना कसा, "तुम रोज़ा रखो, मातम करो, और फिर मासूमियत से कहो, क्या ग़लत किया ? फिर क्यों न अम्मी के दिल के सुकून के लिए निकाह भी कर लिया होता ? वही क्या ग़लत होता ?"

फ़ातिमा ने बहुत गहराइयों से ओम की तरफ़ देखा। दो क्षण बाद शान्त स्वर में बोली, "हाँ शायद ग़लत नहीं होता। हमें फ़र्क न पड़ता पर अम्मी और अब्बा को इज़्ज़त मिल जाती, हमसे रिश्ता कायम रखने का ज़रिया मिल जाता। मुझे इस तरह अलग होने को मजबूर नहीं होना पड़ता।...भाई की शादी तक में शरीक नहीं हो पाई।...तुम्हारे...हिन्दुत्व की वजह से।"

ओम सन्नाटे में आ गया, "अरे ! दो दिन उस माहौल में लौटीं और दिमाग फिर गया ? मैंने क्या निकाह से मना किया था ? या किसी भी किस्म की धार्मिक रस्म से ? बोलो। मन्दिर, मस्जिद, गिरजा..."

"खूब रही," फ़ातिमा बीच ही में बोल उठी, "अब मन्दिर और फेरों की बात होगी। मन्दिर पर कौन-सा कलंक लग रहा था ? तुम जानते हो, अच्छी तरह से, जानते हो कि हमारे इस समाज में जो भी जाता है, लड़की का जाता है। लड़का सिर्फ़ लेता है।...तुम्हारे हिन्दू मज़हब की तरह...दूर-दूर तक अपना साया बिछाता

है, अपनी छत्रछाया में दूसरों को पालता है...या डसता है... ।...पर यह तो खूब रही कि अपने फैलाव से बेख़बर हैं और कोई दूसरा ज़रा-सी पनाह माँगे, होने का हक माँगे, थोड़ी जमीन चाहे तो भड़क उट्ठें कि ऐसा है तो फिर हमें भी हिस्सा चाहिए ! उल्लू न बनाओ। तुम्हारा क्या बदला या बिगड़ा ?''

ओम का हाथ उठ गया था, ''अब ऐसी दलीलें दी जाएँगी ? और यह जताओगी कि जैसे मैं तुम्हें उठा के ले आया ? अपनी रज़ामन्दी का ज़िम्मा लेते अब डर लगने लगा है।''

फ़ातिमा रोने लगी। पर बोलती रही, ''रज़ामन्दी ? क्या तुमने कोई रास्ता छोड़ा था ? या तो इस तरह आओ, वरना जाओ, फूटो, मरो। छोड़ना क्या आसान होता है ?''

''फ़ातिमा'', ओम चिल्ला पड़ा था, ''इस तरह हमारे अतीत को मत झुठलाओ, हमारे प्यार को दूषित मत करो।''

डमरूपार्क में दोनों अपने अतीत को असली और नकली गाँठों से उलझाए बैठे रहे।

ओम ने फ़ातिमा को गोद में लिटा लिया, ''अब क्या है ? अब तो तुम हर साल नौहे पढ़ने अपने घर जाती हो।''

फ़ातिमा भर्राई आवाज़ में बोली, ''जाती ही तो हूँ बस। क्या नाता रख पाई हूँ किसी से ? क्या दे पाती हूँ उन्हें ?...ओम, मैंने समाज से लड़ाई की थी, वह मुझे बदनाम करे, मेरा बहिष्कार करे, मैं सब सह सकती थी। पर माँ-बाप से अलग होना...''

ओम विचारमग्न हो गया। माँ-बाप से अलग कौन-सा समाज होता है ? है कोई समाज ?

उसने दृढ़ स्वर में कहा, ''नहीं, फ़ातिमा, हम शिकायत नहीं कर सकते। जगदीश काका को याद करो।''

जगदीश काका फ़ातिमा को अंग्रेजी पढ़ाते थे। वह अकेले बुजुर्ग थे जो उन दोनों की शादी में शरीक हुए थे। शादी से पहले उन्हें नसीहत भी दे चुके थे—''देखो, इस समाज की ताकत को मामूली न समझो। उसके बारे में अपनी नीयत तय कर लो। खूब थू-थू होगी, यह समझ लो। उससे घबराते हो तो सोच लो। दुनिया के आगे चाहे मुस्काता मुखौटा चढ़ा लोगे, अन्दर चूर-चूर होते जाओगे। झेल सकते हो, हिम्मत है, तो आगे बढ़ो, हम सब तुम्हारे साथ हैं। यह नकली भेदभाव तुम बच्चों के मिटाए ही मिटेंगे। पर फिर ठीक से समझ लो, जाने दो जो जाता है...नाम, खानदान...किसी का ग़म न करो।'

"फ़ातिमा," ओम ने उसका सिर अपने दोनों हाथों में ले लिया, "समाज को हरा दिया और अब लड़खड़ा रही हो !"

"तुम्हें क्या," फ़ातिमा ने उसके हाथ हटाकर कहा, "तुम्हारी माँ, तुम्हारे रिश्तेदार, सब तुम्हारे ही रहे। तुम अपने ही रहे।"

ओम ने ज़रा झुँझलाकर कहा, "तुम्हारी अम्मी चाहकर भी तुम्हें न मान पाईं तो यह उनकी कमज़ोरी है, मेरी माँ को क्यों कोस रही हो ?"

फ़ातिमा को बुरा लगने लगा। वह उठकर बैठ गई, "तुम नहीं समझ सकते। लड़के हो...हिन्दू हो।...तुम्हें क्या डर ?"

"ओफ्फो !" ओम ने सिर पकड़ लिया, " अब इस तरह बातें होंगी। जब समाज के घटिया कानूनों से ऊपर उठ गए तो उनकी तुला पर हमें क्योंकर तौलोगी ? लड़का, लड़की, हिन्दू-मुसलमान !"

"कहना आसान है," फ़ातिमा का गुस्सा बढ़ने लगा, "तुम ऊपर उठ गए और अलग हो गए। तुम्हें शुरू से यह छूट थी। पर मुझे तो हर कदम पर समाज के बाण सहने पड़ते हैं। जमादारिन है तो मुझसे पूछती है, तुम्हारे आगे तो मुँह नहीं खोलती। तुम्हारे उस जिगरी दोस्त की पढ़ी-लिखी बीवी तक, तुमसे वही पुराने अदब से बोलती है पर मुझसे 'हैलो' भी नहीं करती। कोई उससे पूछे तो सही कि यह सब नापसन्द है तो मुझ पर ही ज़ाहिर करने की तमीज़ क्यों ? जैसे मैंने ही तो यह सब किया है, तुम तो दूध के धुले, मासूम बेचारे हो।...धोबी तक जान-पूछ कर मेरा काम देर से करता है...।" फ़ातिमा की सिसकियाँ बँधने लगीं।

"छोड़ो फ़ातिमा," ओम ने टोका, "हमने लोगों से कब कोई दूसरी उम्मीद की थी ? उनकी निर्दयता, उनकी संकीर्णता, लगातार तो देखते रहे हैं। छोड़ो उनकी। क्यों इन छोटी-छोटी लड़ाइयों में सिर खपाती हो ?"

"यही तो मैं समझ चुकी हूँ," फ़ातिमा चीख उठी, आपे में नहीं रही, "कि यह छोटी-छोटी लड़ाइयाँ ही असली हैं। बड़ी लड़ाई लड़ना आसान है। उन्हें गर्व से लड़ते हैं हम, अभिमान से मर-मिटते हैं उनके लिए। पर यह छोटी लड़ाइयाँ...कीड़े की तरह घिनौनी-दीमक की तरह लग जाती हैं, खोखला करती जाती हैं...इतनी छोटी होती हैं कि बड़ी-बड़ी स्वाभिमानी रोबदार लड़ाइयों से जोड़ कर देखना मुश्किल हो जाता है।...तुम्हारी लड़ाई बड़ी है। लड़ो और चाटो बड़ी लड़ाई की बड़ी जीत को। उसकी तो हार में भी घमंड है। पर मैं...मुझे...इन छोटी-छोटी लड़ाइयों ने बड़ी के लिए फुर्सत नहीं छोड़ी है...मैं..."

"यह हमारी हार है फ़ातिमा ! कोई वजह नहीं कि हम हारें तुम...तू... त...तुम..."ओम घोर निराशा में हकलाने लगा।

"मैं अब कुछ नहीं जानती। बन्द करो।" फ़ातिमा त्रस्त हो चुकी थी।

ओम का हृदय कराह उठा। फ़ातिमा डूब जाओगी। हम दोनों मिट जाएँगे। अपनी कमज़ोरी से बेइंसाफ़ी को बढ़ावा दे रहे हैं। अन्यायियों को मसाला मिलेगा, वे चटखारे ले-लेकर दुनिया को यह मिसाल सबूत के तौर पर पेश करेंगे।

किसी तरह सँभलना...सँभालना...होगा। जगदीश काका...। क्या करें ? कहाँ जाएँ ?

शहर छोड़ दें ? कुछ रोज़ के लिए सुस्ताने निकल जाएँ ? ऊटी ? दूसरा हनीमून ?

ऊटी ही तो जा रहे थे जब वह मोटी मिली थी जो मुल्ला को देखकर भयभीत हो गई थी। लेडीज़ केबिन को रेलवेवालों ने जनरल डब्बा बना दिया था। उसी में ओम और फ़ातिमा को जगह मिली थी। ओम अभी प्लेटफार्म पर खड़ा था और फ़ातिमा सामान के साथ अन्दर बैठी थी। सामने गहनों के भार से हाँफ़ती एक मोटी बैठी थी जो 'लेडीज़, लेडीज़' चीख पड़ी थी, जैसे ही एक मुल्ला अपनी पलटन लेकर डब्बे में घुसे। फ़ातिमा ने मामला स्पष्ट किया तो उसके चेहरे पर हवाइयाँ उड़ने लगीं। मुल्ला-टोली सामान रखकर बाहर निकल गई तो मोटी फुसफुसाने लगी थी, 'बेटी, यह तो खतरनाक बात है।'

फ़ातिमा ने सांत्वना दी कि नहीं बहुत लोग साथ हैं, घबराने की क्या बात है ? पर मोटी के तो होश फ़ाख्ता हो रहे थे। नहीं बेटी, यह 'एम' लोग हैं।' उसने नज़रें चारों तरफ़ दौड़ाकर हाँफते हुए बताया था और फिर जो उनकी बदमाशियों का ब्यौरा दिया था उसमें कोई करतूत नहीं छोड़ी थी जो इन लोगों का तरीका न हो। फ़ातिमा ने बहस की थी, 'मुझे भी अन्दाज़ है, मैं ख़ुद 'एम' हूँ।' मोटी को रात-भर नींद नहीं आई होगी। सवेरे-सवेरे फ़ातिमा गठरी की तरह सिमटकर ठंड में ठिठुरी जा रही थी कि ऊपर की 'बर्थ' से मुल्ला का चौदह-पंद्रह बरस का लड़का उतरकर बोला था, 'दीदी, चादर ले लो, मेरे पास दो हैं।' मोटी भयभीत नज़रों से देख रही थी।

"चलो घर चलें।" ओम ने फ़ातिमा का हाथ पकड़ लिया। फाटक पर उसने फ़ातिमा को रोक लिया। आस-पास कोई नहीं था। ओम ने फ़ातिमा की आँखों में झाँका। वहाँ अँधेरा ही अँधेरा था।

"फ़ातिमा, चलो कहीं चलें। मैं छुट्टी ले लूँगा। ऊटी चलेंगे। फ़ातिमा मैं तुम्हें खुश देखना चाहता हूँ। फिर से। हरा-भरा...।"

ओम की भतीजी की शादी में फ़ातिमा ने हरी साड़ी पहन ली थी। अनायास ही ओम के मुँह से निकल पड़ा था—'यह क्या मुसलमानी रंग उठा लाईं ?'

फ़ातिमा के होंठ काँपने लगे थे—'चुप हो जाओ ओम, बस इसी वक्त चुप हो जाओ।'

ओम उसे बताना चाहता था कि उसका ऐसा-वैसा कोई मतलब नहीं था। यह सब अनजाने में, न जाने कहाँ की सुनी-सुनाई बातें, कहाँ की बसी-बसाई प्रतिक्रियाएँ हैं जो यों ही, सहज भाव से अनायास निकल आती हैं। ओम फ़ातिमा के पीड़ित मन को फिर से 'मुसलमानी हरा' कर देना चाहता था।

"हँसो ना मेरी जान।"

फ़ातिमा की आँखों में गाँठें भरी पड़ी थीं। कैसे सुलझेंगी, इतनी उलझ चुकी थीं। ओम को लगा कि अब चाहे सुलझाने के लिए खींचो, या छोड़ दो या कसती जाने दो, नतीजा एक ही होगा—टूट जाएँगी।

नमाज़ का वक्त हो गया था। फ़ातिमा अन्दर चली गई।

ओम अब चुप नहीं रह पाया। उसने लपककर उसे पकड़ा, "तो यही कहो न कि अब इसी पर्दे में जाओगी और मैं दख़ल न दूँ।"

फ़ातिमा की तो नाक पर जैसे गुस्सा रखा रहता था, "और तुम जो दीया जलवाते हो ?"

"मैं...मैं जलवाता हूँ ? झूठ-सच किसी से मतलब नहीं तुम्हें ? अब आनेवालों से कह दूँ कि घर में घुसकर अपने भगवान का नाम न लो ?"

"नहीं, मत कहो। किसी से न कहो। मुझसे भी नहीं।"

ओम स्तब्ध उसे देखता रह गया।

जा-नमाज़ का कोना मोड़कर फ़ातिमा फिर बाहर निकल गई। सरपट-सरपट भागती-सी चाल में जा रही थी, लेकिन ऐसे नहीं जैसे किसी काम की जल्दी हो और गाड़ी छूट रही हो, बल्कि ऐसे जैसे किसी से भाग रही हो। भयभीत-सी। बौखलाई-सी। चेहरे के हर कण को अन्दर छिपी किसी बेचैनी में कसके मानो बाँध लिया हो कि कोई उड़ता भाव न आ जाए, किसी को मालूम न हो जाए, और ज़्यादा कसे फीते की वस्तु की तरह उसका चेहरा तनते-तनते सिकुड़ गया...

पीला सूरज

लगता है जैसे कोई रिंग मास्टर कहीं अदृश्य खड़ा अपना चाबुक सड़ाक्-सड़ाक् चला रहा है और एक के बाद एक आइटम पेश कर रहा है। पहले मनकती हुई हवा घुसी आई, फिर अँधेरे के गुबार भर गए। अब गरजते बादल घुमड़ पड़े हैं। सड़ाक्-सड़ाक्, तेजी से आते जा रहे हैं नए-नए कलाकार !

कुछ ही देर पहले कैसा शान्त था हर तरफ़। मैं बेअक़्ल, उसी के झाँसे में आ गई। न जाने कहाँ भटक गई हूँ।

मेरे मन का आईना बनता जा रहा है यह मौसम—अँधेरा और अंधड़। डर भी ठीक से सूझ नहीं रहा।

इधर कोई नहीं है। बस दूर-दूर तक फैला अँधेरा, ताक में बैठे यह पहाड़, विकल सुर में गाते यह वन और सँकरी पगडंडियों पर बदहवासी से टूटती हवाएँ। जैसे कुछ ढूँढ़ते-ढूँढ़ते भूल गई हैं कि क्या खोजने निकली थीं—कभी हरहराकर इधर टकरा जाती हैं, कभी सनसनाकर उधर बहक जाती हैं।

शाम को मैं निकली थी तो मन बोझिल था, 'जेट-लैग' के ठस्सपन से भारी। शहर की गलियों में यों ही डोल रही थी पर ऊपर खिड़कियों में, जिरेनियम के गमलों की आड़ से घूरते मोटे-मोटे सफ़ेद चेहरे, अजीब सूनापन मन में भर गए। उन सन्देहपूर्ण नज़रों का इस तरह मुझ पर जम जाना अखर गया था। हुँह, कहने को तो लोग यही कहेंगे कि अतिरिक्त जिज्ञासुपन हिन्दुस्तानी बीमारी है। किसी अज्ञात बोझ के तहत मैं झुक गई, हाथ जेबों में छुपा लिए और उन सन्नाटेदार आँखों से दूर होती चली गई। चेहरे पर चिपकी स्थिर गीली हवा के पैग़ाम से बेख़बर।

यह साज़िश थी उन आँखों की जो मुझे यहाँ सुनसान में छोड़ दिया है। भुला दिया कि कल आई.एल.ओ. की मीटिंग में साबुत पहुँचना है, ज़ोरदार दरख़्वास्त करनी है, मिल-मज़दूरों के लिए भारी ग्रांट माँगनी है।

अब याद आ रहा है और कुछ-कुछ परेशान हो रही हूँ, क्योंकि नीरव अचल की जग़ह बेकरारी में गोल-गोल घूमता तिमिर है, इतना अजनबी। मौसम के

बदलते वेग के साथ, मेरी घबराहट कदम से कदम मिलाकर चल रही है। हड़बड़-हड़बड़। कुछ ख़बर नहीं कि होटल की तरफ़ भाग रही हूँ या उससे और दूर होती जा रही हूँ। घबराहट की हद में मुझे और भी कुछ नहीं सूझ रहा...क्या करना चाहिए...क्या होगा...?

इस मनहूस देश के लिए रवाना ही गलत घड़ी में हुई। पहले तो प्लेन बम्बई से छः घंटे देर से चला। हाँ, इस कारण इतना ज़रूर हो गया कि मुकदमे का नतीजा पता चल गया। पता तो शुरू से था कि मैं ही जीतूँगी पर यों जानते रहना और बाक़ायदा 'जजमेंट' पास हो जाना, दोनों में फ़र्क है। मैनेजर को हिदायत दे आई हूँ कि मेरे लौटने तक सारा काम निबट जाए—फाटक के सामने की सारी झोपड़ियाँ उठ जाएँ और कोई सड़ी महक बाक़ी न रहे।

बस, इतना ही क़ायदे से हुआ है तब से। बाक़ी सब तो शापग्रस्त हो जैसे ! लेट प्लेन, विंडो सीट नहीं, और वह भी उस शोहदे मुन्दड़ा की बगल में; और यहाँ की बेरौनक फ़िज़ा। किसी पिक्चर पोस्टकार्ड की तरह सुन्दर और मुर्दा।

कैसे निस्तार पाऊँ अब ?

अचानक एक साइकल-सवार दिखा। फुर्ती से पैडल मारता, बरसात शुरू होने के पहले रफूचक्कर होने की धुन में। 'हे...' मैं चिल्लाकर उसकी ओर भागती हूँ। वह ठिठक गया। एक पैर साइकल से नीचे, ज़मीन पर टिकाए। मुझे करीब आते देख रहा है। अँधेरे से जैसे ही वह मेरा चेहरा अलग कर पाया, उसके मुँह से चीख निकल गई और इससे पहले कि मैं उठा हुआ पाँव नीचे कर पाऊँ, वह अपनी जान लेकर भागा। अरे बाबा, काला रंग है तो क्या चुड़ैल हूँ ? सफ़ेद भूत कहीं का ! मैं मन ही मन उसे गलियाती हूँ।

पर कुफ्र तो 'चुड़ैल' पर गिरा है, 'भूत' को क्या; वह तो जल्दी ही मस्ती में कहीं बैठा गरम-गरम 'फौंड्यू' में रोटी डुबो के खा रहा होगा। मैं क्या करूँ ? रिंग मास्टर की हर सड़ाक् पर दिल उछलकर मुँह को आ रहा है। सड़ाक्-सड़ाक्। अगला कार्यक्रम बारिश की कलाबाज़ियों के अलावा क्या हो सकता है ?

मानो बस मन में बात लाने की देर थी। ताबड़तोड़ बारिश शुरू हो गई, हूबहू सत्तर एम. एम. स्क्रीन पर दहलानेवाले आर्त्तनाद के साथ।

अब क्या फ़र्क है, घबराहट के हुजूम में गोल-गोल चक्कर काटे मन, या ठगा हुआ सुन्न पड़ा रहे मन ? ऑल वैदर कोट के हुड को सिर पर खींच लिया है और किसी पेड़ के तने से सट गई हूँ। अब तो जो होना है, हो।

जैसे बचपन में पानी में 'डूबते' वक्त होता था, जब बड़े काका शिकार पर जाते थे और दादी से बचकर टुइयाँ और मैं पीछे के हौज़ में नहाते थे। हम पानी

में घुसकर मरने का नाटक करते थे, देह को ढीला छोड़ देते कि डूबना है तो डूब जाएँ। अब जो होना है, हो। आप ही पैर हौज़ के तल से उठ जाते और हम पानी पर, ऊपर 'फ्लोट' करने लगते।

कितने साल बाद मैंने उस हौज़ पर 'फ्लोट' करती आम की गुठलियाँ देखी थीं। फूलकर नारियल जितनी हो गई थीं। मुझे यकीन हो आया था कि इन्हें टुइयाँ ने ही कभी चूसकर फेंका होगा। उन 'लाशों' को देखकर कहीं मन वीरान हो जाता था। मंडा बाई टुइयाँ को उठाकर ले गई थी, मेरे लिए यह गुठलियों की 'लाशें' ही बाकी थीं।

विचित्र है यह बरसात जो मैं उन 'लाशों' में खो रही हूँ। यहाँ अकेले, इस निर्जन में, उन फूली हुई गुठलियों का ख़याल अच्छा नहीं लग रहा। अजीब खौफ़ में मन डूब रहा है।

सामने पहाड़ नीचे को ढलता है। वहाँ पानी किसी प्रचुर झरने की तरह एकदम से टूट गिरता है और इस बेआब अँधेरे में, उड़ती फेन से निकलती सफ़ेद-सफ़ेद प्रेतात्माएँ इधर-उधर गायब हो रही हैं। कुछ भी मुमकिन है इस अनोखी इन्द्रजाली रात में। इन पहाड़ों में से कोई बेबस पुकार इधर से उधर सरकती जा रही है।

मेरे बचपन का घर ऐसी ही घाटियों में था। ऊँचे-ऊँचे पहाड़ों के चढ़ने से पहले। जब सामने नदी का पानी पतली-सी धारा बन जाता तो वहाँ, उसके तट पर, दिन-भर मोर बोलते और रात को कितने काले आकाश में पास-पास, पास-पास तारों के गुच्छे होते, गुच्छे ही गुच्छे। तब पाँच-छह बजे तक शहर की आख़िरी गाड़ी लौट जाती—अब तो खैर शहर ही, झोंपड़ों का लिबास पहने, घर तक सरक आया है—और दूर-दूर तक बस हम होते। जाड़ों में वहाँ धुँध होती, ठिठुरन से लैस। अक्सर बारिश आ जाती, एक ही सुर में पड़-पड़ गिरती।

आग धू-धू करके जलती थी। मैं देर तक लकड़ियों का चटकना सुनती रहती, उनसे टिकते अंगारों को देखती रहती। सामने पलंग पर दादी की नाक से घुर्र-घुर्र आवाज़ आती और उनके चेहरे पर आग के लाल साए विचलते। मुझे पता था, बड़े काका दीवानखाने में अँगीठी के आगे पैर फैलाकर गिलास में 'दवा' और बगल में दवा की बोतल लिए बैठे होंगे। पीछे खड्ड के पार गन्नों-सी ऊँची घास थी, जिसमें बड़े काका कहते थे कि हाथी, बाघ, चीता रहते हैं। खड्ड तक सूँघने आते हैं कि शायद मैंने शैतानी की हो और वहाँ फेंक दी गई हूँ। मैं सिहरकर दादी की सिली रेशमी रज़ाई में दुबक जाती। बड़े काका कहते थे, टुइयाँ को वहीं फेंक दिया था। उसे क्या शेर उठा ले गया ? मैं दादी से पूछती। वह कहती कि

नहीं, उसे मंडा बाई उठा के ले गई।

हवा के झोंके से मानो कोई बरसात की झीनी-सी चादर मेरे मुँह पर मारता है। मैं ऑल वैदर कोट को बदन पर कसती हूँ। अभी पानी कपड़ों की भीतरी तह तक नहीं पहुँच पाया है। यह रात...क्या राज़ है इसमें ? क्यों फँस गई मैं यहाँ ? पर अब करूँगी क्या ? इन जगहों में तो केवल घूमने के शौक से लोग आते हैं। इस तूफ़ानी, अँधेरी रात में किसका शौक चर्राएगा ? तो क्या रात यहीं बीतेगी ? क्या कल मीटिंग में मेरी लाश पेश होगी ? अजीब बेवकूफ़ी है—आई.एल.ओ. में आया सदस्य यों भटक गया ! कुछ तो करना ही पड़ेगा। किसी भी तरफ़ भीगते-भागते बढ़ना ही होगा।

मैं हूँ कि विमूढ़-सी खड़ी हूँ, इस 'सर्कस' के बीच, अजीब रहस्यों में उलझी। घर याद आ रहा है। बचपन की सुरक्षा याद आ रही है जो न बाघ न हाथी न बड़े काका .खुद तोड़ पाए। आकाश में खिंचा शामियाना रह-रहकर हवा के प्रहार से झटक उठता है,...फड़फड़...बारिश को किसी भी तरफ़ उछाल देता है। उन छींटों में कोई साया उभरता है...लोप हो जाता है...बनता है...बिगड़ता है...।

ऐसी लाचारी।

कोई सुराग़ नहीं। मेरी आँखें अँधेरे में झाँकती हैं, किसी आसरे को ढूँढ़ रही हैं।

वह क्या ? अँधेरे का आकार ? या कोई...?

एक झुकी, बौनी-सी परछाईं मेरी तरफ़ बढ़ रही है। मेरे आज और कल को समेटे...।

कुछ है जो मेरे बौखलाए मन पर बूँदों की तरह टप्-टप् गिर रहा है, निरन्तर टप्-टप् कर रहा है। सिकुड़ी-सी वह काया मेरी ही तरफ़ आ रही है।

"तू...तुम ?" मेरे मन की एक भूली हुई पुकार।

पर यह तो एक सफ़ेद औरत है। सस्ती जीन की स्कर्ट जिसमें पैबन्द लगा है, स्टॉकिंग्स जिनमें सीढ़ियाँ बन गई हैं और अँधेरे में भी बदरंग, खुरदरा, ऊनी शॉल।

इसको भी क्या आई.एल.ओ. की इमारत तक पहुँचना है ? रात को जब अन्तर्राष्ट्रीय गोष्ठियाँ समाप्त हो चुकी होती हैं और देश-विदेश के डेलीगेट जहाजों में घर को रवाना हो जाते हैं, तो क्या नीला एप्रन पहनकर सबके जूतों से झरी धूल बुहारती है ? अगले रोज़ की मीटिंग के लिए पोछे से आई.एल.ओ. की फ़र्श पर दगदगाती चमक लाती है ?

या 'ट्रैंप' होगी। इस समाज से दुत्कारी हुई, तन-मन से दुखी। सस्ती दारू

में डूबी। ट्रैशबिन की खुरचन पर हाथ मारती।

वह मेरे पास आकर खड़ी हो गई। झुकी पीठ की वजह से मुझसे नाटी। झुर्रियों के बीच मूक आँखों से कुछ टोहती। सिर पर छाता थामे।

कहीं काँप गई हूँ मैं। क्या मेरा हाथ उसके भीतर होता हुआ उस तरफ़ निकल आएगा, जैसे हवा में डाला हो ?"

"क्...कौन हो तुम ?"

मेरी आवाज़ फूट पड़ती है।

वह चुप है। सूनी आँखों से ताकती।

इस उम्र में ऐसी नादानी, मैं ख़ुद को टोकती हूँ—"कैन यू टैल मी द वे टू दोंफ़ेरोशरो ?

साफ़, सधे लफ़्ज़।

वह चुप।

"दोंफ़ेरोशरो !" मैं बारिश से ऊँचा चीखती हूँ।

"दों-फे-रो-श-रो।" मैं अलग-अलग उच्चारण करती हूँ।

सहसा वह हाथ ऊपर उठाती है, विनती के-से भाव में, उसके होंठ खुलते हैं, मानो कुछ बोलेगी...बोलना चाह रही है...और फिर अजीब बेकसी से खुले हुए होंठ थरथराने लगते हैं...नहीं बोल पा रही...भाषा की लाचारी है...। हाथ नीचे गिर जाता है, आँखें झुक जाती हैं। हताश से काँपते होंठ...। मेरे मन पर पड़ती बूँदों की सतत टप्-टप् और तीव्र होती जा रही है। कोई बिसरी हुई याद मचल रही है।

कि तभी ज़ोर के धमाके के साथ सारा पहाड़ हिल उठता है। मैं चकपका कर उछल पड़ती हूँ। वह तेज़ी से मुझे खींच लेती है। मेरी बाँह अपनी बाँह में लपेटकर मुझे छाते के नीचे समेट लेती है।

बरसात, हवा, पत्ते, पहाड़...। उस छाते के नीचे आते ही प्रकृति का सारा शोर हमें घेरे होकर भी दूर प्रतीत होने लगता है। उसकी गूँगी, खोह-सी उदास आँखें, फड़कते होंठ...। मेरा विक्षिप्त-सा मन कुछ खोए हुए को टटोलता... खोजता...। शोर के बीच में दुबका हुआ यह दृश्य।

"मंडा बाई !" मन के किसी कोने में ठंडी पड़ी राख से उठता एक दबा हुआ आह्वान।

ऐसी ही रातों में मंडा बाई आती थी। खिड़की के नीचे बिछी दादी की कथरी पर धीमे से पैर रखकर मेरे पास चली आती थी। मैं हाथ फैला देती और मंडा बाई मुझे गोद में समेटकर अपना छींटदार लहँगा सरसराते हुए बरसती घाटियों

में निकल पड़ती थी।

कथरी की ही तरह कतरनों से जुड़ा उसका लहँगा सरर-सरर खड़ के पीछे की घास को चीरता। मैं उससे चिपटकर कस के आँखें मींच लेती। वहीं कहीं अँधेरे में दो अंगारों-सी आँखें होंगी और लम्बे-लम्बे नाखूनों में लिथड़ा टुइयाँ का बदन। घास पर घसीटा जाता होगा—घस्-घस् ठक्-ठक्। टुइयाँ चिल्लाना चाहता है पर उसका मुँह तो टुकड़ों में अलग-अलग झूल गया है। फिर पहाड़ी गुफ़ा है जहाँ शेर चप्-चप् करके उसका कचूमर बना रहा है शेरनी और उसके बच्चे उनकी तरफ़ फिंकी बोटियों को नोच रहे हैं। गुफ़ा के द्वार से मक्कार गीदड़ धीरे से खिसक आता है, चुसी हड्डियों को चोरी से खींच लेता है, जैसा दादी की कहानी में है।

मैं दबे स्वर में पूछती—"मंडा बाई, क्या तुम ले गई हो टुइयाँ को ?"

मंडा बाई रुक जाती। सर्र-सर्र : थम जाती। फड़फड़ाती चादर में सिमटी मंडा बाई झुकी, बौनी-सी और सिमट जाती। 'टुइयाँ मर गया...' अचानक हवा के साथ फुसफुसाती और तेज़ी से चलने लगती।

पर मैं कहती, "नहीं मंडा बाई, बड़े काका मुझे भी मारते हैं।"

तो वह हँसने लगती; जोर-जोर से, विकराल हँसी, सब कुछ हिला देती। उसके कानों की पाँचों बालियाँ, नाक की नथ, अंगारों-सी उद्दीप्त आँखें। उसके बड़े-बड़े नाखून मेरे कन्धों में गड़ने लगते।

"नहीं !" मैं सुबकने लगती।

क्रूर वेदना से विकृत उसका चेहरा। अपने कपड़ों की पर्तों से तब वह बड़े काका की चमड़े की जूती निकालती। दानवी हँसी के साथ हाथ हिला-हिलाकर हवा में नचाती। बाद में काका की अँगूठी गुसलख़ाने में साबुनदानी के पीछे मिल गई थी, पर जूती गायब हो गई थी।

"टुइयाँ ने दिया ?" मैं सहमकर पूछती। दादी ने कहा था, यह उसी की कारस्तानी होगी।

मंडा बाई मुझे झकझोरती। झकझोरती ही जाती। मेरे कानों में घास में भरी हवा जोरों से साँय-साँय बजने लगती।

"अइया..." मैं चीख पड़ती, "दर्द हो रहा है।"

"दर्द ?" वह अचानक बुत बन जाती। और खोई, अस्पष्ट आवाज़, घास में नीचे-नीचे, जड़ों के पास, राह टटोलती, विपंग-सी, धीरे-धीरे सरकती। "कितना दर्द...दूर-दूर तक फैला दर्द...।" उसके आँसू लुढ़क पड़ते। मेरी भी आँखें बरसने लगती थीं।

मैं अचकचाकर छाते के नीचे मुझे चिपटाए इस अजनबी औरत को देखती हूँ। दर्द से विकृत है उसका चेहरा। सूनी-सूनी आँखों में बरसात के सिहरते साए, जैसे खंडहर में हिलती कोई बेबस आकृति और न कह पाने की तड़प से काँपते लब। किसका दर्द ? कौन है वह ? क्या नहीं समझ पा रही मैं ? ऊपर से गिरती बरसात, पहाड़ की चट्टानों पर टकराकर अनेक बेकार सवालों के छींटे उड़ा देती है।

मंडा बाई मुझे गोद में बटोर लेती थी। "तुम जानती हो। तुम टुइयाँ हो। पर भूल जाओगी, जब तुम्हारे आँसुओं में सिर्फ़ तुम होगी।"

"मुझे टुइयाँ के पास जाना है।" मैं रुँधे स्वर में कहती।

हम बढ़ने लगते। इधर-उधर। सूनी सड़क पर भूले पड़े लिफ़ाफ़े की तरह बेसुधी में खोए।

तब बारिश बढ़ जाती थी। धुआँधार बारिश। पहाड़ तड़तड़ाने लगते। मंडा बाई मुझे अपने सीने में छुपाए गुफ़ा की तरफ़ भागती।

वहीं मैं टुइयाँ का इन्तज़ार करती। बरसाती रात में मंडा बाई गुफ़ा के बीचोंबीच एक दीया जला देती। गुफ़ा के द्वार पर झरने की तरह पड़ती बारिश में तारे चमक जाते। दीए की लौ हवा पर सवार गुफ़ा की दीवारों पर फड़फड़ा जाती।

और रंगीन खड़िया से मैं गुफ़ा की दीवारों पर लकीरें खींचती। गोल, चौकोर, कुछ भी। यहाँ हरा, वहाँ बैंगनी। निरन्तर नए-नए आकार फड़क उठते। उन्हीं लाइनों से अलग-अलग कहानी मेरे आगे सजीव होके चलती-फिरती। और मैं लगातार बदलती ज़िन्दा तस्वीरों को देखकर हुलसने लगती।

"यह देखो," मैं ताली पीटती, "यह तुम हो, यह तुम्हारा हाथ है...और यह देखो पानी है...नहीं यह तुम नहीं...यह नाव है...यह उसकी पतवार है...तुम इसे खे रही थीं...अब उतर गई...देखो... ।"

"और यह क्या है, बड़ा-सा यह हरा गोला ?" वह उमगते हुए पूछती।

"यह सूरज है" मैं बेधड़क जवाब देती।

वह भी ताली बजाने लगती, "यह लो खाओ।" खुश होकर एक सकोरा मेरी तरफ़ बढ़ाती।

मैं काजू और चिलगोज़े देखकर सहम जाती। यही थे टुइयाँ के पजामे की गाँठ में जब अँगूठी खो गई थी।

"यह टुइयाँ के लिए है।" मैं उसका हाथ सरका देती।

मंडा बाई हैरत से मुझे देखती, फिर धीमे से मुस्करा देती। "पर कौन मानता

है ?" उसके होंठ फड़फड़ा जाते।

"तुम खा लो।" मैं कहती।

वह खोखली हँसी हँस देती, "भूख निगलते-निगलते पेट भर गया है बिटिया ! अब कुछ भी खाने के नाम पर मतली आ जाती है।"

"दादी की कहानी की बुढ़िया तो गोबर के दाने बीनकर रोटी बनाती है।"

"खाओगी ?" मंडा बाई मेरे सिर पर हाथ फेर देती।

"खाऊँगी" मैं कहती, और खाने लगती।

"जब सड़ाँध आए तो फेंक देना।" फिर वह रुआँसी हो जाती। "आएगी। सड़ाँध आएगी। तब मैं नहीं आऊँगी।"

बाहर की घनघोर वर्षा में मेरा स्वर टूट जाता—"आना मंडा बाई !"

"नहीं दूँगी।"

"देना मंडा बाई !"

मेरा सिर मंडा बाई की जाँघ पर लुढ़क जाता और वह कबीर गाने लगती—

"कैसे नगरि करो कुटवारी
चंचल पुरिष बिचषन नारी।"

मुँह बिचकाकर हाथ हवा में यों, मानो पखावज टकोरती हो—तिरकिट धिन धिन। नाक दबाकर बीन का पींऽऽ बजा देती। ज़बान लुढ़काकर खंजरी खड़का देती।

"बैल बियाइ गाइ भई बाँझ।
बछरा दुहै तीन्यूं साँझ
मकड़ी घरी माषी छछिहारी।
मास पसारि चील्ह रखवारी।"

"अरे !" मैं उचक बैठती, "तुम तो टुइयाँ की तरह गाती हो। वह भी ख़ुद ही सारे वाद्य बन जाता है।"

"जिसके पास कुछ नहीं होता, उसमें कुछ भी बना देने की ताकत...होती है।"

"हाँ !" मेरी आँखें फैल जातीं, "भगवान है ?"

"क्यों, ज़हर को उसने ताकत में बदला कि नहीं ?"

बड़े काका ने डिस्पैंसरी की सारी पुरानी पड़ गई कैल्शीयम की गोलियाँ टुइयाँ को खिलवाई थीं। दादी बताती थीं, वह चलने लग गया था हालाँकि उसके पैर तब भी वैसे ही थे, सींक समान, घुटनों पर मुड़े हुए।

"बताओ। और बताओ।" मैं आग्रह करती।

तब मंडा बाई दीए की लौ की तरह झूमने लगती, इधर से उधर। कुछ से कुछ बोलती रहती। मानो नशे में हो। या बच्ची हो। या कलाकार हो। या मग़रूर हो। या बस चूर-चूर हो। बाहर बारिश की ही तरह वह बकती रहती।

"तुम पागल हो।" मैं बड़े काका के शब्द दोहराती।

"हमने तो तानाशाहों के ऊँट चराए हैं। ऊँट आदमी से टेढ़ा जीव है, उसे बस में कर लिया।"

उसका नौ गज़ा घेरदार लहँगा फहरा उठता।

बोलते-बोलते वह हँसने लगती, सारी गुफ़ा को हिलाते हुए, किसी भूचाल के जैसे। मैं भयातुर निगाहों से ज़िन्दा चट्टानों को देखती। कभी हाथी रौंदने को दौड़ता, कभी शेर मुँह खोल के गरजता। कभी हर तरफ़ साँप सरसराने लगते, कभी परिन्दे फड़फड़ उड़ने लगते।

"देखो, वह देखो," मैं उसके घाघरे को कसके पकड़ लेती, "शेर के सिर पर सूँड ! हाथी के सिर पर सींग !"

वह अचानक रुक जाती। मेरी ठोढ़ी ऊपर झटकाकर आँखों में झाँकती, "आज सबकुछ हो सकता है, क्योंकि आज तुम टुइयाँ हो।"

"कहाँ है टुइयाँ ?" मैं हर तरफ़ उसे खोजती। मैं उसके संग छिपकर मकोई खाती थी। बड़े काका कहते थे उसे छूना मत और दादी कहती थी अछूत भी इनसान है, पर मैला है।

"कहाँ है टुइयाँ ?" मैं फफक पड़ती।

"आएगा। टुइयाँ रहेगा। जब तक तुम बड़ी रहोगी वह तुम्हारे पास रहेगा।"

"पर मैं तो छोटी हूँ।" मैं विस्मित होकर बताती।

"नहीं। जब तुम छोटी हो जाओगी तो हमारी भाषा भूल जाओगी। तब कुछ नहीं सीखोगी। तब कुछ नहीं बनाओगी। चट्टान पत्थर होगा, सूरज पीला होगा। तुम मर जाओगी।"

"कब मंडा बाई ?" मैं डर जाती।

"जब सूरज पीला हो जाएगा।" वह बेगाने स्वर में कहती। बूढ़ी-सी, बौनी-सी, छींटदार लहँगे में सिकुड़ी, मेरे ऊपर ममता से झुकी, अद्भुत भेद भरी बातों की झड़ी लगाती रहती।

और पता नहीं किस पल गुफ़ा के मुख पर बने झरने के आगे एक क्षीण-सी छाया अंकित हो जाती—वही दुबली-सी काया, वही घुटनों पर मुड़े लकड़ीनुमा दो पैर...।

बिजली के चौंकने के साथ मैं भी चौंक जाती हूँ।

मेरी बाँह थामे यह अजनबी औरत अपने छाते के नीचे मुझे छुपाए हुए है। हर तरफ़ तूफ़ानी वेग में थरथराती कोई विक्षिप्त भटकन। भूले जन्म के एहसास से काँपती तिलिस्मी रात।

ठीक सामने की शाख़ पर बूँदों की कतार है, एक-एक पग आगे बढ़ती हुई, जुगनुओं की तरह चमकती। बरसात में धुआँ उठ रहा है। लहराता हुआ।

मेरे भी होंठ काँपने लगते हैं, छाते के नीचे उस औरत की बाँह में हाथ अटकाए। पता नहीं क्या होगा। कब तक यह बरसेगा। कब तक अँधेरा सटा रहेगा। हम सारी दुनिया से परे, तूफ़ानी अँधेरे में एक छाते के नीचे, सिमटे पड़े हैं। बरसात की दो बूँद, घनघोर बारिश से छिपकर किसी पत्ते की ओट में लटक जाएँ जैसे।

मैं सोच रही हूँ कब सूरज उगेगा। जिनेवा की अन्तर्राष्ट्रीय इमारतों पर, देश के मेरे पुश्तैनी मकान पर, उन झोंपड़ों पर...

इस तूफ़ानी बरसात के बाद क्या बड़ा-सा पीला सूरज होगा ?

सफ़ेद गुड़हल

नवम्बर की गुलाबी धूप में तुम बहुत याद आते हो। जब हवा में हल्की-सी खुश्की और काफ़ी-सी सिहरन काँपती है और सामने मैदान में लम्बी सुनहरी घास सरसराती है तो मुझे हमारा वह मैदान याद आ जाता है जहाँ हम ऊँचे-ऊँचे डग भरकर चलते थे और गाँव की लड़कियाँ-बच्चियाँ रात को चरनेवाले ढोर का गोबर जमा करके टोकरियों में भरे सिर पर रखे चली जाती थीं। उस मैदान के पार वह यूकलिप्टस का वन था जिसके चिकने चरमराते पत्तों पर मैं अपने हाथ फिसलाती और तुम राहगीरों से मुँह छिपा मेरे हाथों पर होंठ फिसलाते थे।

मैं अलसाई-सी करवट बदलती हूँ। मेरे बाल मेरी पीठ को सहलाते हैं और चटाई पर बिछ जाते हैं। नवम्बर की गुनगुनी धूप धीरे-धीरे तन-मन को सेंकती है, कन्धों के नीचे, कमर के आस-पास मुड़े घुटनों के पीछे।

मन करता है, अभी न उठूँ। ऐसे ही पड़ी रहूँ। बालकनी का दरवाज़ा खुला छोड़कर। और तुम...तुम आओ...। जब धुन्ध छा जाए, जाड़ों का सन्नाटेदार अँधेरा घिर आए, तो धीरे से एक छाया बनके अपने घर से निकलो, नुक्कड़ से मुड़कर मेरी गली में आ जाओ और नीम की घनी ओट में रुकी मेरी बालकनी पर बिल्ली की तरह दबे पाँव कूद आओ। अन्दर। मैं आश्वस्त नींद सो रही होऊँ कि तुम ही तो आओगे और मदहोशी में जागूँ—तुम्हारे होंठ मेरी गर्दन पर फूल बिखेरते, तुम्हारी तन-मन की गर्मी गुनगुनी, गुलाबी, मुझमें फैलती हुई।

एक बार कालोनी के चौकीदार ने तुम्हें देख लिया था। अच्छा हुआ उस वक्त तुम दीवार पर बाज़ीगर की तरह चढ़ नहीं रहे थे ! पर तुम्हें सामने से आकर घंटी बजानी पड़ी और माफ़ी माँगकर कहना पड़ा कि तभी ही लौटे हो और मुझसे माइक्रोबायौलिजी के नोट्स लिए बगैर अगले रोज़ इम्तहान न दे पाओगे। शुक्र है परीक्षा के दिन थे। पर आई को कुछ खटका तो हुआ था। मुझे जगाकर उन्होंने परखती नज़र से देखा था। लेकिन बड़े-बड़े शक्की भी तुम्हारी कलाबाज़ियों का क्या ख़याल कर पाते !

कभी चोर-वोर समझकर चौकीदार ने बालकनी चढ़ते वक्त पकड़ लिया होता

तो ओफ़्...आई और बाबा को क्या समझाते ? कहाँ से ऐसा साहस पा गए थे हम ?

पागल रहे होंगे।

यों ही पड़ी हूँ। एक गुंजन-सी होती है नवम्बर की धूप में। घास पर नन्हे-नन्हे भौरों सरीखे कण उड़ते हैं, झाड़ियों पर तितलियाँ मँडराती हैं और सुनहरी हवा हौले-हौले पेड़ों के जालीदार सायों पर खेलती है। वहीं पत्तों में छिपी चिड़ियों का कलरव। गौरय्या, बुलबुल, मैना। याद है तुम मैना की टोली देखकर कहते–'मैना पॉप ग्रुप' आ गया, पीले बूट, पीली गौगल पहनकर। तब वे पंछी सर्दी के मारे अपने परों को फुलाकर एकदम गोल-मटोल हो जाते।

अब कभी छत पर जाते हो ? दिन की आख़िरी धूप सेंकने ? जब नीम की डालियों से अचानक फड़फड़ाहट का शोर होता है और हज़ारों-हज़ारों हरे पत्ते तोते बनकर एक सुर में ऊपर उठते हैं, आकाश में उड़ जाते हैं ?

पत्तों की आवाज़ सुनती हूँ, हवा में हल्के से बजती हुई। सड़क पर इमली के दरख़्तों तले महीन पत्तों का फ़र्श होगा। वहाँ चलो तो हवा आहें भरती है और झरते पत्तों को सहलाती है। न जाने कौन-कौन से बीते पल अपने पैराहन में उठा लाती है।

बहुतों को यह मनहूस हवा लगती है। मुझे नहीं। झरे पत्तों में चिनगारी सुलगाती है। यादों की। तुम्हारी।

इमली के आगे जैकेरैंडावाली सड़क थी, जिसके छोर पर हम ढाबे में चाय पीते थे। पैरों के नीचे बैंगनी फ़र्श, ऊपर बैंगनी रुई के फाए-से, और दूर क्षितिज पर बैंगनी धुँआ। हम सट के बैठते थे, जैसे वही असल सहज हो। पागल अपनी ही धुन में मस्त गाता चला गया ! मैं हल्के-से तुम्हारी कोहनी पर उँगलियाँ लपेटती, जहाँ गड्ढे पड़ते हैं, वहाँ दबा देती। तुमने कहा कि थिरकन होती है, जो सिहरती हुई बदन में बस जाती है।

शान्त पर्त के नीचे लगातार उठता एक गुनगुना गुदगुदाता कम्पन...।

उस तालाब की तरह जिस पर तुषार की एक बारीक़-सी पर्त जम गई थी, पर जिसके नीचे पानी हल्की-हल्की साँसें ले रहा था।

तुम्हें मालूम था आई और बाबा नहीं हैं। तुमने सुबह के चार बजे घंटी बजाई, कैलाश भाऊ को जगाया और भाऊ मेरे दरवाज़े पर दस्तक देने लगे– 'बेबी, अभी तक सो रही हो, जल्दी उठो तुम्हें एयरपोर्ट जाना है, नरेन्द्र साहब आए हैं।' सितारों भरी रात में हम आबादी से दूर चले गए थे। उस मायावी तालाब के किनारे। तुमने विकल होकर कहा था, जी चाहता है तुम्हारे लिए

आकाश के तारे तोड़ लाऊँ। वहीं तालाब में अन्दर ही अन्दर उठती फेनिल चाँदनी। तुम्हारे होंठ मेरे कानों के पीछे, मेरे हाथ तुम्हारी आँखों के पास...।

सुबह हुई थी। दूधिया पाक। पेड़ों पर चिड़ियाँ चहकने लगीं। कोई भैंसवाला अपनी भैंसे चराने चला आया। दूधवाले की घंटी टनटनाती हुई पास से निकल गई, और अचानक संसार करीब आ गया।

संसार में लौटना हमें कभी नहीं भाता था। हमारे लिए तो बस हम थे। हर तरफ़ हिलोरें, हम .खुद एक हिलोर में काँपते हुए...।

यह नवम्बर की गुलाबी धूप मद भरी-सी है। आँखें खोलती हूँ तो दूर सीमा पर हरे खेत और नीले आसमान का बैंगनी मिलन ठहर गया है। आँखें बन्द करती हूँ तो इन्द्रधनुषी रंग एक के बाद एक मेरी आँखों में लहराते हैं। एक वृत्त से दूसरा वृत्त निकलता है, उसमें से तीसरा निकलता है, लगातार, मुग्ध लय में। सुनहरे पर्दे पर रंगबिरंगी गुंजन।

संगीत-जैसी।

तुम आई के लिए वह सफ़ेद गुड़हल लाए थे, जिसने हमें अमीर खाँ के गायन का राज़ समझा दिया था। शायद मेरी धुन थी कि अपनी आँखों के सामने फूल को खिलते देखेंगे। सीढ़ी पर बैठ के चाय पीते थे और एकटक गुड़हल की कली को निहारते थे, उसको रेशा-रेशा मुकुलित होते देखने। पर गुड़हल आँख-मिचौली पर तुल जाता। देखो, तो कली वहीं की वहीं, स्थिर, निश्चल। पल-भर न देखो कि मुस्करा दे। उसी पल खिले जब पलक झपके, वरना हिल के न दे। घंटे-दो घंटे में कोंपलें खुल के हँस देतीं। और वहीं हम बैठे रहते, पर एक क्षण का भी प्रस्फुटन न देख पाते। सफ़ेद गुड़हल—मखमली सफ़ेद पंखुड़ियों के बीच उन्मत्त वॉयलेट रंग, जिसका खिलना अमीर खाँ की बढ़त की तरह पकड़ में नहीं आता। बस बाद में पता चलता कि पहले से आगे बढ़ गया। स्फुरण दर स्फुरण बिना नज़र आए। और फिर श्वेत मखमल से घिरा आह्लादित अन्तस।

धीरे-धीरे, हल्के-हल्के, न पड़ते से पड़ते चुम्बन, न छूती-सी छूती उँगलियाँ...।

.खुमार-सा छा जाता है। गुलाबी धूप में जब तुम याद आते हो। गले में पड़ी चेन हल्के से काँप जाती है, मेरे सीने पर हल्की-सी पुलक जगाती है।

आगे-पीछे जब कोई नहीं होता, जब हम .खुद ही संसार होते हैं, तो ऐसे ही पागल ख़याल आते हैं कि तुम्हारे लिए आकाश के तारे तोड़ लाऊँ। तब ऐसी ही हिम्मत होती है कि सबके आगे एक स्पन्दन में खो जाएँ।

जब साल की आख़िरी आइसक्रीम बन रही थी, हाथ की मशीन में, जिसे तुम चला रहे थे, मैंने मशीन में भरी बर्फ़ में अपने हाथ डाल दिए। तुम उसी बर्फ़

में मेरे हाथों को मसलकर गरमाते रहे। सबके आगे—मेहमान, शोर, पार्टी। पर आई भी कुछ न बोलीं। बाबा तो ख़ैर...।

और मैं, तम्हारे हाथों में उलझी अपनी उँगलियों में समा गई। जहाँ तुम्हारे हाथ थे वहाँ लोट गई, जहाँ नहीं थे वहाँ तड़प गई।

फिर जब तुम अमरीका जा रहे थे तब हम लड़े थे। भर-भरके चीखे थे कि आँसू के बजाय गुस्सा फूटे और अलग हो जाने को मन छटपटाए। एयरपोर्ट पर तुमने आंटी के आगे मुझे चूम लिया, गाल पर, लेकिन होंठों के कोनों को छूते हुए।

नवम्बर की गुलाबी धूप छन-छनकर मेरे अन्तर में उतर जाती है। मेरी गर्दन पर प्रत्याशा के बिम्ब जगाती है। जहाँ मेरे अंगों को छूती हवा है बस, वहाँ लालसा के बिन्दु उगा गई है। मुझे इन्तज़ार है, आह भरते पत्तों-सा...सीने पे सरकती मेरी माला-सा...न छूती-सी छुअन-सा...सफ़ेद गुड़हल के मखमली फूल के खिलने-सा...

जाड़ों की धूप ढलती है तो कुहासे की शाम घिरने लगती है। भटकती रूहों से भारी। नींबू के फूलों की उदास-सी खुशबू ठहरी हवा में घुलमिल जाती है।

तुम आते हो। मैं अपनी पीठ से देख रही हूँ। तुम आकर धीरे-से मेरे कन्धे पर हाथ रख देते हो। शान्त। स्नेहिल।

मेरा जी कराह उठता है। बोलो।

तुम बोलते हो।

टूटे सपनों का चूरा बिखरता है।

चुप हो जाओ, मत बोलो। मुझे मत याद दिलाओ कि तुम वह नहीं हो।

मैं तो सो जाती थी और तुम ख़ाली जगहों में भर जाते थे। शनीली अँधेरे में भी मैं जानती थी, तुम ही हो। तुम्हारी चिकनी, बलिष्ठ पीठ पर मेरे हाथ बहक जाते।

"अन्दर चलो। ठंड लग जाएगी।"

मैं उठती हूँ। उदास, हसीन महक के घेरे में। चलते-चलते तुम्हारी कोहनी थाम लेती हूँ।

तुम्हें याद रहता है नीचे-नीचे उठता पानी ? तुम्हारी आँखों की व्यस्तता में मेरे सपने टूट-टूट जाते हैं।

अन्दर आकर तुम स्त्राउस का वॉल्टज़ लगा देते हो और वीकली के पन्ने पलटने लगते हो।

मैं अपनी किताब से ऊपर देखती हूँ, तुम्हारे चौड़ाए हाथों में वीकली। नज़र फेर लेती हूँ। खिड़की के बाहर घुप अँधेरा है। अँधेरे में झाँकती हूँ तो पतली-पतली उँगलियों का आभास अन्तरमन में ख़यालों की तरह उमड़ पड़ता है।

तुम्हारे चेहरे पर सन्तोष है।

मैं चाहती हूँ मेरे चेहरे पर भी सन्तोष का नकाब पड़ा रहे। मेरा बेताब मन तुम्हारे आगे न छलके।

तुमको उससे मिलाती हूँ तो दो सप्तक पर झनझनाते सुरों का बेसुरा शोर उठता है।

मैं आँखें बन्द कर लेती हूँ। अनजाने में हथेली गर्दन को लपेट लेती है। यों ही जिज्ञासावश मैं खाल दबाती हूँ तो कपड़े में पड़ती तहों का एहसास होता है। चौंककर आँखें खोलती हूँ। तुम मुस्करा रहे हो और तुम्हारी आँखों के नीचे नीली नसें उभर आई हैं।

मैं स्नेह से हाथ बढ़ाती हूँ, सहज ममता भरी दूरी के साथ। तुम्हारे बालों से खेलती हूँ।

"अच्छा लग रहा है। और करो।" तुम पत्रिका पढ़ते रहते हो।

रामऔतार कॉफ़ी की ट्रे ला रहा है। तुम सावधानी से मेरे हाथ अलग कर देते हो और उठकर बैठ जाते हो।

"बाहर घूमोगे ?"

तुम 'नहीं' तो करते ही नहीं, "चलो तुम्हारा मन है तो। पर ठंड है।"

तभी रामऔतार आकर बताता है कि जावेद साहब आए हैं। जावेद और रूही बैठ जाते हैं। हमलोग साथ बहुत घूमे हैं। खासकर ब्रज के इलाके में, दिल्ली के करीब। जावेद की जीप में। मथुरा, वृन्दावन, भरतपुर। वहाँ कीकर-वन भरे पड़े हैं। पीले फूलों से लदे। दूर से वे वन कितने मुलायम लगते हैं, पीली मखमल हो जैसे। पर बबूल तो काँटे की झाड़ है।

"क्यों, इतनी मायूस क्यों दिख रही हो ? बिजनेस में घाटा हो रहा है क्या ?" जावेद छेड़ता है।

"मायूस ? नहीं तो।"

मैं तो कुछ नहीं दीखना चाहती।

जावेद और रूही के बच्चे भी डलहौज़ी में पढ़ते हैं। मैं जावेद से बातें करती हूँ। ज़ोर देकर दोनों को खाने पर रोकती हूँ और सोचती हूँ—क्या इसके भी कानों के नीचे कपड़े की तह पड़ती है ?

जावेद अच्छा लगता है। उसकी सुन्दरता 'रेयर क्यूरिओ' वाली है। किसी ऐंटीक शॉप में अचानक नज़र आनेवाला अनोखा पीस। तीखे नाक-नक्श, पतली उँगलियाँ।

तुम अपने जीवन्त अन्दाज़ में महफ़िल में रंग घोल रहे हो। कहकहे, मज़ाक। मुझे आज जावेद का शान्त शालीन चेहरा बहुत भा रहा है। एक सुकुमारता है उसके भावों में। मानो बस अगले ही पल रो देगा। या अगले ही पल हँस देगा। लगता है जैसे वह नींबू के फूलों की उदास-सी खुशबू की तरह धीरे-धीरे विलुप्त हो जाएगा।

तुम आते हो और मेरे कन्धों को घेरकर जावेद से मज़ाक करते हो। रामऔतार ट्रॉली घुमा-घुमाकर सबको खाना परोस रहा है।

किसी बात पर रूही कहती है कि वक्त होता है हर चीज़ का।

"अपनी तो उम्र भी है।" तुम बात को मोड़कर छेड़छाड़ करते हो। नीली नसें उभर आती हैं।

जावेद और रूही चले जाते हैं।

तुम्हें याद है। "तुम घूमना चाहती थीं न ?"

मैं सोचती हूँ क्या कभी एक मन से कुछ नहीं होगा, यह पूछने-कहने की ज़रूरत बिना कि क्या चाहते हैं ?

"पर ठंड काफी है। एक शॉल ले लें।"

"छोड़ो," मैं कहती हूँ, "बहुत देर हो गई है।"

"देर ?" तुम अर्थपूर्ण दृष्टि मुझ पर डालते हो, "चलो आज जल्दी सो जाएँ।"

'नहीं' तो मैं भी नहीं करती। हम ऊपर जाते हैं। तुम बोलते रहते हो—"अच्छा हुआ वे लोग आ गए...शाम बढ़िया कटी...रामऔतार खाना बनाना सीख गया है...जल्दी ही सब कर डाला...सर्व भी कायदे से कर रहा था...बस चिकेन में मिर्च ज़रा ज़्यादा हो गई थी..."

कल पूर्णमासी थी। आज बड़ा-सा चाँद निकला है। पीले मक्खन का नर्म लुभावना गोला। तुमसे कहने का जी नहीं होता कि देखो कितना सलोना है, है ना ? कुछ बातें अब कितनी बचकानी लगती हैं।

तुम अभी याद नहीं आ रहे। गुलाबी धूप अन्तरमन के किसी कोने में दुबक गई होगी। ऊपर इस नवम्बर की रात के शीत की पर्त है।

उठती-सी उठती हिलोरें चाँदी की पर्त के नीचे होती थीं...

तिनके

बताना तो वह तभी से चाह रही थी पर अब कहेगी तो हेमन्त सोचेगा—तैश में कह रही है, मूड खराब है इसलिए।

मूड उसी वक्त खराब हो गया। इतने दिनों से वह बिजलीघर के चक्कर लगा रही थी। तमीज़ से बात की, उन्हीं की सुविधा का ख़याल रखा। पर उनका वही एक रवैया—'मैडम की शिकायत दर्ज़ कर लो। आज या कल आदमी ज़रूर पहुँच जाएगा।' बार-बार वह याद दिलाने लौटी तो बिजलीघरवाले ही इस तरह देखते मानो परेशान तो वह कर रही है उन्हें। आख़िरकार पिछली दफ़ा वह जोर से चिल्ला पड़ी कि अजीब बेहया हैं आप लोग, दूसरे के काम, समय, किसी चीज़ का ज़रा भी लिहाज नहीं और हम हैं कि बेवकूफों की तरह अपने प्रोग्राम रोककर आप पर विश्वास करके इन्तज़ार किए जा रहे हैं। और आप हैं कि आपको क्या गरज़, काम हमारा है, लटके रहेंगे, आपके मन में आएगा करेंगे, वरना यों ही नचाएँगे।...तमतमाते हुए वह वहाँ से निकली कि फ़ौरन भेजिए इलैक्ट्रीशियन को।...फिर पीठ पीछे आवाज़ आई—'भई चले जाओ जल्दी। मैडम आज बड़े गुस्से में हैं।' स्वर में स्पष्ट हँसी। उस रोज़ भी कोई नहीं आया।

और यों ही, हेमन्त के संग उधर से गुज़रते वक्त सोचा कि चलो एक बार फिर कह दें। हेमन्त बोला, तमीज़ से बोला, लेकिन आवाज़ में गुस्से का अंश भी था। वही बोला जो चन्दा बोली थी और उसी दोपहर को टनटनाते चले आए इलैक्ट्रीशियन महोदय।

फिर जब रसोईघर में एक्स्ट्रा बत्ती की बात हुई और हेमन्त ने उससे पूछा, 'क्यों, लगवा दें यहाँ ?' तो वह और चिढ़ गई। सिटिंग रूम में लगवाई थी, तब तो चन्दा की राय नहीं ली। पर इलैक्ट्रीशियन के आगे वह ज़ब्त कर गई। केवल इतना बोली, "नहीं, कोई ज़रूरत नहीं।" "सोच लो," हेमन्त ने फिर कहा, 'गैस के ऊपर लगवा दूँ। तुम्हें आराम हो जाएगा।"

एकदम से मूड एकदम ही ऑफ़ हो गया। "जो तुम ठीक समझो", कहकर वह धमकती हुई निकल गई।

बाद में हेमन्त आया, ''तुम्हें कभी अपनी बदतमीज़ी दिखाई पड़ती है ?''

''क्यों ? क्या किया मैंने ?'' उसने तटस्थ भाव से पूछा।

हेमन्त चिढ़कर बोला, ''तुमने क्यों, मैंने ही किया होगा कुछ। बता सकती हो उस आदमी के सामने ऐसी बेरुखी से बोलने का मतलब ?''

''उँह'', चन्दा ने अवहेलना से सिर झटका, ''तुम नहीं समझते हो तो न सही, बताने को कुछ नहीं रखा।''

थोड़ी देर दोनों भुनभुनाते रहे। फिर हेमन्त भूल-भाल गया। वह अक्सर भूल जाता कि कुछ हुआ था, जिस पर ज़ायका बिगड़ा था।

चन्दा भी भूलना चाहती। याद करने के लिए बात छोटी लगती। ज़रा-सा काँटा गड़ जाए तो हल्की-सी चीख से ज़्यादा कुछ कहना या करना बेवकूफ़ी ही तो लगता। रोए-गाए, दवा-दारू की माँग सुनाए, सब नाजायज़ लगता। पर नन्ही-सी फाँस की तरह खाल के नीचे कुछ चुभता रहता। देर तक वह खीझती रहती।

हेमन्त के ऐसे वाक्यों पर वह अक्सर चिड़चिड़ा जाती। जैसे शिमला में कुफ़री के रास्ते चलते-चलते जब रुककर उसने पूछ लिया, ''ठीक हो न, चल पाओगी ?'' तो वह बेतरह बरस पड़ी, ''भाई साहब आप हैं मेरठ के, मैं गढ़वाली हूँ, यह सवाल मुझे आपसे करना होगा।''

ऐसे मौकों पर हेमन्त भी कभी बिदक जाता, ''तुमसे तो प्यार से बात करना भी मधुमक्खी के छत्ते में हाथ डालना है। काटने दौड़ती हो ? इतना कॉम्पलैक्स क्यों है तुम्हें ? कभी नैचुरल नहीं रह सकतीं।''

चन्दा भी सोचने लगती—क्या बार-बार भन्नाती हूँ। पर उसे यह भी बुरा लगता कि अपराधी-सी महसूस करती हूँ कि नाहक अच्छा-भला माहौल चौपट कर दिया। जैसे चोर की दाढ़ी में तिनका हो। लेकिन तभी मन ही मन इस पर भी कुढ़न होती कि हाँ जी, सहज तो यही है न कि मेरी भी दाढ़ी हो !

दीदी के आने से और भभ्भड़ बढ़ गया था, शायद इससे भी मन कुछ अस्त-व्यस्त रहता। दीदी से चन्दा को कोई बैर नहीं था, वह तो ख़ुद ही सारा काम समेटती रहतीं। पर शानू को दीदी ने तूफ़ान बना दिया था। ऐसा नवाब कि पूछो मत। द लिटल डिक्टेटर। मुँह से बात निकली नहीं कि पूरी हो जाए। आधी रात को भी कोई अनहोनी फ़रमाइश हो तो दीदी आवभगत के लिए हाज़िर। घर में भी मनमानी तोड़-फोड़ मचाता। दीदी कभी रोकतीं भी तो यही कहतीं कि छोड़ दो बेटा, शानू ! हम तुम्हारे लिए दूसरा ला देंगे बाज़ार से, इससे भी अच्छा।

हद से ज़्यादा लाड़ करतीं शानू पर। पीछे-पीछे भागकर चम्मच से खिला रही

हैं, बच्चा है कि कभी इस कमरे में कभी उसमें, कभी घर के बाहर। शानू भी हर वक्त सबका केंद्र बना रहना अपना हक समझता था। अकेले कुछ करता भी तो भी अपेक्षा यह रहती कि सबका ध्यान उसी पर रहे, तारीफ़ करें, वाह-वाह करें। अपने आप बैठकर खेल में लीन हो जाना उसे आता ही नहीं था। और इधर छह-आठ महीने से एक नया खेल सीख लिया था—पैरों के बीच, अपनी मुट्ठी में भींचे हुए ! मालिश भी कराता तो संकेत से या तुतलाकर—"वहाँ करो...फूँको...।" और सारे घरवाले ठठाकर हँस देते—'नॉटी शानू !'

यह तो कहो कि किश्शू थी तो अक्सर शानू को अपने खिलौनों के बीच सँभाले रखती। वरना चन्दा तो बात-बात पर शानू को लताड़ने को तत्पर रहती। उस दिन खाने के लिए बच्चों को बुलाने गई तो किश्शू शानू को बमुश्किल गोद में उठाकर कमरे का पंखा छुलवाने का प्रयास कर रही थी। आस-पास नहीं पहुँचा शानू का हाथ तो बोली, "कोई बात नहीं शानू, जब हम बड़े हो जाएँगे तो आपको छत भी छुला देंगे।"

किश्शू का ख़याल आते ही चन्दा का हृदय ममता से छलछला पड़ा। उसकी हमेशा से मुराद थी कि एक बेटी हो और वह हो गई। किश्शू कभी लाल, मोटी-सी बेबी नहीं थी। शुरू से ही सुथरे कटाव, स्पष्ट नाक-नक्श थे उसके। और बहुत सयानी लड़की थी शुरू से ही। हेमन्त को टाइप करते देखती तो ख़ुद ही शान्त हो जाती। चुपके से चली जाती या धीरे से चन्दा के कान में कह देती जो कहना होता। अब तो और भी समझदार हो गई थी—हेमन्त व्यस्त हो तो उसकी चाय पर टीकोज़ी भी लगा देती। पर यह नहीं कि डरती हो अपने पापा से। कभी जो हेमन्त की आवाज़ ऊँची हुई कि झपटकर चन्दा के आगे खड़ी हो जाती—मत बोलिए मम्मा से ऐसे...आँखों से आग बरसाते !

चन्दा मूड ऑफ़ किए यह सब सोच रही थी, उधर दीदी ने आवाज़ लगाई। वह हड़बड़ाकर उठी। ट्यूटोरियल की फ़ाइल बन्द की और खाने के लिए कमरे में पहुँची। दीदी ने किश्शू के साथ खाना मेज़ पर सजा दिया था।

"अरे दीदी, क्या तुम भी। बुला लेतीं मुझे। सब अकेले करती हो।"

"उँह, बेकार की बात," दीदी ने जैसे मक्खी उड़ाई, "पढ़ाई कर लो, मैं चली जाऊँगी तब तो इधर ध्यान रखोगी ही।"

खाते वक्त दीदी ने किश्शू को सम्बोधित किया, "और देखना जल्दी ही तुम्हारी बिटिया तुम्हें कितना आराम देगी, पूरा काम सँभाल लेगी। है ना किश्शू ?"

"हाँ।" किश्शू खाते-खाते बोली।

''हम लोग तो सब मिल के काम करते हैं,'' नाहक चन्दा यह सफ़ाई पेश करने लगी, ''है ना किश्शू ?''

''हाँ।'' किश्शू अपनी किताब पढ़ने में मगन थी। शानू खा चुका था और सो रहा था, तभी इतनी शान्ति थी।

''सो तो बिलकुल सही है चन्दा,'' दीदी अपनी पुरानी मनपसन्द राह चल पड़ीं, ''तुम्हारा पति तो लाखों में एक है। लाखों में क्या मैं तो कहूँगी करोड़ों में एक है। सारे दिन ऑफ़िस में खटता है, लेकिन घर के काम में भी हाथ बँटाता है।''

चन्दा मुस्कराई, ''मैं भी तो दीदी, घर का, बाहर का, दोनों जगह का देखती हूँ।''

''हुँह,'' दीदी ने उपेक्षा के अन्दाज़ में मुँह बनाया, ''तुम्हारी टीचिंग तो मटरगश्ती है। कभी दो घंटे में हो गई, कभी तीन में, और वापस घर आकर पसर जाओ। मटक-मटककर गईं, मटककर आ गईं ! वह तो दिन-भर खटता है और यहाँ भी...''

चन्दा ने भीनेपन से टोका, ''यही तो दीदी, हम अध्यापक-अध्यापिकाओं...'' उसने जानकर जोड़ा, ''का निरन्तर रोना है कि जो दस से पाँच ऑफिस में नहीं, उनका काम-काम लगता ही नहीं। हमारी मेहनत तो नज़र ही नहीं आती।''

''कौन-सी मेहनत ?'' दीदी हँसने लगीं, ''एक बार नोट्स बना लिए, ज़िन्दगी-भर लैक्चर दिए जाओ।''

''पहली बात,'' चन्दा समझाने लगी, ''वही नोट्स हमेशा नहीं चलाए जाते, लगातार काम होता है। दूसरी, हम लोगों का अपना रिसर्च वर्क भी चलता है। तीसरी, जो दस से पाँच ऑफ़िस में हैं, वह मेहनत के अलावा चाय, सिगरेट, गप्पें भी लूटते हैं...'' चौथी बात पर आते-आते उसे यह सारा संलाप ही बेतुका लगने लगा।

दीदी मस्ती से बोलती गईं, ''तुम छोटी थी तब भी ऐसी ही चंट थी। मम्मी डाँटतीं कि पढ़ने के बजाय सो क्यों रही हो तो चटपट जवाब देती, सो नहीं रही, सोच रही हूँ। मैं तो जब भी देखती हूँ तुम इधर से उधर घर में फिरती रहती हो। किताब खोलती भी हो तो मुश्किल से आध-पौन घंटा। हेमन्त को देखो...''

''उसे तुम ही देखो,'' चन्दा हँस दी, ''मैं उस पे लट्टू नहीं हूँ।'' फिर किश्शू को डाँटने लगी, ''यह क्या आदत बना ली है, खाते वक्त पढ़ने की ? बन्द करो।''

"अच्छा मम्मा, लेकिन बस आज।" किश्शू हर बार की तरह बोली।

"अभी पापा होते तो फ़ौरन मान लेती। मुझे तो कुछ समझती ही नहीं।" चन्दा शिकायत के, लेकिन नर्म लहजे में बोली। किश्शू को वह डाँटना पसन्द नहीं करती थी। ज़रूरत ही कहाँ होती थी। फिर किश्शू उसकी दोस्त भी बनती जा रही थी।

अमूर्त-सा ख़याल आया–किश्शू को ही कह दूँ पहले...।

दीदी ने बेसन फेंट के रखा था। भाजी, मिर्ची, सब काट के तैयार बैठी थीं कि हेमन्त आए तो गरम पकौड़ियाँ उतारें। यही फ़र्क था दीदी और चन्दा में। चन्दा किश्शू के स्कूल से लौटने पर कुछ बनाती और उसी में एक हिस्सा हेमन्त के लिए रख देती। ज़रूरत हो तो हॉट केस में। भरसक तो सैंडविच, आइसक्रीम, जूस, ऐसी चीज़ें होतीं कि सीधे निकालो और खाओ। पर दीदी को यह कभी अच्छा नहीं लगा। वह चन्दा से बात-बात में कह देतीं, "ऐसी भी क्या व्यस्तता कि दस मिनट बीच में उठकर कुछ ताज़ा नहीं दे सकती ?"

चन्दा दीदी की इन बातों का बुरा नहीं मान पाती थी। दीदी दिल की बहुत ही भली थीं। जीजा जी के गुज़रने के बाद से वह चन्दा के परिवार पर सबकुछ न्योछावर करती रहीं। जीजा जी .खुद हेमन्त के ख़ास प्रशंसकों में रहे। उनका मानना था कि वह बहुत प्रतिभाशाली वैज्ञानिकों में से है और एक न एक दिन दूर-दूर तक नाम रोशन करेगा।

इसलिए दीदी की हिदायतों पर चन्दा हँसकर कहती, "दीदी तुम हो जाहिल जपट। मैं हूँ वैज्ञानिक की घरवाली। हमने विज्ञान से ही सीखा है कि एक बार खाना पका लो और हफ़्ते-भर फ्रिज में रख के चलाओ।"

"छिः चन्दा !" दीदी नाक सिकोड़ लेतीं, "तभी तो आए दिन पेट खराब होने लगे हैं। स्वाद भी यह नहीं रहता। यह भी कोई बात हुई ? इसीलिए फ्रिज लेते हैं..."

"और नहीं तो क्या इसलिए लेते हैं कि कोने में सजा दें और गर्मी में दो बोतल पानी ठंडा कर लें ?"

पर दीदी की अपनी बान थी। वह जब रहतीं, फ्रिज में गाहे-बगाहे ही कोई पकी चीज़ रखी जाती। दोनों-तीनों वक्त चीज़ें पकतीं।

हेमन्त भी दीदी के लिहाज़ में थोड़ा वक्त का पाबन्द हो लेता। आ के फौरन चाय-नाश्ता कर लेता। वरना तो अक्सर अपने स्टडी में ठकाठक्-ठकाठक् टाइपराइटर पर, या जैनेटिक्स पर कुछ पढ़ता हुआ। किश्शू उसका सन्देश लाती,

"मम्मा चलिए आप और हम खा लें, पापा बड़े मुश्किल पॉइंट पर हैं।"

हेमन्त आया तो पकौड़ियाँ खाकर सीधे 'मुश्किल पॉइंट' में उलझ गया। चन्दा ने सोचा था–आज शायद मौका लगे, पर अभी नहीं। बीच काम में पूछेगी तो कहीं बदमज़गी न हो। उसने चिढ़कर सिर झटका–यह किन लफ़्ज़ों में सोच रही है–पूछे, ऐतराज़, बदमज़गी। मानो सच ही उसकी दाढ़ी में तिनका है। बताना है बस, बता देगी। पर अभी नहीं, बीच काम में हेमन्त को मामूली-सा भी टोका जाना बुरा लगता है। हाँ, ज़रूरी हो जाए तो बात अलग है। पहले कभी इस बात पर झड़प भी हो गई थी कि मैं तो तुम्हारे दिमाग में बैठी नहीं हूँ कि समझ जाऊँ, कब चाय के लिए पूछना भी तुम्हारे सोच में खलल डाल देगा। पर साथ रहते-रहते 'एडजस्टमेंट' हो ही जाता है। हेमन्त यह भी कहता था कि तुम भी काम के बीच मुझे चुप रहने को कहोगी तो मैं बुरा नहीं मानूँगा। यह अलग बात है कि चन्दा के स्वभाव में यह सिफ़त थी ही नहीं। पर यह हेमन्त की गलती तो नहीं। वैसे हेमन्त बेहद मुरव्वती पति था, बस काम की कद्र रहे। सहानुभूति, दयालुता किसी की कमी नहीं थी उसमें।

चन्दा ने फुर्सत का फ़ायदा उठाकर बाकी ट्यूटोरियल जाँचे। फिर क्लब के लिए तैयारी करने चली। किश्शू के संग शाम को स्विमिंग जाना शुरू कर दिया था। हेमन्त भी अक्सर साथ चलता। अगर 'मुश्किल पॉइंट' पर न हो !

दीदी और शानू तैयार थे। सब बाहर निकलने ही वाले थे कि हेमन्त कहीं जाते-जाते उन्हें देखकर ठिठका, "कहाँ चले ?...ओ क्लब...मैं भी चल सकता हूँ।"

"पापा भी चलेंगे, पापा भी चलेंगे।" किश्शू उछलने लगी। उसकी देखा-देखी शानू ने भी रट लगाई, "पापा बी, पापा बी !"

"चलो फिर।"

"बस दो मिनट रुक जाओ तो यह कमीज़ बदल लूँ और ट्रंक्स ले आऊँ।"

कमरे से जब आवाज़ आई कि ओफ़ चन्दा, मेरे ट्रंक्स कहाँ गुमा दिए, तो दीदी ने उसे हल्के से धक्का दिया, "दे दो जा के चन्दा। उसे मिल नहीं रही। कहीं दबा दी होगी तुमने।"

"ओ दीदी," चन्दा ज़रा झल्ला उठी, "अपने कपड़े वह .ख़ुद रखता है, मैं नहीं रखती। उसकी अलग अलमारी है।"

"यह देखो !" हेमन्त बड़बड़ाते हुए निकला, झंडे की तरह ट्रंक्स को ऊँचा फहराता हुआ। कुछ दूर तक सिलाई उधड़ गई थी।

"तो दिखा किसे रहे हो ?" चन्दा क्षुब्ध हो गई, "तुम्हीं सँभालते हो, देख सकते थे।"

"अरे झगड़ती क्यों है," दीदी ने कहा, "लाओ, मैं एक मिनट में सिल दूँगी। इसमें कोई परेशानी नहीं।"

"रहने दो दीदी। ऐसे ही चल जाएगी। बस अपनी इस डंक मारती बहन को सिखा दो कि मेरी चीज़ें न छुआ करे। छूती है फिर बोलती है तुम अपनी चीज़ें ख़ुद सँभालो।" वह चन्दा की ओर मुस्कराहट फेंकता हुआ बोला।

"हँसी नहीं आ रही है," चन्दा ने गर्दन ऊँची की, "इधर-उधर पटक देते हो, बाथरूम में छोड़ देते हो तो मुझे छूना पड़ता है। वरना..."

दीदी हँसने लगी, "हेमन्त, पानी में तो ठीक है, बाहर निकलना तो ज़रा शानू की तरह अपनी इज़्ज़त सँभाल लेना। वरना भरी सभा में भद्द होगी !"

हेमन्त भी ठहाका मार के हँस पड़ा।

पूल में ज़्यादा लोग नहीं थे। शानू और किश्शू बच्चों की तरफ़ पानी में गेंद से खेल रहे थे और दीदी बाहर बैठी उन पर नज़र रख रही थीं। कई लेंग्थ्स तैरने के बाद चन्दा हाँफ़ती हुई गहरी ओर चेन के सहारे पानी में ढीली पड़ी रही। हेमन्त भी उसी तरफ़ ज़रा दूरी पर था। आसपास कोई नहीं। धीरे-धीरे अँधेरा बढ़ रहा था। बस किसी भी क्षण म्यूनिसिपैलिटीवाले मेन स्विच दबाकर शहर की बत्तियाँ जला देंगे।

"एई," हेमन्त ने धीमे से उसे पुकारा कि सिर्फ़ वही सुन पाए, "इधर आओ।"

"तुम भी आ सकते हो।" चन्दा तैरती हुई उसके करीब चली आई।

"बड़ी सुन्दर लग रही हो। जाने कैसा हुआ जा रहा है मन। कोई न होता तो यहीं..." उसने पानी में छिप के चन्दा को प्यार कर लिया।

"चलो चलें" दोनों कम पानी की तरफ़ बढ़े। दीदी ने शानू को नहला के साफ कपड़े पहना दिए थे। किश्शू की हँसी सुनाई दी और तभी वह नंग-धड़ंग दीदी के हाथों से ख़ुद को छुड़ाकर खिलखिलाती हुई बाहर भागी। पीछे-पीछे दीदी –"नहीं किश्शू ! गन्दी बात। डर्टी गर्ल। ऐसे आते हैं सबके सामने !"

घर पहुँचे तो आठ बज चुके थे।

"दीदी के चक्कर में फ्रिज हमेशा ख़ाली रहता है। अब चलें जल्दी-जल्दी बनाएँ। नहीं तो आराम से कुछ गरम करते और चटपट खाना हो जाता।" चन्दा ने मीठा उलाहना दिया तो दीदी ने मीठा ताव दिखाया, "ठीक है ठीक है। तुमसे तो नहीं कह रहा कोई कुछ बनाने को। अभी दस मिनट में सब तैयार होता है।"

"बिलकुल नहीं," हेमन्त ने जिम्मा लिया, "अभी चलो, मैं बनाऊँगा खाना।"

"रहने दो," दीदी ने झिड़का "ज़्यादा डींग न हाँको। जानती हूँ तुम पकाने

में माहिर हो, तुम्हारे जैसे कोफ़्ते, तुम्हारी जैसी फिरनी...! पर अभी रहने दो।..."

"सवाल ही नहीं उठता। मैं ही पकाऊँगा। तुम दोनों से स्वादिष्ट पकाऊँगा। मज़ा तो आए भोजन में। चलो-चलो।" उसने सबको प्यार से ठेला।

तब तक शानू को अपना ख़याल आ गया। लगा पूरे जोर-शोर से राग अलापने, "बीच बॉल लेंगे। बीच बॉल लेंगे।"

"कल फिर स्विमिंग जाएँगे, तब मिलेगी।" किश्शू ने उसे समझाया।

पर आज तक माने थे छोटे नवाब जो अब मान जाते ? "अब्बी !" कई रागों को मिलाकर संगीत को शोर बना डाला।

दीदी के बहुत बहलाने पर कि अब तो दुकान बन्द हो गई, कल खुलेगी तो लाएँगे, वह चुप हुआ। पर दुबारा चालू होने के लिए–किश्शू को नहीं देंगे !

"गन्दी बात" दीदी ने टोका, "वह तुम्हें अपने सब खिलौने देती है कि नहीं ?"

राजा बेटे को गला पूरा फाड़ने का अब फिर कारण मिला, "नहीं देंगे नहीं देंगे...बस अम लेंगे। अब्बी लेंगे...।"

"अच्छा-अच्छा किश्शू को नहीं देना। बस तुम लेना। सिर्फ शानू लेगा। अब चुप। चुप...।"

सोचने लगा शानू कि अब किस माँग पर दहाड़ूँ ? पर एकदम से कुछ सूझा नहीं और रोने की कड़ी टूट गई। नए सिरे से फिर छिड़ जाना कुछ भाया नहीं, तो चुप रहा।

चन्दा बोली, "लगता है हेमन्त का आर्टिकल ख़त्म हो गया।"

"खत्म तो नहीं, पर ऐसे मोड़ पर है कि छोड़ सकूँ। पक रहा है।" मुस्काकर उसने मज़ाक किया, "पकाऊँगा तो और पक जाएगा !"

"मुश्किल पॉइंट पर नहीं हैं पापा ?" किश्शू ने गम्भीरता से पूछा।

"नहीं मेरे बच्चे !" हेमन्त ने उसे गोद में उठाकर पुचकार लिया।

चन्दा ने दीदी को जबरन रसोई से बाहर किया और बच्चों के हवाले कर आई और .ख़ुद स्टडी में आ गई। मन में आया तो था कि हेमन्त अकेला है, बात कर ले, सभी का मन खुशहाल है अभी। पर ऐसे, समां देखकर जाने की सोचने में, उसे 'तिनके' का एहसास फिर हो आया। ख़याल झटककर वह पढ़ाई में जुट गई। यह पर्चा भी तो पूरा करना है। फ़िलहाल इसे ही कहीं छपा पाए तो बहुत है। थीसिस तो वेकेशन से पहले क्या ख़ाक हो पाएगी ?

लेकिन कानों में बार-बार रसोई में होती खटर-पटर आती रही। मन वहाँ

दौड़ने लगता। ओफ़्, हेमन्त को पता नहीं दीदी पोस्टमैन नहीं, कड़वे तेल में खाना पकाती हैं। और कहीं अरहर के अलावा कोई दाल बना देगा तो वह शानू आफ़त कर देगा, कुछ खाएगा नहीं और आसमान सिर पर उठा लेगा।

आख़िर उससे नहीं रहा गया तो वह हेमन्त के पास पहुँच ही गई।

''रहा नहीं जाता तुमसे,'' हेमन्त हँसा, ''चाहती हो बराबरी, पर हो उसी सदी की !''

दीदी भी आ गईं। ''मैं तो कहती ही हूँ। हर तरफ़ से मज़े लूटना चाहती हैं यह नए ख़याल वाली नारियाँ ! पढ़ने-लिखने में दिलचस्पी है नहीं, तुर्रा यह कि घर का काम पढ़ने नहीं देता। क्यों, अब क्यों नहीं पढ़ रहीं जा के ? थीसिस-वीसिस कर लो पूरी।'' उपहास के स्वर में चन्दा से बोलीं।

''वही न दीदी,'' चन्दा ने नाटकीय हताशा से आँखें ऊपर कीं, ''तुम समझ सको अगर कि थीसिस कोई अंडा नहीं कि बीच में दस मिनट मिले तो उबाल आए।''

''हाँ जी हाँ,'' दीदी प्लेटें पोंछकर मेज पर रखने लगीं, ''एक तुम्हारी ही थीसिस ऐसी है कि जब तक घर-बार, बाल-बच्चे सबसे अलग न हो, होके नहीं देगी ! और भी लोग करते हैं। हेमन्त दूसरी किताब पर आ गया, संन्यास लेने की उसे तो ज़रूरत पड़ी नहीं। एक तुम्हारी ही थीसिस निराली है। अलग होने पर भी नहीं होगी, क्योंकि तब कभी भूख डिस्टर्ब करेगी, कभी नींद अड़ंगा डालेगी ! रहने दो भई...

''भई नहीं, बहन,'' चन्दा की आँखों से हँसी लोप हो गई, होंठों पर चिपकी रह गई। दीदी तो हँस रही थीं, पर चन्दा को लगा, शायद उन्हें भी नहीं पता उनकी आवाज़ में छिपे तिरस्कार-भाव का।

''क्यों पीछे पड़ती हो मेरी सुन्दर आधुनिक बीवी के ?'' हेमन्त ने आटे से सने हाथों को बचाते हुए झुककर चन्दा का गाल चूमा। ''मेरी बीवी देखना क्या-क्या कर दिखाएगी। और तब सबकी समझ में आएगा कि देयर इज़ अ मैन बिहाइंड एवरी ग्रेट वुमैन, है ना चन्दा ?'' उसने हँसकर चन्दा को देखा।

क्यों, चन्दा के मन में उठा, यह हँसने की बात है क्या ?

और फिर उसके मन में आया कि अभी जो पूछ डाले...उँह कह डाले...। पर...

सुबह जब चन्दा की आँख खुली तो अँधेरा अपना बोरिया-बिस्तर समेट रहा था। हेमन्त बगल में गहरी नींद सो रहा था। रात देर तक स्टडी से टाइपराइटर की

आवाज़ आती रही।

चन्दा खिसककर उसके नजदीक लेट गई। हेमन्त ने नींद में ही अपना चेहरा उसके सीने में घुसा दिया। वात्सल्य से चन्दा उसके बालों को उँगलियों से सँवारने लगी। हेमन्त की साँसों से बार-बार उसका पेट हल्के से चन्दा के पैर पर लग जाता। तोंद की शुरुआत थी। चन्दा ने आमोद से कहा था, "याद रखो, आज की नारी आदमी को लुभानेवाली वस्तु नहीं है कि अपना सारा जीवन परी-सी बनी रहने में झोंक दे। अब उसे भी लुभाना ज़रूरी है। तुम मोटे लबड़धोंधों बनोगे तो मेरा भी मन इधर-उधर... !"

"हाय-हाय," नौटंकी भाव से हेमन्त चिल्लाया, "क्यों मुझे जन्म दिया इस उल्टे ज़माने में जब औरत आदमी से सदियों के ज़ुल्म का सूद समेत मुआवज़ा लेने पर तुली है !"

चन्दा के होठों पर स्मित खेल गई। अँधेरे की ओट में आँखें मूँद लेने का जी था पर मन कड़ा करके वह पलंग से उतर आई। यही वक्त है जब काम क़ायदे से हो पाता है। बच्चे सो रहे हैं, हेमन्त भी, मन हज़ारों दिशाओं में नहीं दौड़ता। वह एकाग्रचित्त होकर पढ़ पाती है। दीदी उठ चुकी होंगी पर अभी चन्दा उनके पास नहीं जाती। वहीं टेबल पर फैले अपने नोट्स पर झुकी रहती है।

दो-ढाई घंटे वह वहीं बैठी रही। सिर उठाया तो पता चला लैंप बेकार जला हुआ है, दिन के उजाले में उसका कोई अस्तित्व नहीं रह गया है। लैम्प बन्द करते हुए उसने कुछ उत्फुल्लता से सोचा—'हाँ, यह पर्चा बन जाए तो इसी को प्रेज़ेंट करूँगी।'

घड़ी पर नज़र डाली तो आठ बज रहा था। उसने कुर्सी पीछे खिसकाई और फट् से उठी। किश्शू को जाकर जगाया, "चलो बेबी, स्कूल को देर हो जाएगी। नाऊ, दैट्स इनफ़, कम ऑन। उट्ठो।" दीदी ने चाय टीकोज़ी से ढक दी थी। चाय पीते-पीते चन्दा ने सैंडविच बनाए, किश्शू, हेमन्त, दोनों के लिए टिफ़िन बॉक्स में बन्द किए। पहले हेमन्त भी अपनी ऑफ़िस कैंटीन में खा लेता था, पर इधर उसका पेट अक्सर खराब रहने लगा था।

जिन दिनों कॉलेज होता, सारी सुबह हड़बड़ी में निकल जाती। दीदी शानू को सँभालती, चन्दा इधर तैयारी करती। किश्शू एक बार उठ जाती तो परेशान नहीं करती थी। कपड़े भी ख़ुद बदल लेती। चन्दा केवल 'मुश्किल पॉइंट' पर मदद करने के लिए साथ-साथ रहती—ब्लाउज़ के बटन लगाने, बाल बनाने, जूते का फ़ीता बाँधने। एक-दो बरस में यह सब भी किश्शू के बूते का हो जाएगा।

"प्यारी बच्ची !" चन्दा ने किश्शू को चूम लिया,"चलो बैग उठाओ और खाने आओ।"

"मम्मी, पापा तो अभी सो रहे हैं।"

"कोई बात नहीं, मैं छोड़ दूँगी।" चन्दा ने मोपैड निकाली। स्कूल के फाटक पर उसके जी में आया किश्शू से कहूँ, पर लबों पर आई बात वह निगल गई। लौटते वक्त कसैले मन से सोचती रही कि यह तिनका झटकने पर भी झटक क्यों नहीं जाता ?

हेमन्त उठ गया था। दीदी शानू को लेकर गुसल में गईं तो चन्दा को लगा एक के बाद एक दिन निकले जा रहा है। इसी तरह रहा तो देर हो जाएगी। दो मिनट चुप रही, मन ही मन शब्द बीनती रही। समां बाँधने का बोध कोंचता रहा।

आख़िर बोल ही दी।

हेमन्त ने सपाट, संचालित आवाज़ में कहा, "हाँ-हाँ जाओ" मानो चन्दा ने कहा हो, 'मैं नहाने चली।'

दीदी नाश्ता बना रही थीं, चन्दा वहीं मेज़ पर अपने लैक्चर कार्ड देख रही थी। उसकी कुर्सी हिली तो हेमन्त दूसरे कमरे से बोला, "उठ रही हो तो मेरी कॉफ़ी, यहीं दे जाओ।"

प्याला थमाकर चन्दा निकलने लगी तो बोला, "टिकट ले लिया ?"

"ज़ाहिर है नहीं लिया, जब अभी ही बात की है।" चन्दा को हेमन्त के सन्तुलित स्वर में भी कहीं रेतती-सी धार का भास हुआ।

"ज़ाहिर कुछ नहीं है," हेमन्त अभी भी सुलझे लहजे में बोल रहा था, "तुम अपने कॉलीग से टिकट नहीं मँगा सकती हो, मुझे क्या पता ?"

"नहीं, अभी नहीं मँगाया है। जब बात ही पूरी तय नहीं थी..."

"क्यों कॉनफ्रेंस तय नहीं अभी ?"

"वह तो है। मैं समीरा के पास जाने की बात कर रही हूँ।"

"वोह...हूँ..." हेमन्त कुछ इस तरह कॉफ़ी पीने में रत हो गया कि जैसे 'वोह' बात तो सबसे नगण्य है।

कॉलेज में उस रोज़ चन्दा गम्भीर-सी बैठी रही। ज़रूरत, इच्छा, नफ़ा, नुकसान ? ऐसे ही सवालों की ऊहापोह में डूबी रही।

आख़िरी पीरियड में ट्यूटोरियल लेना था। पर चन्दा किसी किस्म के रचनात्मक विवाद के लिए तैयार नहीं थी। उसने दूसरे दिन के लिए वक्त तय कर लिया और घर को चल पड़ी।

"अरे," दीदी ने दरवाज़ा खोला, "कैसे ? ख़ैरियत तो है ?"

"स्टूडैंट कम थे। सिर भारी था।" चन्दा ने पचास प्रतिशत सच की सफाई दी।

दीदी ने घबराकर उसके माथे पर हाथ रखा, "हो सकता है बुखार हो।"

"नहीं दीदी बुखार-वुखार कुछ नहीं है, धूप से आ रही हूँ इसलिए माथा गरम है।"

"फिर भी," दीदी ने उसे बेडरूम की तरफ़ किया, "रिस्क मत लो। तुम कुछ देर आराम करो।"

पंखे की हवा में चन्दा को पता ही नहीं चला, कब आँख लग गई।

पर नींद के प्रेत ने उसे अजीब अँधेरे में पटक दिया। गुमसुम अँधेरा, गाढ़ा राज़ भरा दरिया, छिपे-छिपे हताश चेहरे...। कुछ था जो चन्दा को उधर खींच रहा था—सन्नाटेदार अँधेरे में, साँप-से काले, ज़हरीले पानी में। वह डूब रही थी, छायाओं से घिरी निराश आँखें देख रही थीं, विवश, कातर...।

चन्दा ने आँखें खोलनी चाहीं पर तन-मन किसी अनजाने बोझ से शिथिल पड़ा था। वह मरी-मरी सी कोशिश कर रही थी किसी तरह आँख खुल जाए।

पता नही कैसे बोझिल पलकें उठीं। गफ़लत से चन्दा ने कमरे में रखी चीज़ों को पहचानना चाहा। ढलते दिन का निर्जीव अँधेरा इधर-उधर बिखर रहा था। हर तरफ़ फैलती पीली निरर्थकता।

चन्दा बेजान-सी पड़ी रही।

तभी दीदी दरवाजे पर नज़र आईं। क्या उन्होंने खुलने को तड़पती आँखें देखी होंगी ?

"कैसा जी हो रहा है ?" दीदी ने उसके माथे पर हथेली रखी। कितनी दादी माँ से मिलती हैं दीदी।

"ठीक हूँ। चलो उठती हूँ।"

"कुछ खाएगी ?"

चन्दा ने घड़ी देखी, "अब किश्शू को आ ही जाने दो। साथ खाएँगे।"

किश्शू से भी कह दूँ, वह सोचती रही। किश्शू फिर कोई कहानी की किताब ले आई थी, खाते-खाते वही पढ़ने में लिप्त थी।

"किश्शू कितनी बार कहा है। खा लो, कपड़े बदल लो, फिर पढ़ो।"

"बस लास्ट मम्मा।" बच्ची मिन्नत करने लगी।

"नहीं फ़ौरन बन्द करो। बिलकुल नहीं...बात माना करो किश्शू...फिर मुझे डाँटना पड़ेगा...। इनफ़, कम ऑन।"

"ओ मम्मा" किश्शू ने किताब बन्द कर दी। खाने के बाद अपनी प्लेट सिंक

के पास रख के वह शानू के कमरे में चली गई।

दीदी बतिया रही थीं। इधर-उधर की करते-करते फिर पुराना सूत्र उठाया, "चन्दा तुम्हारे जीजा तो उँगली नहीं उठाते थे घर के भीतर। हेमन्त को देखो, पिछले इतवार को सारे जाले साफ़ कर दिए। अन्दर-बाहर कुछ भी करने में कोई हिचक नहीं। मैं तो कहूँ, वही हाउसवाइफ़ बनता जा रहा है ! और यह नहीं कि बेमन करता हो..."

"दीदी, तुम्हें समीरा याद है ?"

"कौन ?" दीदी की बात का क्रम टूट गया, "समीरा राजपाल ?"

"हाँ, वही। अब वह रंगनाथन है। बहुत बरस हो गए उसे देखे। सोचती हूँ मिल लूँ।"

दीदी ने ख़ास ध्यान नहीं दिया, "बचपन में तो तुम दोनों एकदम चिपकू थे...चलें, शानू जनाब अपना गाना शुरू करने ही वाले हैं !"

हेमन्त आया तो दीदी ने टिकियाँ तलीं।

बाहर लॉन में बैठकर वह खा रहा था और कुछ पढ़ रहा था। बच्चे पानी दे रहे थे। शानू ने जोश में आकर पाइप गुलाब की क्यारी में खींचा तो एक्ज़ोरा की झाड़ को एक तरफ़ झुकाता हुआ पाइप उस पर झूल गया।

"पापा-पापा," किश्शू आतंकित होकर चीख पड़ी, "बचाइए, मेरा पेड़ बचाइए।"

"ओफ़् किश्शू, डोंट डिस्टर्ब।" हेमन्त बौखला उठा, पर उसने पाइप अलग कर दिया। चन्दा और दीदी को समझाने लगा, "कल डब्ल्यू.एच.ओ. वाले आ रहे हैं। अपना केस पेश करना है। मान गए तो खासा लोन देंगे।"

फिर चन्दा से पूछने लगा, "कौन-सा पेपर पढ़ोगी बंगलौर में ?"

"बंगलौर ?" दीदी चौंकी।

"हाँ," चन्दा को अपने दिल की गति तेज़ होती लगी, "वहाँ एक कॉनफ्रेंस है।"

"कब ?"

"अगले महीने।"

"ठीक है भई, यह सब भी कराओ अपनी नौकरीपेशा बीवी से !" दीदी हँसी, "मुझे नहीं बताया चन्दा ?"

"अभी ही तय हुआ...पूरी तरह से..." चन्दा को लगा उसकी जबान लड़खड़ा रही है, "और मैं बता तो रही थी...समीरा..."

"वह भी आएगी ?" दीदी ने अपनी प्लेट में टिकिया डाली।

"नही, मैं जाऊँगी...कोडईकनाल।"

दीदी के हाथ में टिकिया निमिष मात्र भूली पड़ी रही, फिर उसे तेजी से मुँह में डाल वह चुपचाप खाने लगीं।

हेमन्त बच्चों की तरफ़ देखते हुए बोला, "तुम तो कहती थीं सेमिनार वक्त की बरबादी है, उनके लिए है जो पोज़िशन, प्रभुत्व, पाने के फेर में लोगों से मेल-जोल बनाना चाहते हैं... ?"

"हाँ...मेरे वैसे ऐम्बीशन नहीं हैं।...फिर भी...कभी-कभार, जब यह पेशा चुना ही है तो यह सब...।" रोष आने लगा चन्दा के स्वर में। यह सफ़ाई क्यों देनी है ? हेमन्त तो ताश खेलने जाए, वहीं से फ़ोन कर दे, तो भी यह नहीं होता कि फ़ायदा क्या है, वक्त बरबाद होगा।

दीदी सड़क पर जाते टुन-टुन घंटी बजाते ताँगे को एकटक देखने लगीं। वह भी किसी से आँख नहीं मिला रही थीं। कुछ पल सोचकर बोलीं, "कॉनफ्रैंस तो चलो एक बारगी समझ में आता है...पर...आगे...?"

हेमन्त बीच ही में बोल पड़ा, "ठीक है दीदी, इसका भी तो मन है।"

उसकी दानी भाव-भंगिमा पर चन्दा का रोष उसकी आँखों तक छलक आया।

किश्शू को भी पता चल गया। वह भागती हुई चन्दा के पास आई और उसी के पीछे चीखता हुआ शानू आया।

"मम्मा-मम्मा !"

"क्या है ?" चन्दा चौंक गई, "इतनी ज़ोर से ?"

"मम्मा," किश्शू झटके से उसकी कुर्सी के पास रुकी और वॉल्यूम कुछ मन्द करके पूछने लगी, "मम्मा आपको जाना है ?"

शानू किश्शू की नकल करते हुए चन्दा की कुर्सी के हत्थे थामकर बोला, "आपको दाना है ?" फिर किश्शू की तरफ़ अनुमोदन पाने के लिए कनखी से देखने लगा।

चन्दा हँस पड़ी।

"बताइए न मम्मा, क्या आप जाएँगी ?"

"हाँ बिटिया ! अभी नहीं, बाद में।"

किसी तरफ़ से दीदी कमरे में दाखिल हुईं। चन्दा आक्रान्त भाव से चुप हो गई।

"आप नहीं जाएँगी मम्मा। आप नहीं जाएँगी।" किश्शू ने पिनपिनाना

शुरू किया।

"नहीं दाएँगी नहीं दाएँगी।" शानू ने भी पैर पटके।

"यह क्या ?" चन्दा ने कोमल स्वर में डाँटा, "ऐसे करते हैं ?"

"क्यों जाएँगी ? नहीं जाएँगी।" किश्शू की ज़िद उभरकर आने लगी।

दीदी आगे आ गईं, "यह क्या कर रही हो किश्शू ? गन्दी बात।...नहीं शानू...बहुत मारूँगी। चलो। मम्मा का काम है।"

अचानक किश्शू रोने लगी। ज़ोर-ज़ोर से—"हम भी जाएँगे मम्मा के साथ।"

दीदी के आगे चन्दा ने अपने को इस सारी स्थिति के लिए असमर्थ पाया। समझाए ? डाँटे ? उसे दीदी पर ही गुस्सा आने लगा।

"किश्शू, व्हॉट इज़ दिस ? ऐसे करते हैं ? तुम तो अच्छी बेटी हो। पापा जर्मनी गए थे तब कहीं ऐसे किया था ? भैं ऽ ऽ ऽ ... ?" उसने लाड़ से किश्शू को गोद में उठा लिया, "मम्मा को परेशान करते हैं, रोने की क्या बात है ?"

"हम भी चलेंगे आपके साथ," किश्शू रोते-रोते चन्दा के सीने से चिपक गई, "हम भी जाएँगे।"

शानू भी रोने लगा। दीदी उसे उठाकर वहाँ से जाने लगीं तो और हाथ-पैर मारने लगा।

चन्दा किश्शू को गोद में लिए बाहर चली आई, "बेबी, तुम्हारा स्कूल है इसलिए कैसे चल सकती हो ? और मुझे काम है।"

"तो समीरा आंटी के पास क्यों ?" सुबकते हुए किश्शू ने पूछा।

चन्दा को किसी पर बहुत गुस्सा आया।

किश्शू को प्यार करते हुए बोली, "वह उसी तरफ़ रहती हैं, इसलिए जा रही हूँ। तुम्हें मन करता है कि नहीं रूही, प्रवीन, सबसे मिलने का ? जब तुम्हारी छुट्टी होगी तो फिर जा सकते हैं। है ना ? उनके दो बेबी भी हैं शानू के बराबर।"

"हैं ?" आँसुओं से भीगी आवाज़ उत्सुकता से भर आई।

"हाँ ऽ ऽ" दुलराती आवाज़ में चन्दा बोलती रही, "तुम उनके संग खेलना। अपने खिलौने देना।"

"पर लैगो नहीं दूँगी।" किश्शू बोली।

चन्दा ने उसकी आँखें पोछीं, "देना, बिलकुल देना। पर ध्यान रखना, इधर-उधर खोएँ नहीं।"

"नहीं मम्मा, वह भी शानू की तरह मुँह में डाले तो ? गले में अटक जाए तो ?"

"देखती रहना। पर सबके संग मिल के खेलना। ठीक ?"

"ठीक !" किश्शू ने सिर हिलाया।

"और इस बार पापा के संग मज़े करना, स्कूल जाना, स्विमिंग जाना, ठीक ?"

किश्शू ने रुआँसा चेहरा चन्दा की साड़ी में छिपा लिया।

लेकिन क्लब से लौटने पर फिर कुछ हुआ। चन्दा और हेमन्त को किसी को देखने अस्पताल तक जाना था। चन्दा ने साड़ी बदलनी चाही तो गोदरेज की चाभी दराज़ से गुम। वह घबरा गई। सारे में शोर हुआ, बच्चों से पूछा गया, हेमन्त काम से उठ आया, इधर ढुँढ़ाई, उधर ढुँढ़ाई।

"किश्शू," चन्दा का दिमाग सहसा ठनका। किश्शू चुपचाप बैठी बिल्डिंग ब्लॉक्स सजा रही थी। "किश्शू, तुम्हें मालूम है चाभी कहाँ है ?" किश्शू के नज़रें ऊपर करते ही चन्दा समझ गई, "किश्शू, यह कैसी गन्दी हरकत है ? कहाँ रखी है चाभी ?"

"हमें नहीं पता।" किश्शू ढिठाई से बोली।

हेमन्त ने सुना तो वह भी आया, "किश्शू, तुमने चाभी हटाई है ?"

किश्शू दो पल घूरती रही। फिर "हम नहीं देंगे।"

"क्यों ?"

चन्दा के जी में आया धम् से गिर पड़े और वहीं अपना मुँह छिपा ले।

किश्शू के आँसू बहने लगे, "मम्मा नहीं जाएँगी। उनके कपड़े हम उन्हें नहीं लेने देंगे।"

क्षण-भर हेमन्त हतप्रभ खड़ा रहा। "ओह" तब उसके चेहरे पर समझ की लहर खिंच आई, "किश्शू, यह अच्छी बात नहीं है। ऐसे थोड़ी करते हैं ?"

"हम भी, फिर जाएँगे।" हठी स्वर हताश भी पड़ने लगा।

"हर बार नहीं जा सकते बेटा। सब जगह नहीं जाते। मैं मम्मा के कॉलेज जाता हूँ कहीं ? मम्मा तुम्हारे स्कूल जाती है ? चलो, अच्छी लड़की बनो। कहाँ है चाभी, बताओ।"

"नहीं।" किश्शू छोटी-सी आवाज़ में बोली।

"कम ऑन किश्शू," चन्दा ने उसे खींच के खड़ा कर दिया।

किश्शू झटके से बरामदे में गई और किसी गमले में से चाभी उठा लाई, "लीजिए ! चाभी लगभग पटककर वह उलटे पाँव लौट गई।

अस्पताल से लौटते वक्त हेमन्त ने गाड़ी फाटक से अन्दर मोड़ते हुए कहा, "तब तो दीदी भी चली जाएँगी।"

"हाँ। तो क्या ?"

"तो कुछ नहीं।" हेमन्त ठंडे स्वर में बोला।

गाड़ी से उतरते हुए उसे जैसे कुछ याद आया, "तुम लौटोगी तो वीकएंड होगा। हो सकता है किश्शू और मेरा मन कहीं जाने का हो जाए। चाभी सिंघा के घर छोड़ देंगे।"

"ठीक है।" चन्दा ने मुँह फेर लिया।

न तो लड़ पाने की वजह बन रही थी, न इलज़ाम ठोंकने की। न चीख सकते थे न रो सकते थे। बस ज़रा-सी फाँस की ररक भुलाई नहीं जा रही थी। वातावरण में बेकली बढ़ गई थी।

खाने के बाद जब बच्चे सो गए तो हेमन्त और चन्दा दीदी के पास बैठ गए। यह ज़रूर था कि किसी भी तीसरे के आगे हेमन्त चन्दा को मुश्किल कोनों में फँसने से बचाता ही था। सब्ज़ीमंडी में छिड़ी मारपीट का बयान करते हुए जब दीदी ने कहा कि 'शुरुआत हो गई है,' तो हेमन्त ने रुखाई से कह डाला कि, कुछ शुरुआतें, दीदी, ज़रूरी होती हैं। दीदी ने किसी से आँख नहीं मिलाई, मात्र यही बोलीं कि हाँ, मैं यह बातें क्या समझूँ ? और चन्दा का जी हुआ कि ज़ोर से दरवाज़ा बन्द करती हुई तमककर निकल जाए। उसी दम।

पर हुआ कुछ और ही। पैर पटककर निकल गया हेमन्त। कुछ यों ही अकस्मात घट गया। पढ़ते-पढ़ते उसे छींक आ गई और बिना ध्यान दिए ही उसके मुँह से अनायास निकला, "अरे छींक आई !" तभी वह दुबारा छींका। इस बार भी बिना सोचे उसके मुँह से पुनः निकला, "मुझे फिर छींक आई।" "हाँ" उधर से दीदी बोल दी, "तुम्हें छींक आई।" कि तभी एक तीसरी और हेमन्त ने आँख ऊपर की, "दीदी, मुझे फिर छींक आई !" दीदी का स्वर ज़रा चिन्तित, "हाँ हेमन्त, तुम्हें बार-बार छींक आ रही है।"

चन्दा भी वहीं थी। शान्त रात में बेवजह दीदी और हेमन्त का यह 'आदान-प्रदान' उसके मस्तिष्क में गोल-गोल घूमने लगा, अटके रिकार्ड की तरह बजने लगा,–'मैं छींका–हां, तुम छींके–मैं फिर छींका–हाँ, तुम फिर छींके अरे, मैं तो फिर छींका–अरे, तुम तो फिर छींके !' गोल-गोल लगातार...।

और चन्दा उच्छृंखल भाव से हँसने लगी।

इस पर हेमन्त को आ गया गुस्सा, "क्यों, हँस क्यों रही हो ?"

"...तुम छींके..." चन्दा हँसते हुए बोलने लगी।

कि तभी हेमन्त फिर छींका और चन्दा और ज़ोर-ज़ोर से हँसने लगी।

हेमन्त ने रूमाल निकालकर लाल चेहरा पोंछा, खिसियाकर बोला, "चन्दा

डोंट बी चाइल्डिश। हो सकता है मुझे ज़ुक़ाम हो रहा हो।"

"इस मौसम में ?" चन्दा ने होंठों को गम्भीर मुद्रा में नियन्त्रित करना चाहा।

"हो भी सकता है," दीदी ने अनुभवी अन्दाज़ में कहा, "इसी मौसम में लू वाला ज़ुक़ाम होता है।"

हेमन्त ने चाकू-छुरीवाली धारदार नज़र चन्दा पर फेंकी और यह कहते हुए कि काम करने जा रहा हूँ चप्पलें फट्-फट् मारता निकल गया।

दीदी भी मुस्कराने लगीं, "देख के बोला करो चन्दा।"

"देख के क्या ? मुझे इलहाम होगा कि किस वक्त उसका ह्यूमर लो पर है ? मुझे क्या पता था, बुरा मानेगा।"

दीदी हँसने लगीं, "हश्श्...श्श्...चुप !" वह फुसफुसाई।

चन्दा हँस दी। सच्ची हँसी।

पर कहीं उसके पीछे सच्ची रुलाई दबी पड़ी थी।

रात फिर सपने आए कि जिस कमरे में असलियत में सो रही है, वहीं सो रही है, उसी वक्त, उसी रात और कोई है। खिड़की से चढ़ रहा है।...उसके सिरहाने खड़ा है...लम्बी बाँह बढ़ा रहा है...उसके चेहरे की तरफ़...कुछ करने...पल-भर को वह आँख खोलती है...और झट कसके भींच लेती है...फिर खोलती है, फिर बन्द कर लेती है...एक सफ़ेद काया...फिर एक कौमार्य से निखरा चेहरा...फिर एक विकृत पैशाचिक चेहरा...फिर केवल धड़...और लगातार बढ़ता हाथ...वह चीखना चाहती है...कोहनी मारकर हेमन्त को जगाना चाहती है...पर हिल नहीं पा रही...जड़ हो गई है...डूब रही है...डूब रही है...।

पलकें खोलने की मुर्दा कोशिश...वह कोशिश कर रही है...खुद को समझा रही है, डरो मत, सपना है,...धीरे-धीरे बोझिल पलकें खुलती हैं...जागी है कि सोई ? यहीं कोई था ?

बगल में हेमन्त लेटा हुआ है, सपने का हिस्सा प्रतीत हो रहा है।

चन्दा उठकर बैठ गई। उबाऊ निरर्थकता हर चीज़ को ढकती हुई। एक द्युतिहीन-सा भय उसके तन-मन में। मौत-सा। एक दिन वह सोएगी और कभी नहीं उठेगी। यकायक चन्दा को विश्वास नहीं हुआ।

खिड़की के बाहर कान्तिहीन सवेरा झाड़ों में दुबका सिर उठाने की हिम्मत जुटा रहा था।

काश, चन्दा को लगा, वह इसी वक्त, उजाला होने के पहले, चुपचाप निकल जाती, बिना कुछ कहे-सुने।

कि किश्शू का चेहरा तैर गया। हृदय का उद्गार आँखों से बह निकला।

चन्दा आदतन उठी और अपनी कुर्सी पर जा बैठी। कलम उठाकर दाँतों तले दबाने लगी। कहानी किताबों में पढ़ा है मौत के ठीक पहले का वह पल, जब सारा जीवन साफ-साफ पट पर सामने आ जाता है और मरनेवाला मूल्यांकन करने लगता है क्या मैं अच्छा बेटा, पति, पिता रहा ?

चन्दा ने कलम नीचे रख दिया। क्यों, वह यह पूछ पाए कि वह अच्छी बेटा, पति, पिता रही कि नहीं, तभी सहज है ? तभी स्वीकृत है ? कोई और सवाल नहीं हो सकता ?

सूनी आँखें खिड़की के बाहर देर तक ज्योति तलाशती रहीं।

सुबह ने सहमे बच्चे-सा सिर उठाया...। दूधिया सन्नाटे में चन्दा का सब अमूर्त कारणों को पीछे छोड़कर निकल जाने का मन करने लगा। कभी-कभी किसी वजह का होना इतना ज़रूरी क्यों हो जाता है ?

दीदी उठ गई होंगी। चन्दा थोड़ा काम करके उनके पास जाती है। चाय पीती है।

दीदी हैं बहुत सरल-सौम्य। जीजा जी का न होना मान नहीं पाई हैं, पर कर्कशता उन्हें छू नहीं सकती। वह सुख में मृदु और दुख में मृदु हैं।

"समाज बदलते-बदलते बदलेगा।" दीदी किसी की तीसरी शादी पर होनेवाले जनक्षोभ का विवरण दे रही थीं।

"दीदी, जिसने चलना सीख लिया हो उससे यह कहना कि जब समाज बदलेगा तब चलना, क्या माने रखता है ?"

दीदी चौंक गईं। "चन्दा !" उन्होंने विस्मय से देखा। देर तक चुप रहीं। शानू की रोने की आवाज़ सुनी तो जाने को उठीं। रास्ते में धीरे-से चन्दा के बालों में हाथ फेर दिया।

हेमन्त जल्दी में था, फिर मीटिंग थी। ठकाठक-ठकाठक रिपोर्ट टाइप कर रहा था। काम के वक्त उसे अपनी सुध-बुध नहीं रहती।

किश्शू को स्कूल छोड़कर जब चन्दा लौटी तो वह कमीज़ के बटन लगाते हुए खाने की मेज़ तक आया। दीदी ने आलू के पराँठे बनाए थे—मीटिंग है, पता नहीं कब तक चले, कम से कम हैवी नाश्ता कर ले।

"आ हा !" हेमन्त ने खुश होकर कहा, "बस पराँठे और दही-चीनी ! लाइफ बन गई !"

"ओह सॉरी !" चन्दा ने अफसोस से मुँह पर हाथ रखा, "मैंने सारे दही की लस्सी बना दी। किश्शू, शानू दोनों का पेट ढीला था।

“कोई बात नहीं,” हेमन्त जाने लगा, “बस पराँठे के साथ मीठे का मन हो आया।”

“अरे तो मैं पाँच मिनट में सेवईं बना देती हूँ।” दीदी फौरन उठीं।

“नहीं रहने दें,” हेमन्त वापस अपने कमरे में चला गया था, “वक्त नहीं है।”

चन्दा कुछ बोलने ही जा रही थी कि दीदी ने इशारा किया, चुप रहो। धीमी आवाज़ में उससे बोलीं, “मैं बना दूँगी, सामने रखा होगा तो ख़ुद ही खा लेगा।”

“नहीं दीदी, बिलकुल न बनाना।” हेमन्त ने वहीं से सुना। “टाइम नहीं है, मैं नहीं खाऊँगा।”

“इतना ताव क्यों खाते हो ?” चन्दा कुछ उग्र स्वर में बोली, “एक तो दीदी से बनवा रहे हो, तुम खूब जानते हो वह बनाएँगी, तिस पर नखरा और।”

“ओहो !” दीदी ने लताड़ती आँखों से उसे घूरा।

हेमन्त ज़रा सँभला, पर नखरे से नम्र तक का पूरा रास्ता तय नहीं कर पाया, “पाँच मिनट में बना मिले तो खा लूँगा। ठीक दस पर पहुँचना है। पौने दस पर तैयार मिले।”

चन्दा ने उत्तेजित हो मुँह खोला-भर था कि हेमन्त सामने द्वार पर आ गया। कोई दूसरा भी क्षोभ शायद शामिल हो गया। सिर्फ चन्दा को सुनाते हुए बोला, “एंड माइंड यू नॉट अ मोमेंट लेट। पौने दस पर। न एक पल बाद न एक पल पहले।

‘चाइल्डिश !’ चन्दा कहने ही वाली थी कि रात की छींकवाली वारदात याद आ गई। पर अब हँसी का नामोनिशान न था।

कॉलेज में, लेक्चर के बाद वह लाइब्रेरी चली गई। शीशे की खिड़की के बाहर मैदान साफ़ नज़र आ रहा था और छात्रगण की चंचल हरकतें। बाहर का शोर बहुत दूर से लगता था, आ रहा है। अचानक चन्दा को अजीब लगा कि जहाँ वह है ऐसा नीरव अचल है और काँच के पार सब चंचल शोर है। वह सबको देख पा रही है, उसे कोई नहीं।

गुस्सा और अपराध दोनों उसके मन को ररकने लगे। पर फाँस-सी चुभनवाला क्षोभ होने का हक भी नहीं माँग पाता, तिनके-सी कसकवाला अपराध झुकने की वजह नहीं बनता। काश कि उस पर गाज गिर पड़ती और वह तिलमिलाकर भरपूर चीखती। काश कि वह ऐसी शर्मनाक बन पाती कि लज्जा से एकदम गड़ जाती। पर यह बीच-बीच का भाव न तनने देता है न झुकने देता है। बड़ी बात है, कहो, तो वह गलत, छोटी बात है, कहो, तो वह भी गलत।

ठीक कहती हैं दीदी, वक्त होता है तो भी काम नहीं करती।

जब वह घर पहुँची तो किश्शू को छोड़कर मिस्टर सिंघा जा रहे थे।

''नमस्ते, नमस्ते !''

''नमस्कार। कैसी हैं ?''

''बिलकुल ठीक हूँ। आप बताइए। और जूली तुम, इतने दिनों से क्यों नहीं आईं ?''

''आपने केक ही नहीं बनाया।'' जूली ने शर्मीली आवाज़ में कहा।

चन्दा हँसी, ''ओह आई एम वैरी सॉरी। जल्दी ही बनाऊँगी। तब तो आओगी ?''

''हाँ।''

''अच्छा नमस्कार।''

''नमस्ते जी !''

''से थैंक्यू किश्शू !''

''थैंक्यू अंकल !''

''यू आर वैल्कम बेटे ! बाय !''

''बाय !''

किश्शू को गोद में उठाकर चन्दा अन्दर ले गई, ''चलो हाथ-मुँह धो, दीदी का बढ़िया खाना खाओ, जूस पियो, फिर खेलो, मौज करो।''

''नहीं मम्मा, मैं ड्राइंग बना रही हूँ।''

''ठीक। ड्राइंग करो। हमें दिखाओ, दीदी को...''

''नहीं,'' किश्शू चीखी, ''अभी नहीं। अभी पूरी नहीं हुई है।''

''ओके, ओके, पूरी कर लो तभी दिखाना। डोंट शाउट यू सिली गर्ल !'' उसे चूमते हुए चन्दा ने कहा। ''चलो। और सब कुछ धीरे-धीरे, शानू को मत जगाना अभी।''

क्या किश्शू भूल गई, जाँचती निगाह से चन्दा ने टटोला।

हेमन्त की मीटिंग अच्छी हुई थी। दस लाख का लोन मिल रहा था। हेमन्त की रिपोर्ट भी डब्ल्यू.एच.ओ. वाले छापने जा रहे थे।

''तो श्रौफ़ बोले कि बस अगली मीटिंग जिनीवा में रखिए, हम वहीं आ जाएँगे, अन्दाज़ यह कि परेशानी तो होगी पर एहसान कर देंगे !''

दीदी हँस रही थीं। चन्दा साथ बैठी थी।

शाम उसे अकेला पाकर हेमन्त पास आ गया, ''चन्दा, क्या बात है ?''

''बात ?'' चन्दा का मन भारी होने लगा।

"तुम जानती हो क्या पूछ रहा हूँ।" हेमन्त सन्तुलन रखते हुए बोला।

"नहीं, मैं नहीं जानती।"

हेमन्त ने धीरज तब भी न छोड़ा, "परेशान हो ?" उसका हाथ हल्के से दबाया।

"नहीं तो।" चन्दा को अपने जवाब ज़रूरत से ज्यादा संक्षिप्त जान पड़े।

"कॉलेज की स्ट्राइक की बात है ?"

"स्ट्राइक ? ओ, वो तो दूसरे कॉलेजों में है, मेरे में नहीं।"

"तो फिर...क्या...? स्टूडैंट्स कौलीग्स ?" रुककर बोला, "मैंने कुछ किया चन्दा ?"

"नहीं, कुछ तो नहीं हुआ है।"

"तो फिर क्यों..." आहत-सा स्वर था हेमन्त का। पर पूरा नहीं कर पाया जो भी कहने जा रहा था।

कुछ था जो मुखर होने के काबिल नहीं लग रहा था।

शाम चुक गई तो रात की बारी आई। ख़ामोशी गहन हो चली थी। काम समेटकर जब चन्दा किश्शू को लिटाने चली तो स्टडी में ठकाठक-ठकाठक जारी था।

किश्शू ने चन्दा के गले में बाँहें डाल दीं—"गुड नाइट मम्मा।"

"गुड नाइट बिटिया ! अच्छी लड़की की तरह सो जाओ। स्लीप टाइट।"

बिस्तर को ठीक-ठाक करके किश्शू को लिटा दिया। बेडकवर तहाकर मुड़ी तो किश्शू ने हाथ बढ़ाया, "मम्मा !" उसने साड़ी का छोर पकड़ा, "आप जाएँगी तो क्या पापा अकेले रहेंगे ? किसके साथ रहेंगे ?"

चन्दा को कहीं बहुत दूर से उसकी आवाज़ आती लगी। उसकी खामोशी की दीवार पर वह प्रश्न धीमे-धीमे दस्तक दे रहा था। उसने झुककर किश्शू के बाल माथे से हटाए और अवश बोली, "पापा तो आज भी अकेले रहते हैं। वह तो हम उनके साथ रहते हैं।"

फिर उसे लगा, इस नन्हीं-सी जान को क्यों घसीट रही हूँ—"रानी बेटी... तुम जो होगी पापा के पास।"

नाइट लैंप जलाकर वह जाने लगी तो अँधेरे में आवाज़ आई—"मम्मा...क्या आप पापा को छोड़ रही हैं ?"

उस स्नेहिल, सयानी आवाज़ को सुनकर चन्दा काँप उठी।

कसक

कभी सोचो तो अजीब लगता है कि हम दोनों इतने घनिष्ठ मित्र थे, क्योंकि कहीं हमारी भावनाओं में एक-दूसरे के प्रति प्यार के साथ-साथ जुगुप्सा का अंश भी था। पर फिर सोचो तो आश्चर्य नहीं होता, क्योंकि दोस्ती का केवल प्रशंसा-भाव से ओत-प्रोत होना कोई ज़रूरी नहीं। और जुगुप्सा थी तो कहीं पर रश्क भी तो था। सच, कम से कम मुझे उससे बात-बात पर रश्क हो आता था और आज तक होता है।

मान लो वह आज मुझसे मिलती तो क्या हम मित्र बन पाते ? शायद नहीं। वह मेरी चुप्पी से पल-भर में ऊबकर मुँह फेर लेती और हो-हल्लड़ में जुट जाती, मैं उसके रंगीले ठहाकों पर चिढ़कर 'इन ऐश-परस्तों' पर दो-टूक फैसला सुना देती और अपने मकसद-भरे कार्यों में रत हो जाती।

पर बचपन की उदारता दूसरी होती है। उसमें हर फ़र्क के बावजूद, हर 'कॉम्प्लेक्स' के बावजूद कुछ ऐसे धागे होते हैं कि यह कहूँ कि किसी को भी किसी से जोड़ सकते हैं, तो लेश-मात्र की अतिशयोक्ति होगी। आपस की हर दूरी, अन्दर की सारी हीनभावनाओं से बढ़कर एक 'कल' जो होता है—दूर-दूर तक फैला, वह 'कल' जब हम बड़े हो जाएँगे। यह हम सब को जोड़ देता है। उस 'कल' में अपार शक्ति है। कल होने तो दो, हर चीज़ मुमकिन हो जाएगी, हर हिम्मत खुल जाएगी। मैं ही थी, स्कूल की और लड़कियों को भरतनाट्यम् सीखते देखकर मेरी बाल्य आँखें किस उत्कंठा से उनकी एक-एक अदा पर फिसलती थीं। पर कभी भी तो मन हताशा से सुन्न नहीं हुआ। हमेशा ख़्वाब डुलाती रही कि एक दिन बस बड़ी हो जाने दो तो देखना—कहीं बर्फ़ीली पहाड़ी पर, अपने पोलियोवाले हाथ को ढीले से आस्तीन में छिपाए परियों की तरह क्या खूब आइस स्केटिंग करूँगी, हवा के झोंके की तरह इधर से उधर, लौ की तरह लहराती हुई, इन सबकी तेज़ी से आगे...।

पर उन ख़्वाबों के दिन लद गए। अब इस बाँह को लेकर सोचने को कुछ बाकी नहीं है, इसलिए उस पर सोचती ही कब हूँ ?

अजीब है, ख़्वाबों के लदने की बात कर रही हूँ, जबकि मेरी उस दोस्त के ही दिन...।

वह दोस्त, जो मेरी बचपन की सहेली है। उस बचपन की जिसने मेरे घुन्नेपन और उसकी चपल बहिरंगता को लेकर हमें किसी किस्म की असंगति के एहसास से पीड़ित नहीं होने दिया। कितने अच्छे मित्र बन गए हम—वह खिलाड़ू, मैं पढ़ाकू, वह बिगाड़ू, मैं सँभालू !

होस्टल के अपने कमरे में कभी लौटती और पाती कि ताली-लगे दरवाजे के बीच में फँसा पर्दा फहरा रहा है या अन्दर मेज़ पर स्याही की दवात उलटी पड़ी कागज़-पत्तर को नीला किए जा रही है, या ट्रांजिस्टर ही पूरे ज़ोर-शोर से सूनी दीवारों को गाना सुना रहा है तो समझ जाती कि आ गईं मैडम, छुट्टियों के बाद, घर से !

पर वह तो कॉलेज का होस्टल था। उसके पहले तो हम स्कूल में भी साथ थे। तब मुझे उसके जीवन से कितना रश्क होता था—हा-हा, हू-हू करते भाई-बहन, जिनके संग वह तैरने जाती थी, घुड़सवारी करने जाती थी, और पहाड़ों पर 'ट्रैक' करने जाती थी।

उन दिनों वह अक्सर मुझे अपनी साइकिल पर बिठाकर घुमाने ले जाती थी। हम लोग कैंटूनमैंट के इलाके में—जो बढ़ती लड़कियों के लिए सुरक्षित स्थान माना जाता था—पिकनिक मनाते। किसी छोटी-सी बात पर हँसते चले गए थे एक दिन। हाँ, याद आ रहा है, एक कॉलोनी में फँस गए थे। सड़क गोलाकार थी। एक जगह पर दायाँ मोड़ था जिस पर आकर गोल सड़क से हट सकते थे, किन्तु उसी मोड़ पर ढलान था बाईं ओर, यानी वापस गोल सड़क पर। अब दोस्त हैं कि ज़िद्दिया गईं कि साइकिल से बिना उतरे एक जोरदार मोड़ दूँगी और हम दाईं तरफ़ निकल जाएँगे। पहली दो-एक बार हवा ने हमारे संग दगा किया। फिर हमने हँसना शुरू किया, मोड़ आता तो हँसी रोकते, हँसी रोकते तो कमज़ोरी आती, और कमज़ोर पड़ते तो फिर वही बाईं तरफ़ ढुलक आते ! और अगली कोशिश के लिए राउंड मार रहे हैं !

एक था हँसना। दूसरा था फ़लसफा झाड़ना। बचपन की प्रगाढ़ता से भरपूर। जीवन के मर्म की बातें, हमारी निजी कवायदों की बातें, घंटों बहस चलती, जिसका सार निकलता—क्या फ़र्क पड़ता है, हाऊ डज़ इट मैटर।

'हाऊ डज़ इट मैटर !' यही उसका तकिया-कलाम था, जो वक्त के साथ नई अनुभूतियों से भरता चला गया, हर उम्र का अपना असर सोखता चला गया। अन्त तक।

अन्त तक ? न जाने किस झोंक में यह लिख गई मैं। अन्त तक का मुझे पता ही कहाँ। इतने बरस मुलाकात ही कहाँ हुई ?

कोई पूछ बैठेगा, मुलाकात ही नहीं हुई तो दोस्त कैसे ? जवाब सीधा-सादा है कि दोस्त थे तभी तो मुलाकात नहीं हुई। वह तो अपनी है ही, जब होगा मिल लेंगे। इसी 'अपनापे' के दौर में वर्ष बीत गए। हमने ताज्जुब भी नहीं किया, बल्कि गौर ही नहीं किया कि मिले नहीं। होस्टल में ही, तीसरे वर्ष में जब हम दोनों को सिंगल रूम मिल गए थे तो कभी हफ़्ता-दो हफ़्ता नहीं मिलते थे। उसके अपने क्लास, मेरे अपने। हाज़िरी भी अलग-अलग वक्त दे आते। यह इत्मीनान जो था कि दस कमरे अलग दोस्त है, इच्छा होते ही मिल सकते हैं।

उम्र बढ़ने के साथ दस कमरे दस शहरों में बदल गए। पर इत्मीनान वही रहा।

यही वजह थी कि हम बरसों न मिलते। यों ही कभी लम्बा-सा पोथा आ जाता। या दो लाइन पोस्टकार्ड पर। या ख़ुद ही पहुँच लेते। इसी तरह मिलते-बिछड़ते दोस्ती चलती रहती।

अगर...यह ख़त...जो उसके पति ने लिखा...न आया होता...।

कहना चाहती हूँ वह अचानक धमक पड़ेगी। पर कहीं इस निहायत घिसे-पिटे ख़याल का कौंधना मन को बेतरह सालने लगता है।

पर वह ऐसे ही तो धमक पड़ती थी। अचानक। बिन बताए। या ऐसे बताकर कि न बताती तो ही ख़ैर थी !

एक बार एक तार मिला था—'रीचिंग सिक्स्टींथ रिसीव स्टेशन।' तब मैं इस शहर में आई ही थी। पर तार भी तो ऐसा था कि उसका नाम न होता तो भी मैं समझ लेती कि यह काबलियत किसमें है। लेकिन दोस्ती का अपना तकाज़ा है, क्या-क्या नहीं माफ़ उसमें। बस, पहुँच लिए हम स्टेशन। करीब दस घंटों की अवधि और छह गाड़ियाँ, जिनमें से किसी एक में वह आ सकती थी। अब हम हैं और स्टेशन की भीड़-भाड़ है और अपनी बेवकूफ़ी का निरन्तन चुभता एहसास। बैठे हुए हैं एक बेंच पर किसी किताब के पन्ने उलटते-उलटते ? पल-पल चौकन्नी निगाहें उठाकर किसी की व्यंग्यभरी मुस्कान को पकड़कर अपनी गौरवान्वित नज़रों से भस्म करने। गाड़ी आई, आगे-पीछे दौड़ गए, दोस्त नदारद। अगली गाड़ी के प्लेटफ़ॉर्म पर बेंच ढूँढ़ते पहुँच गए, मानो अभी-अभी स्टेशन पहुँचे हैं, जीवन में पहली बार। फिर भी जो सामने पड़े उसी की शक्ल जानी-पहचानी लगे और सीता-सा अन्त पाने को तरस उठें। मन को आश्वासन देते, आँखों ने धोखा खाया है, ज़रूर देखनेवाला चढ़ने आया है या उतरा है और

एक बार नज़र मिलाकर चला जाएगा। और मान लें हमारी तरह वह भी लल्लू है, बार-बार यहीं चक्कर काट रहा है, तो फिर भई उससे शर्म क्या ? वही गम्भीर मुद्रा में बैठे रहे, गाड़ी आई, हरकत हुई फिर बैठ गए...। वही किस्सा, दोस्त नदारद। रात के ग्यारह बजे आख़िरी गाड़ी छान मारी, फिर उसे लाख-लाख गालियाँ देते गुस्से से कार का 'एक्सेलेटर' दबाते घर लौटे...।

तो वहाँ ताले को गुस्से से ताकते हुए मैडम खड़ी थीं !

"यह क्या तरीका है ?" हम फौरन लड़ पड़े।

लड़ तो हम आज भी पड़ते। यह क्या तरीका है ? पर यही लगने लगता है कि लड़ूँ किससे ? बेहद गुस्सा आता है। कहना तो चाहती हूँ, यह क्या तरीका है पर सोचती हूँ, कहूँ किससे ?

कहती भी क्या ? वही अपना कोई निर्णय सुना देती—शर्म की बात है कि...कि...

वह लड़ पड़ती। शुरू से मेरी इस 'जजमेंट' देनेवाली आदत को टोकती थी—'तुम होती कौन हो, सब क्या है, क्यों है समझा देनेवाली ?' मेरा बात-बात पर मीन-मेख निकालना, सबको क्या, कैसे सोचना, करना चाहिए, सब क्या क्यों करते हैं, मेरी स्पष्टबयानी, उसको हैरान कर देती।

बचपन में मैं कहा करती थी कि मैं दूसरे के मन के अन्दर का खूब भाँप लेती हूँ, कब कोई डींग हाँक रहा है, कब कोई ख़ास मतलब से बात बना रहा है, कौन निर्दोष है, कौन कपटी, सब मुझसे पूछ लो। आगे चलकर वह मेरी इस प्रवृत्ति को मेरी 'पॉलिटिक्स' से जोड़ने लगी—'तुम लोगों को अपना कपट, अपनी तानाशाही नहीं दिखती ? क्या कैसे होना चाहिए, किसे क्या चाहना चाहिए, तुम तय कर देते हो।' घंटों लड़ाइयाँ होतीं।

वैसे हमारे साथ बिताए वक्त का लेखा-जोखा कहीं है तो ज़रूर तीन-चौथाई भाग हमारी लड़ाइयों का ही हिसाब देगा। बात-बेबात जंग छिड़ जाती।

याद है मुझे इसी घर के बरामदे में सुबह-सुबह का वह चाय का दौर और लड़ाई का दौर। सामने यही पेड़ था जिस पर लाल-लाल फूल लदे हैं। प्रतिदिन तड़के ढेरों पिद्दियाँ चाँय-चाँय करती इन फूलों का पराग चूसने आ जातीं। उन्हें चोंच मारते देखकर वह मुस्कराई और मुझे कुछ खिझाती हुई बोली—

"मैं तो बस पिद्दी हूँ, मज़े से चोंच मार रही हूँ, और कुछ नहीं जानती।"

वह चिढ़ा रही थी, मैं चिढ़ गई। वैसे हमारे विचारों की टक्कर बार-बार होती ही रहती थी, इसलिए कब गम्भीर हैं, कब नहीं, इस सबसे फ़र्क कम पड़ता था। अधिकतर दोनों भावों का समावेश होता। नहीं, सच तो यह है कि ज़्यादातर

चिढ़ती मैं ही थी और चिढ़कर और चिढ़ जाती। पर वह गम्भीर होते-होते छेड़ देती, फिर छेड़ते-छेड़ते गम्भीर हो जाती।

असल में मुझे किसी का भी ग़ैर ज़िम्मेदाराना अन्दाज़ बर्दाश्त नहीं कि हम तो बस जीते हैं अपने हिसाब से, अपने मज़े के लिए, अपने किए के आगे-पीछे से, दूर-दूर फैलते उसके असर से, हमें कोई मतलब नहीं।

"जस्ट व्हाट डू यू मीन ?" मैं फूट पड़ी। "तुम्हें इस क़दर मासूम बनने का कोई हक नहीं। पिद्‌दी ने चोंच मारी बस बात वहीं ख़त्म हो गई, ऐसा नहीं है। बहुत-सी चीज़ें जुड़ी हैं इस बात से।"

"होंगी," वह लापरवाही से बोली, "पर पिद्‌दी को क्या ख़बर या दिलचस्पी ? जो भी असर हो, वह अपना काम नहीं रोकनेवाली।"

"बस मुझे यही तुम्हारा अन्दाज़ नहीं पसन्द।" मैं चिढ़ती रही, "तुम जानती हो तुम पिद्‌दी नहीं हो, सोच सकती हो, अपने कर्म .ख़ुद चुनती हो, अपने किए के असर को देखती हो, समझती हो... ?"

"यार, क्या असर-असर चीख रही हो ? क्या हम इतने दम्भी हो सकते हैं कि अपने और दूसरों के किए का दूर-दूर तक होता असर समझें समझ लिया ? हम तो इतना असर देख पाते हैं कि तुम्हें थप्पड़ मारा तो तुम रो पड़ीं, जो हमें बुरा लगा। इसलिए हमने ठान लिया कि अब थप्पड़ नहीं मारेंगे। बस।"

"जीऽऽ नहीं", मैंने ताने-भरी आवाज़ में कहा, "थप्पड़ मारा तो इतना-सा ही नहीं होता कि हम रो पड़े। और भी असर हो सकते हैं। थप्पड़ देकर बच्चे को ज़हर खाने से रोका जा सकता है, थप्पड़ देकर 'हिस्टीरिया' ठीक किया जा सकता है, आप हमें थप्पड़ मारें तो यह भी हो सकता है कि हम आपकी असलियत को समझ लें और यह निर्भरता छोड़, बाहर निकलें, औरों को दोस्त बनाएँ।"

"तो फिर" वह मानो जीत रही हो, ऐसे बोली, "हमारी बात सही है। जब यह भी हो सकता है, वह भी हो सकता है तो कब क्या हो सकता है, हम क्या जानें ? कहाँ से अपने को ऐसा सर्वज्ञानी समझ लें ? और हम तो यह भी नहीं मानते कि हमें चुनने की भी उस पिद्‌दी से ज़्यादा आज़ादी है।"

"यार, गधी की तरह बात न करो। हम 'पैटर्न्ज़' देखते हैं, अन्दाज़ लगाते हैं कि किन तत्त्वों का साथ होना कैसा प्रभाव, कैसा विस्फ़ोट पैदा कर सकता है।"

"सुनिए आप गधी हैं, इसलिए स्पष्ट अन्दाज़ लगा लेंगी और गलत साबित होंगी। वरना आपके अन्दाज़ भी रोज़ बदला करेंगे। रहने दीजिए, हमें इन

बेवकूफ़ियों में सिर खपाने की फ़ुर्सत नहीं। हम पिद्दी ही ठीक हैं। हमारा मन चाहता है फूलों का रस लेने को और हम प्यार से वही करते हैं। इससे आगे हमारा कोई दावा नहीं।''

''दावा हो या न हो,'' मुझे गुस्सा आए जा रहा था, ''आपके चोंच मारने का मकसद है। एवरी ऐक्ट इज़ अ पॉलिटिकल ऐक्ट, आपको यह देखना ही पड़ेगा।''

''नहीं देखते हम।'' उसने शैतानी से कहा।

''तो भी हर ऐक्ट पॉलिटिकल ऐक्ट है। आपका यह न मानना भी इज़ अ ब्लडी पॉलिटिकल ऐक्ट।''

उसके स्वर में हल्की-सी थकान छलक आई, ''तो फिर आपका यह कहना कि एवरी ऐक्ट इज़ आ पॉलिटिकल ऐक्ट कुछ ऐसा ही मतलब रखता है कि हम सब जी-जी के मर रहे हैं या हर पल मरते-मरते ही जी रहे हैं। यह क्यों न कहूँ कि एवरी ऐक्ट इज़ अ मॉरल ऐक्ट ?''

''यार,'' मैं जल-भुन रही थी, ''क्यों मेरी बातों को इस तरह दोहराती हो कि शब्द वही रहें, पर मायने हास्यास्पद हो जाएँ ?''

इस पर उसने आँखें फाड़ी, ''वाह जी वाह ! मेरे कथ्य की अर्थहीनता आपको फ़ौरन समझ आ गई, अपनी बात की क्यों नहीं ? आप ज़रा मेरे किसी भी कथन को गलत साबित तो करिए।''

''देखो,'' मैं समझाते लहजे में बोली, ''हुज्जत करोगी तो हर बात इतनी व्यापक, इतनी अस्पष्ट हो जाएगी कि सच होकर भी बेमाने हो जाएगी।''

तब वह गम्भीर हो गई, ''हाँ, यही मुझे कहना है कि ये सारे कथन वहीं तक सही हैं जहाँ तक वे इतने व्यापक हैं कि बेमाने हैं। जहाँ इनमें कुछ अर्थ आने लगता है, वह ख़ास मेरा या तुम्हारा अर्थ हो जाता है। हमारी अपनी-अपनी समझ, नैतिकता की, राजनीति की, जीवन की, वह उसमें घुस जाती है। एक बात और, जब मेरी .ख़ुद की समझ भी स्थिर नहीं, बदल सकती है, तो कैसे मैं अपने यकीन पर ही भरोसा करूँ ? ठीक है भई, आज यह मानती हूँ पर कम से कम यह सतर्कता तो रहे कि कल कुछ और मानने लग सकती हूँ ?''

''मुझे तुम्हारी यह लपेटवाँ दलीलें नहीं पसन्द,'' मैंने झुँझलाकर कहा, ''फिर तो कुछ भी करती रहो, फ़र्क क्या पड़ता है ?''

''क्यों, मुझे फ़र्क पड़ सकता है। मैं नहीं जानती यह मेरी नियति ही है कि मैं पिद्दी रहूँ, शायद मजबूरी है कि इन्हीं फूलों में चोंच मारूँ, पर मुझे रस मिलता है। कुछ फूलों में ज़्यादा मिलता है। तो खुशी से करती हूँ। अब मुझे पढ़ने में

वह शौक नहीं है जो ख़ुद जाकर, नई पुरानी चीज़ों को जानने में तो...''

इसीलिए उसने पढ़ना बन्द कर दिया था। बी. ए. में ही उसे इस परीक्षा-केन्द्रित पढ़ाई की निरर्थकता समझ आ गई। बोली, ''एम. ए. की डिग्री से मेरा क्या वास्ता, जो करना है वह फ़ौरन क्यों न करूँ ?'' तब वह वाइल्ड लाइफ़ प्रेज़र्वेशन सोसायटी के लिए काम करने लगी। नौकरी उसने कई दफ़े बदली पर हमेशा ही पर्यावरण की समस्याओं से जूझनेवाली किसी संस्था से जुड़ी रही। इन्हीं मसलों पर लिखती रही।

तब भी मुझे रश्क हो आया था, क्योंकि इस शिक्षा-प्रणाली को बेकार मानते हुए भी मेरे मन में एम.ए. की डिग्री होना एक अनिवार्य बात थी। हालाँकि सच, उस डिग्री ने मुझे आज कुछ नहीं दिया है। ऐसी भी नहीं है कि फ्रेम करके ड्राइंगरूम की दीवार पर ही टाँग दूँ।

पर और जो भी व्यर्थता मुझे समझ आए अपने 'कॉज़' के लिए हमेशा खड़ी हुई। वह हँसकर कहती, ''क्यों नहीं तुम लाल कलम से लिखने लगतीं, मिशनरी बहन ?''

मैं भी हँस देती पर मुझे अच्छा नहीं लगता, ''क्या फ़ायदा कुछ सोचने का, अगर उसे काम में न लाओ ?''

''फिर वही बात। काम में तो वह ख़ुद-ब-ख़ुद रिस आता है, हमें कोशिश नहीं करनी पड़ती। इसमें कहना क्या है ? अपना काम किए जाओ, उसके बारे में इतना ढिंढोरा क्यों ? विनम्रता भी कोई चीज़ है, दुनिया चलती है, हमारी-तुम्हारी सोच से नहीं, सहस्रों अदृश्य ताकतों के तहत, जिन्हें समझते-समझते तुम खत्म हो जाओगे और दुनिया आगे बढ़ चुकी होगी और जो आएँगे वे फ़िर समझते-समझते जान दे देंगे।''

''तो आप कौन-सा बड़ा तीर मारने में जान दे देंगी ?'' मैं बिफरकर बोली।

''मुझे बड़ा तीर मारना ही नहीं है। मैं बड़े तीर मारती ही नहीं।''

''अय्याश कहीं की !'' यह शब्द मुझे मिशनरी कहने का मेरा बदला होता, ''बस जिओ ख़ुद के लिए, स्वार्थ के लिए।''

''अच्छा...ऽ...ऽ...ऽ,'' उसने मासूमियत के अन्दाज़ में पूछा, ''तुम सब तो दूसरों के लिए जीते हो न !'' वह मेरे कमरों में रखे ताम-झाम पर नज़र फेरती, ''यह सब चीज़ें तो उस परोपकार की तैयारी में हैं, किसी निजी मोह में थोड़ी हैं, क्यों ?''

''देखो, फिर मखौल उड़ाने लगी। मैं जीवन में एक 'फ़ोकस' होने की बात कर रही हूँ, ऐसा कुछ नहीं कह रही कि...''

“न मैं ऐसा कुछ कह रही हूँ,” उसने बीच ही में काटा, “मेरा ‘फोकस’ जीवन है, तुम्हारा जीवन के बाहर कुछ...। मैं जीना चाहती हूँ इत्मीनान से, तुम लोगों की राय के बिना।”

पर उसका स्वर मेरा पारा गरम ही रखता—“सच ब्लडी इनडिफरैंस मैडंस मी। मैं जीती हूँ, बाकी मरें-कटें, भाड़ में जाएँ, सब जायज़ !”

“क्यों, भाड़ में क्यों जाएँ ? मैं बचा सकती हूँ तो बचा लेती हूँ। ओड़िसा में जितनों को खींच पाई थी, पानी से निकाल लाई। पर हाँ, यह नहीं कहूँगी कि लोग मर-कट रहे हैं और तुम शॉपिंग करने चलीं !”

यह कटाक्ष मुझ पर था। कॉलेज के दिनों में हम लोगों ने साम्प्रदायिक दंगों के खिलाफ़ एक शान्ति-मार्च की व्यवस्था की थी। वह बस में मिली तो मैंने कहा, ‘चल रही हो न।’ ‘जूते फट गए हैं, नए खरीदने जा रही हूँ’ वह बोली। और मैं आपे में न रही, ‘तुम्हें शर्म नहीं आती ? लोग मर-कट रहे हैं और तुम शॉपिंग करने चलीं !’

“यह क्यों होता है कि तुम मेरी बात को हमेशा अतिरंजनावाले उदाहरण देकर बताती हो और अपनी को सहज, सँभले, योग्य तर्कों से ?” मैं संजीदा हो जाती।

अचानक वह प्यार से बोलने लगती—“दोस्त, तुम्हारी ईमानदारी पर आरोप नहीं लगाती पर यह तो समझो कि सहृदयता, लगन, परोपकार, तुम्हीं लोगों की बपौती नहीं है। अपनी बौद्धिक आक्रामकता का ज़रा भी अन्दाज़ है ? हर चीज़ का मतलब तुम्हारे लफ़्ज़ों में—बुर्जुआ, लुम्पेन, क्या-क्या। हालत यह कि जमादारिन रोए तो आप लोग ज़ार-ज़ार आँसू बहाएँगे। मिस लिली रोएँ तो हिकारत से फब्तियाँ कसेंगे—‘भई इन्हें इंगलैंड के आराम याद आ रहे हैं !’ पर ढूँढ़ो...तो भी तुम्हारे गुट में दो जन ऐसे न मिलेंगे जो किसी गरीब के संग दो दिन इज़्ज़त-स्नेह से रह पाएँ। पॉलिटिकल ऐक्ट, पॉलिटिकल ऐक्ट चीखते हो। होगा साला पॉलिटिकल ऐक्ट सब कुछ। तुम्हारा यह जम्हाई लेना भी...क्योंकि शायद यह तुम्हारी सामाजिक स्थिति, तुम्हारे वर्ग से ताल्लुक रखता है, मज़दूर की रात की ड्यूटी की थकान का प्रतीक है या...” वह अपनी सूझ पर मुस्कराई, “या पूँजीवाद की बू तो नहीं आ रही ? रात-भर की अय्याशी के बाद का हैंगओवर तो नहीं यह...?”

मैं फिर लाल-पीली होने लगती, “क्या होगा संसार का जब तुम जैसे अनास्थावादी बढ़ेंगे ? भगवान नहीं, हैवान नहीं, कोई कॉज़ नहीं, तो जियो ही क्यों ?”

''क्यों ? जीने के लिए नहीं जी सकते ? हर डकार, हर मुस्कान का पॉलिटिकल मुआवज़ा नहीं लेना चाहती, बस। भरपूर जीना चाहती हूँ। तुम क्या समझती हो तुम्हारे जैसा कॉज़ न हो तो शान्ति, खुशी, प्यार, इनकी चाह मर जाएगी ?''

दो अलग धरातलों से बात हो तो नतीजा कभी मिलनेवाला नहीं। लड़ते रहते और जबरन नेचर्स कॉल या ऐसी ही किसी अजेय तीसरी शक्ति का हवाला देकर लड़ाई स्थगित हो पाती।

अन्तहीन लड़ाइयाँ।

नहीं, आज वह मिलती तो हम कतई दोस्त न बनते, अब तक हमारे नज़रिए हम पर पूरी तरह हावी हो चुके थे, ठोस हो गए थे, हम शायद दुआ-सलाम भी न कर पाते।

यह भी वह कहती थीं, ''गुटबाज़ी का ज़माना है, अपने गुट के बाहर कोई नहीं जाना चाहता। दूसरों की भाषा ही उसे अलग लगती है। बस गुटबन्दों से बोलो, उन्हें ही शाबाशी दो, और कोई न सुनता है, न समझ सकता है।''

''हाँ, और क्या,'' कभी-कभी मैं भी न चूकती, ''तभी तो तुम अपनी बात कर रही हो, मेरी कुछ नहीं सुन रहीं, समझना तो दूर।''

पर बचपन की दोस्ती कुछ ऐसी नींव डालती है कि यह सारी लड़ाइयाँ हमारी अन्तरंगता का प्रतीक ही थीं। हमारी राजनैतिक विचारधारा कुछ भी हो—और वह तो अपनी कोई विचारधारा मानती ही नहीं थी—उस सबके ऊपर एक 'हाथ' था जिसने इशारा कर दिया था कि दोस्त हो और खोल के सब रख दो। याद नहीं पड़ता कि कुछ भी एक-दूसरे से कहने में सकुचाते रहे हों। खोपड़ी पर सवार होना हो तो, दिल दुखा दें तो।

जैसे जब उसके भाई के लिए लड़की देखी जा रही थी। मैंने पूछा, ''कैसी थी ?'' बोली, ''मिलनसार।'' मैंने पूछा, ''देखने में ?'' बोली, ''ठीक है, दाँत अजीब हैं।'' दाँतों का क्या जिक्र करूँ, बचपन से उन्हें लेकर रोती रही हूँ टेढ़े-मेढ़े, ठीक असली मोतियों जैसे। नसीब को बहुत कोसती तो वह दिलासा देती, ''बेवकूफ़, अच्छे लगते हैं, यह क्या कि बोरिंग, सीधी कतार हो।'' तो जब वह बोली दाँत अजीब हैं, मेरा पीड़ित हृदय कराह उठा—''आह, मेरी तरह।'' बोली, ''नहीं, उसके बाहर को नहीं निकले हैं !''

ज़ाहिर है तब भी लड़ पड़े थे। हर उल्लू-पंथी की बात पर लड़ पड़ते।

गोआ याद आ गया। कितने झगड़े हुए वहाँ। कितना आनन्द भी आया था।

उसी ने लिखा था, चलो मिलें, न तुम्हारे घर, न मेरे, किसी तीसरी जगह,

अपनी रोज़ की चिल्ल-पों से अलग। जगह उसी ने चुनी, उसे समुद्र से कितना लगाव था।

बस से उतरकर मैंने इधर-उधर ताका, कहाँ है जी बीच ? उसने अधीरता से मेरी बाँह खींची और एक सड़क पर चल दी। कितने अचानक सड़क का छोर आ गया और सामने खुला था लाइफ़ साइज़ पिक्चर पोस्टकार्ड ! गोआ का समुद्र देखते ही बनता है। वहीं बीच पर हम ठहरे, 'पाम ग्रोव' होटल में, बातों का ओर-छोर नहीं, मस्ती की मियाद नहीं। बस हम और रेत और समुद्र और फ़ेनी और झूमते लोग और ललक, केवल खुशी की ललक।

एक दिन चलते चले गए थे। हाथ पकड़े हुए, जहाँ समुद्र पाँव से बार-बार लिपटने आ जाता, वहाँ। फ़ोर्ट अगुआडा से कालंगूट से बागा तक। एक तरफ़ रेत, दूसरी तरफ़ अनन्त सागर। मैं बेहद घबराती हूँ सागर से। कुछ इतना सिहरता है वह, कुछ इतना ज़िन्दा है वह कि उसको समझ नहीं पाती, उससे घिरती चली गई तो क्या होगा, क्या हो सकता है...? न जाने कौन-सा विश्व है वहाँ ! पर उस दिन ? उस दिन की बात और थी। नशे का दौर था। एक तरफ़ रेत, दूसरी तरफ़ फैली असीम ममता जो बार-बार पुलकित होकर पैरों को चूमने लगती, स्नेह से आलिंगन में भरे जाती थी। लहरों के बजते सुरों में मानो हम एकदम सुरक्षित हो गए थे, मानो बस बढ़ते जाना है और धीरे-से समुद्र की तरफ़ घूम जाना है, और भीतर, उसके बाहुपाश में, इसी तरह, दो दोस्तों को, जो हाथ में हाथ दिए चले जा रहे थे।

फिर बागा बीच पर किसी ने डाँट दिया था, लो टाइड है, जब सागर शान्त दीखता है पर सबसे खतरनाक होता है, सबको अपने में समेट लेता है।

वहीं कहीं अंजना बीच पर कुछ हिप्पी नाच रहे थे और हम मदहोश बैठे थे कि मैंने पूछ लिया, "क्या टाइम है ?"

मानो उसकी कविता में बाधा पड़ गई। वह बरस पड़ी..."टाइम, टाइम से क्या मतलब तुम्हें ? यहाँ टाइम की क्या जगह है ? यह टाइमलैस गोआ है पर तुम हो कि यहाँ भी टाइम...टाइम..."

और वहीं किसी शाम कालंगूट बीच पर हम गोआ की मछुआरिनों की तरह पीठ समुद्र की तरफ़ करके उसके एकदम करीब बैठ गईं। पानी के हल्के-से हिचकोले आते और हम भी हल्के-से डोल जाते।

वह संजीदगी से बोली थी, "तुम क्यों नहीं कभी ख़ुद को भूल जाती हो, जीवन में रम जाती हो, क्यों नहीं केवल जीती हो ?"

मैं सकपका गई, "क्या मतलब ?"

"मुझे लगता है," वह बोलती गई, "तुम जीती नहीं हो, हमेशा याद करती हो। इन औरतों के संग हमें कतार में बैठे देख रही होगी। हमारे आनन्द को देख रही होगी। और बाद में याद करोगी कितना मज़ा आया था।"

"क्यों," मैंने अपनी रक्षा करनी चाही, "मैं देख रही हूँ तो क्या रस नहीं ले रही ?"

उसे शक था। किसी भी अनुभव को भोगने के लिए उसके बीच होना पड़ता है, देखने के लिए उससे पृथक हो जाना पड़ता है। "अलग हो गईं तो आनन्द से विभाजित हो गईं, आनन्द तो उसके बीच था। अलग होते ही तुम और भी कुछ देखने लगोगी। जैसे कि यह मछुआरिनें फटी फ्राक पहने हैं और हम तुम पहने हैं महँगे, फ़ैशनेबल कपड़े। कि अगल-बगल बैठे हैं पर उनमें-हममें कितना फ़र्क है। और भी न जाने क्या-क्या जो जल्दी ही तुम्हारे अपराध-बोध को जगाएगा।" फिर वह मेरी तरफ़ घूमकर बोली, "क्यों तुम हर वक्त इतना 'गिल्टी' फ़ील करती हो ? सबका सलीब तुम्हारे कन्धों पर, यह ठेका कैसे ले लिया ?"

मैं अपने 'कॉज़' पर लाँछन नहीं सह पाती–"क्यों, मैं अगर दूसरों के बारे में सोचती-विचारती हूँ तो यह कहाँ से प्रमाणित होता है कि मुझे जीने में रस नहीं ?"

"नहीं," वह गम्भीर रही, "तुम कभी खुश नहीं रहोगी। हर बात की परतें कुरेदोगी, दस ऐब निकालोगी, दस दुख निकलेंगे...। सुनो, तुम्हें कभी दूसरों की वकालत करते शर्म नहीं आती, उनकी आवाज़ बनने में 'गिल्ट' नहीं होता ?"

मैं गोआ बिगाड़ना नहीं चाहती थी। दब रही थी। पर इतना ज़रूर बोली, "यह सब फिर कभी। फ़िलहाल बात इतनी है कि यह साबित नहीं होता कि मैं जीवन में आनन्द लेना नहीं जानती।"

"तुम जीवन में हो ही कहाँ ? तुम तो हमेशा जीवन के बाहर हो।" उसने निर्णय सुना दिया।

आज मुझे लगता है जैसे हर तरफ़ सागर की तरह बहता जीवन है और केवल मैं ठोस हूँ, ठोस पत्थर, जो थिरकते सागर से अलग है, उससे बाहर है, उससे घिरा होकर भी उसमें रमा नहीं है...

और वह ? वह उस सागर में लहर है, उसी के साथ इधर-उधर उमड़ती हुई।

वह जीवन के बीच है, मैं जीवन के बाहर ? मैं देख रही हूँ वह आज भी उसी में विलीन है, क्योंकि मौत भी जीवन में है।

मौत ? यह कैसा शब्द है ? किस सहजता से लिख गई मैं ! किसी प्रियजन की मौत का ख़याल कैसा व्याकुल कर देता है। नहीं, इसे कुछ न हो...। पर

ख़याल ही तो व्याकुल कर देता है। जब ख़याल नहीं, .ख़ुद मौत आ जाती है तो क्या बचता है ? एक सुन्नाहट, एक शून्य ? सोचने को है ही क्या ?

वह कहती थी, तुम जीवन को केवल याद करती हो। उसे भी केवल याद करती हूँ। पर उस याद करने में और इस याद करने में फ़र्क है न कि नहीं, बताओ ? सब कितना अवास्तविक लगता है, वह भी एक ख़्वाब-सी मँडराती है। गले में अटकन-सी होती है पर तभी बड़े बेमौके उसकी हँसी सुनाई दे जाती है। रुलाई का ख़याल ऐसी बेरहमी से जुड़ गया है उसकी हँसी से कि अपने पर काबू नहीं। वह हँसती थी तो शक हो आता था कि रो तो नहीं रही, कुछ ऐसी आवाज़ें निकालती थी ! बस वह मज़ाक अब थमके नहीं देता। हँसने-रोने के नाम पर वह सारा अनुभव ताज़ा होकर हँसा देता है, इतने बेमौके कि फिर चोरों की तरह हँसी .ख़ुद से ही छिपाने की कोशिश करती हूँ।

वैसे वह हमेशा ही गलत मौकों पर हँसती और हँसाती थी। स्कूल में खुसुर-पुसुर कर रहे हैं, क्लास में मन नहीं लग रहा। मैंने जान-बूझकर दवात नीचे खिसका दी और डेस्क के नीचे, सफ़ाई करने के बहाने, दो सिर मिले हुए हैं। सब शान्ति से चल रहा है पर आप हैं कि हँसी रोकते-रोकते हँस देती हैं और मैं चौंककर देखती हूँ हँस रही हैं या रो पड़ी हैं और .ख़ुद भी हँसने लगती हूँ तो वह और खिल-खिल करने लगती हैं। बस फिर 'बेंच पर खड़ी हो जाओ' 'या 'गेट आउट ऑफ़ द क्लास !'

ऐसे ही बस से उतरने में किसी लफ़ंगे ने हाथ फेरा। आप आग-बबूला—'साले तमीज़ से करो !' जूती उतार के दो-एक सलामी दीं ज़रूर, पर साथ ही अपने मुँह से निकली फटकार पर खी-खी भी कर पड़ीं।

वाकई बड़े बेमौके हँसाती थी वह। एक बार बाज़ार तक का शॉर्ट कट मारने हम एक मैदान पार करने चले। उसके चारों ओर लगी काँटेदार फ़ेंस को लाँघने वह झुकी, दो तारों के बीच, एक पैर अन्दर, एक बाहर, और पैंट का ठीक सीट पर का कपड़ा ऊपर की तार में फँस गया। अब वह हैं—हाथ ज़मीन पर, एक पैर हवा में, और वह दिलचस्प हिस्सा, तार में अटका, ऊँचा, आसमान को घूरता, और आते-जाते लोगों की ही-ही। अपने को छुड़ाएँ तो कैसे, .ख़ुद हँसे जा रही हैं और हम भी लोट-पोट हुए जा रहे हैं, हँसी के मारे एक कदम भी आगे लेने की ताकत से ख़ाली हैं। 'बॉटम्ज़ अप !

'बॉटम्ज़ डाउन' का भी एक किस्सा है। तब हम दोनों बनारस में काकी के पास थे। काकी नहा रही थीं और उसी बीच इन्हें जल्दी पड़ी कि यह भी नहा डालें, क्योंकि पानी बन्द होने का वक्त करीब था। तो फुर्ती से बाहर का दरवाजा

बन्द किया कि कोई मर्द न घुस आए और आँगन में कोने के नल के आगे, कपड़े सुखानेवाली डोर पर अपनी धोती का पर्दा लटकाया। जा बैठीं उस पार नहाने कि तभी काकी निकलीं—'एँ' यह क्या ?'—मुझसे पूछती हैं। वहाँ पर्दे के नीचे दो गोल-गोल हिस्से पटरे पर अटे हुए !

पानी से जुड़े न जाने कितने कांड हैं उसके। वहीं बनारस में एक बार और लड़ पड़े थे। गर्मी के दिन और पानी की तंगी। बाकी सब जैसे-तैसे झेलते थे पर फ़्लश की टंकी ख़ाली रहे, यह ज़रा ज़्यादा ही दुखी करता। किसी तरह दो-एक दिन में एक बार फ़्लश चलता था। आए कहीं से लौटकर। रात थी। मैं दाँत माँजते हुए बोली, "चलो शायद कल पानी हो, दो दिन बाहर रहे हैं।" वह कहीं जाते-जाते रुकीं, न जाने किस महत् उद्देश्य से प्रेरित बढ़ीं, बाथरूम की ओर—'देखूँ'—और तपाक् से चेन खींच दी। पड़ा-पड़ पड़ा-पड़ पानी बह गया।

पानी से उसे था ही ख़ास लगाव। बहुत ज़बरदस्त तैराक थी। उड़ीसा में 'साइक्लोन' आया तो समुद्र से न जाने कितने लोग, कितने असबाब खींच लाई थी। गोआ में वहाँ का चैंपियन तैराक हमारा दोस्त बना। वह भी दंग। "मैं हाँफने लगा पर यह तो लौटने का नाम ही नहीं ले रही थी, क्या ज़ोरदार 'स्ट्रोक्स' मारती चली गई !"

उस पर भी लड़ पड़े थे। मैडम अपने लैंस उतारतीं तो अंधी हो जातीं—करीब करीब, और लहरों की गरजन से बहरी हो जातीं करीब-करीब। करीब-करीब नहीं जी, दूर-दूर। चली जातीं ज़ोरदार 'स्ट्रोक्स' मारते, इधर हम चीख-चिल्ला रहे हैं—लौट आओ, आगे मत जाओ। और लोग हैं कि हमें ही नसीहत दे रहे हैं। 'सुनो, यहाँ हर साल मौतें होती हैं, बुला ला अपनी साथिन को। यह समुद्र डस लेता है।' पर उनका क्या, आप गला फाड़ लीजिए, तांडव नृत्य कर दीजिए। वह चाहें भी तो बहरे कानों से सुनें तो क्या, अंधी आँखों से देखें तो क्या।

"यार, तुम मुझे पागल बना के रख दोगी !" मैं झिड़कती तो वह सांत्वना देती, "डोंट बी सिली, समुद्र मेरा कुछ नहीं बिगाड़ेगा। मेरा बचपन का मित्र है।"

मित्र की न जाने किस याद में वह ख़ुद ही उसके पास चली गई।

सच, सबसे अजीब तो यही लगता है कि 'न जाने' मैं कह रही हूँ। मैं, जो उसके पल-पल के रवैए को तार-तार समझाती थी। उसके जीने को उससे ज़्यादा पहचानने का दावा करती।

जीने को न। मरने की बात और होगी। कितने सवाल बन गए हैं। किससे पूछूँ ?...अपनी बचपन की मित्र से मैंने उसके माँ-बाप का नाम भी नहीं पूछा, कौन कहाँ है, जानने की ख्वाहिश ही नहीं रखी। और जब हम बड़े होकर

अपने-अपने जीवन में व्यस्त हो गए तब तो और भी कम उनका ज़िक्र आता। यों ही कभी इत्तिफ़ाकन कि माँ के पास बम्बई गई थी...भाई नैरोबी बुला रहा है...। हाँ, उसका पति है, ज़रूर है, जिसने देखा था और वह ख़त लिखा था...।

वह खत...। न जाने क्यों उस ख़त को लिखनेवाले से कुछ भी वास्ता न रखने का जी चाहता है। उससे चिढ़ होती है, हमदर्दी नहीं, मानो हमदर्दी का पात्र तो मैं हूँ और वह ़खुद को समझ रहा है।

पर कितना अविश्वसनीय है कि मेरी घनिष्टतम मित्र है और मैं कुछ नहीं जानती। उसके मन में तब क्या था, मुझे पता नहीं। क्यों ऐसा किया, मुझे पता नहीं।

कभी तो लगता है, किसी और की बात होगी। उसने तो ऐसा कुछ नहीं किया। वह जो इतना जीती थी, वह ऐसा नहीं कर सकती। मेरी दोस्त जीने को 'कॉज़' मानती थी, जीवन के बीच रहती थी, हँसते-खेलते चुहल करते। रोते भी। मेरी बीमारी के बाद वह मुझे देख-देखकर रोती थी और जब शब्बीर मरा था तब भी वह रो पड़ी थी।

शब्बीर आदिवासी इलाके में काम करता था और उसकी बातें वह बहुत लिप्त होकर सुनती। अपनी 'फ़ील्ड' से जब शब्बीर लौटता तो फोड़ा-फुँसी, पेट की तबाही, ऐसा कुछ न कुछ ज़रूर लाता। पर जब उसने पूछा, चलना है तो यों ही चल पड़ी। तैयारी के नाम पर कुछ नहीं, बस आदिवासी बच्चों के संग खेलने-फुलाने के लिए दर्जनों गुब्बारे। लौटी तो कनस्तर-भर महुआ लाई। फिर आदिवासियों के पुनर्वास की प्रशासनिक नीति पर एक रिपोर्ट तैयार की, जिसको लेकर उसके ऑफ़िसवालों ने खूब बवंडर मचाया। वह आदिवासियों के संग हो रहे ज़ुल्म को रत्ती-भर भी कम दिखाने को राज़ी नहीं थी—सरकार पैसा खा रही है, बाँध बनाने के लिए आदिवासियों की जमींने छीन लीं, उसके एवज में उन्हें बंजर जगह दे दी, जंगल अपने ठेकेदारों से कटवा डाले और बचे ठूँठों को गिनकर, सरकारी कागज़ पर जंगलों का हवाला दे दिया। जहाँ दस साल पहले लोग-बाग धूप ढलने पर घर में सिमट जाते थे कि बाघ-तेंदुए न पकड़ खाएँ वहाँ अब चिड़ियाँ भी नए ठौर खोजने निकल पड़ी हैं। ज़्यादा सिर ठोंको तो सरकार का आरोप कि इन्हीं आदिवासियों ने ईंधन के लिए जंगल चुग डाले। अब बाँध है जो शहर को बिजली देगा, बड़े किसानों को सिंचाई से बढ़ती देगा, और आदिवासियों को उनके परम्परागत जीवन से तोड़कर दूसरों के खेतों में मज़दूरों का स्तर देगा। बहुत झगड़ा हुआ और आख़िर में उसने कहा कि रिपोर्ट में

फेर-बदल करनी है तो मेरा नाम निकाल दें। वही हुआ।

और शब्बीर की सड़क-दुर्घटना में खत्म होने की खबर आई तो बिलख-बिलखकर रो पड़ी—"कितना अजीब लगता है न जो कल साथ बैठा हँस-बोल रहा था..."

वाकई कोई चला जाए तो कितना अजीब लगता है। जो कल साथ हँस-बोल रहा था। यकीन नहीं आता। अचानक उसकी हँसी सुनकर मैं चोरों की तरह हँस देती हूँ।

चोरों की तरह इस शहर में घूमती हूँ। कहीं कोई पूछ न बैठे—आपकी दोस्त ने..क्यों...क्या...और मुझे बगलें झाँकनी पड़ जाएँ। पर इत्मीनान से साँस लेती हूँ, यहाँ उसे कोई नहीं जानता।

लेकिन मैं जानती हूँ। अपराधी-सा सिर झुका लेती हूँ।

"तुम हर वक्त इतना 'गिल्टी' क्यों फील करती हो ? सबका ठेका ले रखा है क्या ? अपने को जिम्मेवार ठहराना, इतनी दम्भी हो सकती हो ?"

उसके पति से एक ही बार मिली थी। कहाँ वह बिजली-सी तेज़, कहाँ पति दबे-सहमे बोर। मौके-बेमौके टेढ़ा-सा मुँह खोल के बुदबुदाते और अजीब खिसियानी-सी आवाज़ में कोई एकदम साधारण-सी बात बोल देते और लगता कि समझ रहे हैं न जाने कितनी गूढ़ बात कह गए। पर कभी जो वह शर्मिंदा दिखी हो। मैंने पूछा तो बोली—"मैं दूसरों की खूबियों-ख़ामियों के लिए ज़िम्मेदार नहीं हूँ। सब अपने-अपने किस्म के हैं, शरमाने की क्या बात ?"

अन्यमनस्कता थी या विनम्रता ? क्योंकि मैं तो शरमा जाऊँ, मेरे अहं को तो ज़रूर धक्का लगे, मेरे संगी-साथी मेरे व्यक्तित्व पर धब्बा लगा दें।

पर यह तो वह कहती ही थी, "तुम इधर की, उधर की, सोचे बिना तरह-तरह से मीन-मेख निकाले बगैर जी ही नहीं सकतीं। बड़े-बड़े 'कॉज़' बनाए बगैर कुछ कर नहीं सकतीं।" प्रोपेगैंडा का भी कितना असर है कि जो ढिंढोरा पीट के करे उसकी याद रही, जो ऐसे करे जैसे इसमें कहने की क्या बात, उसे नज़रअन्दाज़ कर बैठे।

सच, मैं आज भी उससे सहमत नहीं हूँ, पर उसकी व्यापकता से रश्क हो आता है। 'मैंने दूसरों का ठेका नहीं ले रखा है,' वह कहती पर अपनी राह में आते लोगों के लिए जिस मस्ती से कुछ कर जाती, वह याद ही नहीं रहता। यही होता है 'कॉज़ेज़' की भाषा में सोचनेवाले का जब वह बिना 'कॉज़ेज़' की सोच करनेवाले से मिले।

उसकी बूढ़ी पड़ोसिन का पैर टूट गया तो उसने बाकायदा छुट्टी लेकर

अस्पताल में रातें बिताईं। ऐसी सेवा की कि नर्सें समझ बैठीं, मरीज़ उसकी माँ हैं। और उसके बाद, फिर वही, मिल लिए तो हँस लिए वरना और कहीं मगन। स्नेह कि भावशून्यता ? स्वार्थ कि परमार्थ ?

पर उसे इन शब्दों से नफ़रत थी। कहेगी—"देखा न, हर किए को परिभाषा में घोंटना चाहती हो। जीवन के बाहर हो गई फिर।"

डर के सोचती हूँ कौन हो गया जीवन के बाहर ? मैंने उसे ही तो नहीं बाहर निकाल दिया ? मान लो मैं धमक पड़ती या उसे बुला लेती तो ?"

उलटे धमक पड़ा यह ख़त। उसकी तस्वीरें भेजी थीं, जो हमने पिछली बार ली थीं। 'यादें समो रही हो जी न पाने के ग़म में' उसने छेड़ा, पर एक-दो पोज़ मुझे खुश करने को दे ही दिए। पैर फैलाए और धम से झुक गई, बाल नीचे, चेहरा उलटा, पैरों के बीच से झाँकता हुआ, इधर मैं कैमरा ताने ! मैंने मुस्करा के ख़त खोला...।

चलते-फिरते लोगों को देखकर वह कहती, "यह नहीं होंगे जो मर जाते हैं !...वे कोई और होंगे जिनकी लाशों की गिनती अखबारों में आती है, यह तो इतने 'रियल' हैं।" बस कुछ ऐसा ही है यह ख़त मेरे लिए, किसी 'अनरियल' पुर्ज़े का ज़िक्र, हाड़-मांस की जीती इनसान का नहीं। मेरी उस दोस्त के बारे में नहीं। वह जो तस्वीर में भी बेबाक थिरक रही है, उसके बारे में नहीं।

क्योंकि मैं तो जानती ही नहीं। यह कैसे हो सकता है कि मुझे पता ही न हो कि वह क्या सोच रही थी ?

एक निश्चिन्तता-सी छाई मन पे, यहाँ उसे कोई नहीं जानता। बल्कि जिस दिन ख़त मिला मैंने कुरील को फोन किया—चलो कोई भी घटिया बम्बइया फ़िल्म देखें। फ़िल्म के बेहद छिछले ट्रैजिक दृश्यों को देखकर अँधेरे में मैंने अपना रूमाल मुँह पर दबा लिया।

लगता है मैं अजनबी हूँ, न जाने किसकी बात सुन रही हूँ। वहाँ जाऊँ, जहाँ अजनबी नहीं और पूछूँ...कौन थी जिसके बारे में यह खबर पढ़ी ? पूछूँ...ऐसे लोग क्यों ऐसा करते हैं ? ऐसे लोग भी ऐसा करते हैं ? मेरे जैसा घुन्ना ऐसा करता तो समझ लेती। जो अन्दर है, घुटता हुआ। पर वह...वह तो बाहर ही बाहर थी, महकते, खुले-खुले, हवादार बाहर में। मानो हर चीज़ में थी, हर बेमाने चीज़ में रस ले रही थी। बाहर और बाहर, इधर-उधर...।

मैं चिढ़कर कहती थी, "तुम कहीं ठहरना ही नहीं चाहती हो। अस्थिर, चंचल, यह अच्छा बहाना है कोई 'साइड' न लेने का।"

वह हँसती, "मैं उड़ती हूँ, यहाँ 'साइड्स' का सवाल ही नहीं।"

कैसे एक-दूसरे वक्त में वही बात, जो कभी बेहद खीझ पैदा करती थी, अब मीठा-मीठा दर्द जगाती है। 'सेंटीमेंटल' बनाती है।

पर 'सैक्रीलेज' लगता है कि ऐसी बात करें और इस पर भी निर्णय सुनाए जाएँ—'भावुक', 'नौस्टैल्जिक',...या ऐसा ही कुछ और। मौत के आगे कम से कम शीश सिजदे में झुका दो।

वही करती हूँ।

पर वह खिलखिला पड़ती है। लगता है पता नहीं उस खिलखिलाहट के पीछे क्या था, जो मैं, उसकी बेस्ट फ्रैंड, नहीं जानती। उसकी हँसी सुनकर मेरे भी मन में कोई सुखद याद आ जाती है और मैं भी हँस देती हूँ। उसका जवान-जवान चेहरा खिला रहता है। रश्क होता है। जब मैं झुर्रियों के पीछे, धँसी आँखों से देखूँगी, वह ऐसी ही तरोताज़ा, यौवन की निखरी मूरत रहेगी, हर तरफ़ होगी। वह कभी नहीं बुढ़ाएगी।

फिर मन व्याकुल होने लगता है। निःशब्द सवाल जी को घेरने लगते हैं। ऐसे में मेरे पास एक ममता भरी रूह बैठ जाती है। किसी के कोमल सान्निध्य का एहसास होता है।

पूछना चाहती हूँ उससे, क्या था तुम्हारे मन में जब तुम 'उड़ती' हुई नीचे चली आ रही थीं, उस तेरहवीं मंज़िल से ? क्या तब भी तुम जीवन के भीतर थीं ?

पर लाचारी है, कुछ नहीं समझ पाती। पता नहीं कौन थी, पता नहीं मैं किससे मिली, पता नहीं...।

बस, एक बेढब-सा ख़याल आता है कि और कुछ हो न हो, इतना ज़रूर है कि वह जो दूसरों की मौत पर रो देती थी, अपनी मौत पर कतई नहीं रोई होगी...।

दरार

घर भी उसी की तरह जगह-जगह से चू रहा है ! इस ख़याल पर कल्पेश हल्के से मुस्करा दिया। कुछ देर उसने अपनी जगह नहीं बदली, वैसे ही सामने देखता हुआ बैठा रहा। बूँद फिर सिर पर गिरी। छत में एक बारीक-सी दरार पड़ गई थी, जो ठीक उसके सिर के ऊपर खत्म होती थी। बरसात का पानी बूँद-बूँद बढ़ता हुआ दरार के आख़िरी मुकाम पर पहुँचकर ठहर जाता, एक बूँद की थैली बना पीछे से बढ़ती आती बूँदों को उसमें जमा करता जाता, किन्तु किसी भी पल अपनी बिसात भूलकर एक बूँद अधिक जो भरता कि पूरी थैली फूट जाती और कल्पेश की खोपड़ी पर फिच से टपक जाती।

कल्पेश ने एक लम्बी आह भरी और अगली बूँद का इन्तज़ार फ़िलहाल छोड़ दिया। कुर्सी पीछे खिसकाई और अपना गिलास पुनः भरने खड़ा हो गया। कट-गिलास के भीतर कैसी हसीन झिलमिल-झिलमिल होती है सुनहले तारों की। गिलास को निहारता हुआ वह खिड़की के आगे खड़ा हो गया।

यहाँ से फाटक दिखाई पड़ता है। किसी ने अपनी ट्रक वहीं खड़ी कर दी थी और कहीं से कोई बकरी पानी से बचने उसके नीचे पहुँच गई थी। सामने धुआँधार पानी की ओट में पार्क का खंडहर बुझता-लहराता नज़र आ रहा था। जगह-जगह छोटे ताल उग आए थे जिनमें गिरती बूँदें फूल-सी खिलते-खिलते मिट जातीं। धुमैला आकाश धरती पर छा गया था।

कल्पेश का चेहरा म्लान हो गया। दिन तो काम-काज में कट जाते हैं, पर यह शामें ? न जाने क्या ढूँढ़ने लग जाती हैं ? तिस पर यह बरसात कि कोई ख़ुद से दूर जाना भी चाहे तो न जा सके। गाड़ी भी वही चला सकता है जो अंधा होकर ड्राइव करता रहा हो !

वैसे, न भी होती यह ज़ालिम बारिश तो भी कल्पेश कहीं नहीं जाता शायद। कहाँ जाए, कहीं भी मज़ा नहीं आता। बहुत होता शाज़ी के यहाँ पहुँच जाता और क्या ?

शाज़ी के पास तो अभी भी पहुँच सकता है। छाता उठाए, रबड़ की स्लिपर

पहने, और पार्क से 'शार्टकट' मार के, खंडहर के पार उस ओर गली में निकल जाए, चौथा मकान है। पर कौन कीचड़ में छप-छप गन्दगी अपने पर ही उछालता फिरे ? और फिर वहाँ भी क्या रखा है ? वही बैठे हुए हैं पैर पसार के। यहीं क्या बुरे हैं ?

बारह जून को कल्पेश शाज़ी को ज़बरदस्ती 'सेंटूर' ले गया था। लेकिन बाद में उसे .खुद पर बहुत गुस्सा आया। शाज़ी सबकुछ जानता है। जो सबकुछ जानता है उसके संग कुछ मुमकिन नहीं बचता। हर तरीका बनावटी लगता है—रो के बोलो तो, हँस पड़ो तो, न कहो तो, कह डालो तो...। हर तरह से फ़रेबी। फिर भी एक अजीब-सी ढिठाई के साथ कल्पेश ने 'ब्लडी मैरी' ही मँगाई थी, मग खनका के—'इस दिन के नाम...चीयर्स'

नहीं पर, शाज़ी के साथ कुछ मुमकिन नहीं। कल्पेश का जी चाहता है कि बोले, फिर से बोले, फिर-फिर से, वही बात दोहराता चला जाए। जिस ढंग से चाहे बोले। कभी हँस के—'क्या गलत किया उसने, मुझ टूटे-फूटे अस्थि-पंजर के साथ कौन निभाता'; कभी रो दे—'क्या गलत किया मैंने...कौन-सी लापरवाही... कैसी बेकद्री'; कभी चिल्ला पड़े—'सब साला पोस्ट फ़ैक्टो रैशनलाइज़ेशन होता है, कोई किसी एक को छोड़, दूसरे को नहीं चुनता, बस जीवन के परिचितपन से ऊबकर नए माहौल को चुनता है और .खुद को समझा लेता है कि वहाँ वह फ़र्क था, यहाँ यह मेल है'; कभी चुप हो जाए, अचानक, बेवजह, बुत की तरह पथरा जाए और शाज़ी या कोई देखकर स्तब्ध रह जाए, क्या हुआ कल्पेश क्या हुआ ?

पर 'क्या हुआ' शाज़ी कभी नहीं पूछ सकता। उसे सब मालूम है क्या हुआ। उसके संग कुछ मुमकिन नहीं, रोना गलत, हँसना गलत, चुप रहना गलत। सही है तो बस कोई सधा-सँभला नाज़ुक-सा सन्तुलन है जिसमें कुछ गिने-चुने आँसू, थोड़ी-सी मुस्कान, और ज़रा-सा मौन है। किसी एक की मात्रा रत्ती-भर गड़बड़ाई कि सब नकली। इस अनोखे सन्तुलन को पाने में कल्पेश क्षुब्ध हो जाता है। तन जाता है। यह सन्तुलन .खुद नौटंकी लगने लगता है।

काश, कोई जगह होती जहाँ नौटंकी नौटंकी न लगती !

रहिए अब ऐसी जगह चलकर जहाँ कोई न हो
हम-सुखन कोई न हो और हम-ज़बाँ कोई न हो।

कोई परिचित सामने न हो और कल्पेश सब कुछ दोहरा ले, रोकर, गाकर, बुत बनकर।

क्या रखा है शाज़ी के पास ? वही उबाऊ मौन, वही बासी बातें।

"साहब", बैरा खड़ा था, "खाना लगा दूँ ?"

"हैं ?..." कल्पेश ने कुर्सी सुरक्षित स्थान पर खिसकाई, आज क्या-क्या सीरियल है ?"

"जी साहब...'सर-आँखों पर'..."

कल्पेश नर्मी से मुस्कराया, "ऐसा करो, खाना लगा दो। मैं थोड़ी देर से खाऊँगा। तुम लगाओ और अपनी छुट्टी करो, टी. वी. देखो, सोने जाओ, फुर्सत पाओ।"

"बु...बुला..लूँ ?"

"...अरे बिलकुल-बिलकुल, इसमें पूछने की क्या बात है ? हर बार पूछते हो। जब चाहो टी. वी. चलाओ, दिखाओ। औरतों को ही तो टी. वी. का असल शौक है। हम आदमी तो उनका साथ पाने के लिए बैठ जाते हैं !" वह हँसा।

बैरा अपनी बीवी को बुला लाया। कल्पेश के थोड़ा पीछे, आड़ में, दरी पर दोनों बैठ गए।

बैरा की बीवी ज़रूर रो रही होगी बाप-बेटे का दर्दअंगेज़ मिलन देखकर। न जाने इनके इतने आँसू कहाँ से जमा रहते हैं कि बात-बेबात बाढ़ आ जाती है। फिर कभी जब ये नहीं रोते तो कितने निर्दयी लगते हैं। कल्पेश दहल ही तो गया था। वह दृढ़, सख़्त, क्रूर—हाँ-हाँ क्यों न कहे क्रूर—चेहरा देखकर, और उसने चुपचाप दस्तखत कर दिया था। वह तो काफी बाद में, अकेले में, उसको सूझी कि वह बेवकूफ है, कि उसी पर वार करनेवाले के उठे हाथ को सहारा देने के इरादे से थामे हुए है। तब जाकर उसने अपना ज़ोर दिखाना शुरू किया। ठीक है जी, जाएँगे, पर तुम भी क्या याद रखोगे कि हम गए। हाँ बेटे ! बारह जून ही को वह 'मैटाडोर' लेकर पहुँचा, ऐन आधी रात को, और अपने नाम का सारा सामान, स्टीरियो सिस्टम, सोफा सेट, सारे रिकार्ड—पुराने फिल्मी गानों के भी, जो वह कभी नहीं सुनता था—अपनी गुलाबी बाल्टी भी, उठा लाया। शाज़ी ने ऐतराज़ किया था—भद्दी हरकत है यार, अच्छा नहीं लगता। हुँह, अच्छा लगकर कौन-से हीरे-जवाहरात हासिल हो रहे हैं। खूबसूरती जाए भाड़ में।

ऐतराज़ करने में तो माहिर हैं सब। शाज़ी तो शाज़ी, रमण, चंचल, सबा...। सबा तो बस डाँटती ही रही है। यह अच्छी अपने में घुलते रहने की सूझी है। तुम जैसा एलिजिबल बैचलर। सम्पन्न, जवान, खूबसूरत...

कल्पेश ने मुड़कर शीशे के दरवाज़े में झाँका। बाहर स्याह रात हो चुकी थी—उसके पर्दे पर पड़-पड़ पड़ती बारिश की लड़ियाँ, उनके आगे उसका चेहरा। खूबसूरत ? हाँ है तो खूबसूरत। जवान ? हाँ क्यों नहीं, वह भी है।

पर दीपावली पर सबा आई थी। पूरे मोहल्ले में पटाखों और रोशनी की फ़ज़ा। कल्पेश अपने कमरे में बन्द। गुस्सा...फिर डर...फिर पसीने की बूँदों में अटा लाल चेहरा, गुत्थियों में फँसी आँखें, अजीब-सी बेखुदी। सबा धड़ाक् से दरवाज़ा खोलकर घुस आई थी।

"यह क्या ? क्या हालत बना रखी है ?"

फिर बरसी, ऐसी बरसी कि मज़ा आते-आते वह एकदम से हताश हो गया।

"इनसान रहे ही नहीं...जानवर हो जानवर...अपने ही मैल में धँसे। देखो सूरत अपनी। कैसे कोई खूबसूरत चेहरा इतना बदसूरत...इतना घिनौना... हो सकता है...तुम्हें देखकर समझ में आता है हाउ अग्ली अ हैंडसम मैन कैन लुक।...यू आर अग्ली।"

"मत जाओ।" कल्पेश ने बीमार-सा हाथ उठाया।

पल-भर को सबा पलट गई, "बेचारा बन चुकने के बाद केवल कीड़ा बनना मुमकिन है, कल्पेश, वह मत बनो।"

रुक जाओ, बीमार हाथ उठा रहा, मत जाओ। वह लेटा रहा, न उठ सका, न बोल सका, बेबस आँखों से देखता रहा।

"ऐसे तो लोग मरनेवाले के लिए नहीं करते।"

और क्या। मरनेवाले की याद तो प्रकाश पुंज से घिर जाती है, जिसके तेज से हर बुराई भस्म हो जाती है, कहाँ-कहाँ की अच्छाइयाँ सितारों की मानिन्द टिम-टिम करने लगती हैं। पर जो मरा न हो...?

"कल्पेश, तुम्हारी भी कोई इज़्ज़त है कि नहीं ? तुम तो मरे जा रहे हो, दूसरा तुम्हारा होना न होना जूँ जितना भी नहीं महसूस करे...इतना काफ़ी नहीं सँभल जाने को ?"

मत जाओ...सबा...

"मैं तुम्हें बर्दाश्त नहीं कर सकती। जा..जानवर...ज़लील...लुजलुजे... कीड़े...उफ़।" वह रुक गई, शान्त होकर बोली, ख़ुद को आश्चर्य से तकती हो जैसे, "मैं तुम्हें कुछ भी कह सकती हूँ, तुम्हारी कोई सेल्फ़ रेस्पेक्ट नहीं ? कीड़े...कीचड़...लीद...!" उसने मानो अपनी हदों को आँकना चाहा। और ख़ुद अपने पर स्तब्ध होकर धीरे से मुस्करा दी।

कातर नज़रों से ताकता कल्पेश मुस्कराहट देखकर आप ही मुस्करा देता है। सब ठीक हो गया होगा।

रमण ने कहा था, असल में सब ठीक हो जाता है। बात गड़बड़ बस इतने से लगती है कि जीवन के किस इत्तिफ़ाक़ से कौन किसको छोड़ता है। वहम हो

जाता है कि छुटनेवाला पीछे है, वरना कोई यों किसी के आगे नहीं हो जाता।

कल्पेश ने मुँह बनाया। उनमें से किसी से भी बोलने का मन नहीं करता। उन्हें भरसक देखता ही नहीं वह। नए लोग मिल जाते हैं। शाज़ी बस ठीक है। कम से कम सीख नहीं देने लगता। पर कभी-कभी उसका वह संजीदा, सहनशील भाव...।

"हैं ? ख़त्म हो गया क्या ? आज क्या हुआ ?"

"जी...वह...बेटा घर वापस लौट आया है अब पिता के साथ रहेगा..."

"अपनी औरत को भी ले आएगा..." बैरे की बीवी भी उत्सुकता में बोल गई, चुप न रह सकी।

कल्पेश घूरने लगा। कितनी अजीब बात है कि फिल्मों में, किताबों में, वही पुराना फ़साना बार-बार दोहराया जाए, कोई अपना रोना रोए जाए, तो देखने-पढ़नेवाले सबके सब साथ-साथ आँसू ढुलकाते हैं। वही सुन-सुनकर न ऊबते हैं, न खीझते हैं। और हम जैसा ज़िन्दा पुतला अपने जीवन की दुहाई दे, दे भी नहीं, चुप रह जाए, और सबा बेगम 'कीड़ा' बुलाने लगती हैं। कीड़ा। लुजलुजा। भद्दा। हाँ ?

"क्या नाम है तुम्हारा ?" अरे इतने दिनों से बैरा अपनी बीवी को ले आया है और उसे नाम तक नहीं मालूम !

औरत अचानक सकुचा गई, सीधे पल्ले की धोती में सिमट गई।

"जी...सोना...!" बैरा शरमाकर बोला।

"अच्छा ! अब क्या देखना है ? बस ? अब कुछ नहीं ? ठीक ?"

औरत पहले ही चली गई थी।

कल्पेश शीशे के दरवाज़े में अपना चेहरा देखने लगा। काला शीशा, पीछे झिलमिलाती बारिश। भद्दा...कीड़ा...हुँह ? उसमें कोई कमी नहीं। बस वह इत्तिफ़ाक़ कि वह पहले नहीं उठकर चल दिया, वरना सबा की ख़ातिर...?

पर अब ? अब सबा बचे-खुचे के लिए तैयार क्यों होने लगी ? जब और कोई नहीं रहा तो हमारी बारी !

कैसे मतलब बदल जाते हैं इन इत्तिफ़ाकों से। अब वह 'कम' है...'पीछे' है...'बचा-खुचा' है...।

जाएँ। कौन कह रहा है कि लो बचा-खुचा ?

वैसे भी वह उनमें से किसी से कब मिलता है ? फुर्सत कहाँ है ? काम है, पैसा कमाना है। दिन-भर की तो व्यस्तता है। रातें भी कट जाती हैं। अपनी नींद को कोई नहीं छू सकता, यही हँसी नहीं होती थी कि इनका तो सिर तकिए से

छुल जाए तो समझो बटन दब गया, आँखें बन्द और निद्रामग्न ? बस यह ज़ालिम शामें। खासकर जब खंडहर बरसात में लहराता-बुझता है...और घर की दीवारों पर गीले लिसलिसाते धब्बे पड़ जाते हैं...।

कल्पेश उठकर ड्रिंक-कैबिनेट तक गया। बस एक और। वह ज़्यादा नहीं पीता। बहुत हुआ तीन। आज चौथा ले लिया। कभी-कभी क्या जाता है ? इन बरसात की शामों में। दिन-भर एकाउंट की फाइलें जाँचते रहो तो शाम को हर्फ़ से मिलती-जुलती किसी चीज़ को देखने का मन नहीं करता। संगीत लिहाज़ा सुना जा सकता है। अब एक म्यूज़िक सिस्टम खरीद ही लेना चाहिए। वह वाला तो बहन को दे दिया। सोफासेट जद्दू ने खरीद लिया। बाल्टी भी किसी को दे आया। ज़्यादा कुछ तो यों ही बाँट दिया लेकर। बहन खासकर बहुत खुश हुई थी हर चीज़ पाकर।

बाहर बारिश उसी तरह चल रही थी। बस अँधेरे में खंडहर लुप्त हो चुका था और काले शीशे में कल्पेश .खुद को देखता रहा। छत की पाइप से झरने की तरह गिरता बारिश का पानी, केले के पत्तों पर दूसरी आवाज़ में लुढ़कता पानी, स्ट्रीट लाइट से भींगता हुआ बूँद-बूँद बढ़ता बिजली के तार पर पानी, धरती पर सतत गिरता पानी। अलग-अलग ध्वनियाँ किन्तु शान्त निरन्तरता से समस्वरित।

ऐसी रातों में कीड़े निकलते ही हैं–साँप, बिच्छू, केंचुए, छोटे-छोटे लुजलुजे कीड़े। रेंगते हैं, लिसलिसाते हैं। और तो और मोटे-मोटे घोंघे बाथरूम में जहाँ-तहाँ सरकने लगते हैं। एक बार तो ठीक घुंडी की जगह दरवाजे पर घोंघा चिपककर बैठ गया। हाथ उस पर धरते-धरते समझ कौंधी। चीख...हँसी...छेड़छाड़...रोमांस फिल्मी स्टाइल !

देखो कैसी सहजता से याद कर गया, कल्पेश ने सोचा। और सब हैं, कि पीछे ही पड़ जाते हैं–'क्या घुले जा रहे हो ?' कौन घुले जा रहा है, मैं नहीं। यह तो यादों का कुछ अपना अजब ढंग है कि कभी देर तक चिपकी रहीं और कुछ महसूस न किया कभी अचानक उछलकर आ गई और दिल मसोस उठा। वैसे अधिकतर तो दुख भी दुख भरा नहीं होता है। बस आदतन एक टीस-सी उभर आती है हृदय में। आदतों का यही तो है–जैसे बचपन में संकोचवश खड़े होते ही कमीज़ को पीछे से नीचे खींचते थे और आज तक, जब बचपना गया, संकोच गया, तो भी फ़िज़ूल ही हाथ पीछे चले जाते हैं कमीज़ का छोर खींचने ! वही हाल इस दिल का है कि कोई स्मृति उमड़ आई और दिल आदतन ररक गया। बिना दर्द के। ख़ाली। बेकार।

थोड़े डगमगाते कदमों से कल्पेश ने एक पेग और नापा।

"साहब..." बैरा खड़ा था।

गर्दन कुछ आगे को गिराए—जैसे कबूतर की टूट जाने पर होती होगी—कल्पेश ने सिर धीरे से घुमाया।

"...बैरा।" कितना ख़याल रखता है बैरा उसका। बारिश में जब कपड़े सीलन से चिपकने लगते हैं और उन पर फफूँदी धब्बे बनाने लगती है तो तब बैरा ही उन्हें बाल्कनी पर फैला देता है, थोड़ी हवा खा लें। "हाँ-हाँ, ठीक कहते हो", कल्पेश सिर कुछ अतिरिक्त ज़ोरों से ऊपर-नीचे हिलाने लगा, "मैं ज़्यादा पीता नहीं हूँ...आज ही...ले जाओ...यह बोतल ही यहाँ से हटा दो...ताले में बन्द कर दो...बहुत ज़्यादा नहीं...पर हाँ, और दिनों से ज़्यादा है...अब नहीं पीनी चाहिए बिलकुल नहीं...बस अब नहीं पियूँगा...तुम जाओ...सो जाओ...थैंक्यू...।"

कुर्सी फिर खिड़की के सामने खींचकर वह बैठ गया। खंडहर तो अँधेरे में एकदम विलीन हो गया था। बस यहाँ-वहाँ जुगनुओं की तरह बरसती बूँदें चमक रही थीं। छत में खिंची दरार में भी बूँद बढ़ रही थी, 'टप' सिर के पास से होते हुए कुर्सी के हत्थे पर गिर रही थी, फिर बढ़ रही थी, फिर गिर रही थी 'टप'। हल्के से छींटे कल्पेश के मुँह पर छिटक जाते। अजीब बात है कि छींटे ऐसे भी हो सकते हैं जो ज़रा भी गीले नहीं लगते !

कल्पेश बैठा रहा। कुछ भी कहो, ऐसी लगातार, एकसुर, एकलय बारिश में राहत बहुत मिलती है। माँ के आँचल जैसा फैला, फहराता, रिमझिम बरसता असीम। बस शान्ति से बरसता रहता है, ऐसा नहीं कि अचानक चमककर लपके, सहसा धड़धड़ा के चौंका दे। छत पर पानी की लोरी बजती जाती है। दरार में बूँद बढ़ती जाती है। ऐसे में कितनी मीठी नींद आती है। बूँद गिरी—टप्। फिर रुकी। फिर गिरी। टप। टप।

कल्पेश ने ऊपर देखा। और भी जगह दरारें पड़ने लगी थीं। कहीं भी टपकने की सम्भावना बनाए। बैरा कुर्सी-असबाब सँभालता फिरता है, कहीं उन पर न टपके। तब से कह रहा है ठीक करवा लीजिए, वरना एक दिन छत ही जो ढह गई तो ?

बैरा का ख़याल आया तो कल्पेश एकाएक उठ बैठा। कहीं उसके कमरे में भी तो नहीं, कल्पेश ने घबराकर दीवारों पर निगाह डाली।

छिः, दर्द-भरे दर्द से दिल कसक उठा। बैरा उसका इतना ख़याल करता है और वह यह तक नहीं सोचता कि कहीं वह दिक़्कत से तो नहीं ?

कल्पेश फौरन खड़ा हो गया और यह जाँचने कि सीध में चल रहा है या नहीं 'मोज़ेक' पर खुदी लकीर के ऊपर एक के बाद एक सावधानी से कदम

रखता गया। पीछे का दरवाजा खोलकर बाहर बरामदे में निकला। गैराज खुला था, बत्ती भी जली थी, पर उसका फाटक अन्दर के दृश्य को ढाँपे हुए था।

"बैरा !" कल्पेश चिल्लाया। "बैरा !" वह गला खँखारकर चिल्लाया ! "बैरा" उसने गला फाड़ा।

बारिश उसी तरह एकतार जारी थी।

ज़रा-सा रास्ता बरामदे से गैराज तक। कल्पेश एकदम से भागा और कुछ पल भींगकर गैराज के सामने जा पहुँचा। लोहे के फाटक के पीछे चिक पड़ी थी। अन्दर कुछ हलचल भरी हरकत हुई।

"जी साहब...."बैरा फुर्ती से बाहर आया, "कुछ चाहिए साहब ?"

"अन्दर आ जाऊँ ?"

"हुजूर !" बैरा ने चिक उठा दी।

कल्पेश पल-भर ठिठका रहा। अन्दर की भीनी रोशनी, निवाड़ की खाटें, आरामकुर्सी (देखकर दिल में वही आदतवाली निस्पन्द टीस उठी) और अस्त-व्यस्त बिखरी गृहस्थी। आरामदेह, सुखकर। ऊपर टीन की छत पर बरसात की लोरी। बैरे की औरत--क्या नाम बताया था उसका ?--एक तरफ़ आड़ में खड़ी थी।

"कुछ नहीं...बस पूछने आया था कि यहाँ भी छत टूट तो नहीं रही ?...पर यहाँ तो टीन की छत है..."

"जी साहब..."

"पक्की करवा देंगे...ताकि यहाँ भी चूने लगे...हे हे हे..." मरियल-सी हँसी फेंकी कल्पेश ने, "मैं तो बड़ी देर से वहाँ से चिल्ला रहा था बैरा-बैरा।"

"सॉरी साहब ! बारिश की वजह से मैं सुन नहीं पाया।"

"कोई बात नहीं। उसमें क्या ? अच्छा ही हुआ। यहाँ कैसा है पता ही नहीं था।"

"बैठिए साहब !"

औरत खाट पर से कपड़े एक तरफ़ खिसकाने लगी। एकदम से कल्पेश की नज़र कपड़ों में से झाँकती चोली पर पड़ी। अनायास। अनजाने। नज़र अटक गई। एक क्षण। एक लम्बा क्षण--चोली...!

"नहीं-नहीं, कोई परेशान होने की बात नहीं है। मैं ऐसे ही बैठ जाता हूँ। बैठ जाऊँ ?"

आँखें बैरे पर, नज़र कहीं कपड़ों पर।

"अरे साहब ! आप ही का तो है सब।" बैरा पूरी तहज़ीब से पेश आ रहा

था पर मन ही मन हैरत में था, क्या करना चाहिए, क्या नहीं।

"किसी तरह की दिक़्क़त तो नहीं ?" कल्पेश समेटे कपड़ों के करीब बैठ गया। एक पैर खाट पर ऊपर जो किया तो घुटना चोली से ज़रा दूर। दूर। कितनी दूर।

"नहीं साहब, कोई दिक़्क़त नहीं। सब आपकी कृपा है। हम बहुत आराम से हैं।"

"हाँ-हाँ क्यों नहीं। जब घर की मालकिन हाज़िर हैं तो तुम्हें किस बात की चिंता ?' कल्पेश ने औरत की तरफ़ मुस्कराकर देखा।

हसरत भरी निगाह घुटने में जा समाई।

"क्यों बैरा...बारिश तो अबके ज़ोरदार हो रही है...ऊपरवाले का कहना ही क्या...या तो देगा ही नहीं या फिर छप्पर ही फाड़ देगा...हर समस्या का समाधान मारकर...चार साल अकाल से मारा, अब बाढ़ से मारने पर तत्पर...अख़बार तो खोलो और बस, पानी-पानी के नीचे, यहाँ पुल टूट गया, वहाँ गाँव बह गया...कमाल ही है...पर लोग भी सूखे से ऐसे त्रस्त थे कि गीले की शिकायत मन में लाने से भी डरते हैं...मरते हैं पर मुस्कराते हैं..."

बैरा भी बीच-बीच में बोल रहा था, "जी साहब...यही बात है साहब... बिलकुल...पर खरीफ की फ़सल अबके बढ़िया होगी...लेकिन अब कुछ दिन का खुलना तो आवश्यक है, वरना किसान बोआई कैसे करे...खूब बारिश हो रही है, पचास इंच का इलाका है, सत्तर तो अभी ही हो चुकी, लोकल अखबार में था...हाँ, धान की रोपाई हो गई है..."

कितनी बातें इस बारिश से जुड़ गईं। बस घुटने की कनखी चोली को घूरती रही। चोली इन शहरी ब्लाउज़ों से अलग बनी होती है, मानो कटोरों पर रखकर कपड़ा काटा हो। चोली के नीचे कुछ पहनने की ज़रूरत नहीं होती। पर गाँववालियाँ शहर पहुँचती हैं तो नए-नए शहराती शौक ओढ़ लेती हैं ! मेले-ठेलों में लटकी रहती हैं नीली, लाल, गुलाबी बॉडिस। नुकीली-नुकीली। अब तो शहरवालियाँ हैं जो चोली के नीचे कुछ नहीं पहनतीं। चोली ही पहन लेती हैं, क्या कम है !...

घुटने में नाम मात्र की हरकत हुई ज़रा-सा हिला...बढ़ा...चोली से लग गया। कुछ पिघली-पिघली गर्मी-सी घुटने में बहने लगी।

गोद में पड़ी कल्पेश की उँगलियों में कनखियाँ खुल गईं। हल्की-हल्की साध में सुलगती।

"ऐसी रातों में नींद जल्दी आती है।...अब मैं कितनी जल्दी सो जाता

हूँ...वरना पहले बारह बजना तो आम बात थी...मेहमान ही तभी उठना शुरू करते थे...बैरा तो जानता है...'' कल्पेश ने बैरा को यों मुस्करा के देखा जैसे उन दोनों के बीच का कोई बहुत गहरा राज़ है यह।

गैराज से घर का एक हिस्सा दीखता था। शीशे के दरवाज़े और खिड़कियाँ, अन्दर चायनीज़ लैंटर्न की मुलायम रोशनी में खाना, पीना, हँसी, संगीत का शायराना माहौल—यहाँ से अन्दाज़ तो पड़ जाता होगा। देर रात को कभी चाय-कॉफ़ी का प्रोग्राम भी बनता। पर बैरा को ग्यारह बजे छुट्टी थी, ग्यारह के बाद जो करना है ख़ुद करो। बैरा यहाँ आके सोए, चायनीज़ कंदीलों को झूलते देखे, जो चाहे करे, चाय अब आप ही के जिम्मे।

उँगलियों में लालसा से ताकती आँखें।

''चाय पिएँगे साहब ?''

''क्या कहने ! चाय का इन्तज़ाम है यहाँ ?''

''जी...''

''ऐसा करो फिर एक बीड़ी भी पिला दो।''

''हुजूर...!'' कुछ हलचल हुई। बैरा बीड़ी और माचिस ढूँढ़ने लगा, औरत स्टोव भक् से जलाकर चाय बनाने लगी।

बस एक पल था, भरा-पूरा, कल्पेश की कसमसाती उँगलियों ने हल्के से चोली का स्पर्श किया, हौले से सिलवट दूर की, फिर धीमे से उस पर घुटना टिकाया और अलग होके बीड़ी पीने लगा।

उस गुनगुनी तपिश से तर कोठरी में, टीन की छत पर गुनगुनाती बरसात के नीचे, बीड़ी और चाय पीना सुहा रहा था। टीन की छत थी, दरार नहीं पड़ सकती। चूने लगे, इसका कोई डर नहीं।

दूसरा

उसको इन महफ़िलों में बहुत मज़ा आता है। कैसे हँस-हँस के चपर-चपर किए जा रही है, चेहरे से ज़िन्दादिली छलछलाती। उसके कुलीग भी तो सब भौरों की तरह उसी के इर्द-गिर्द डोल रहे हैं। धीरज को देखो ज़रा, कैसे बात-बात में उसके कन्धे पर, बाँह पर, पीठ पर हाथ फेर देता है। वही क्या कम है, ठहाका मार के कभी इसे एक घूँसा जमाती है, कभी किसी के गिलास से चुस्की मारती है...। नहीं, चुस्की तो शायद केवल रोशन के गिलास से ही लेती है। आजकल वही तो...।

भगीरथ इस मंडली में बैठा तो था, हँस-बोल भी रहा था पर मन ही मन उधर ही सब नोट कर रहा था।

विवेक का गिलास ख़ाली हो गया तो वह उठकर ट्रॉली की तरफ़ बढ़ा। उधर से नीलम की आवाज़ आई—"भागी, इनको भी 'रीफ़िल' दे दो। और मुझे भी।"

भगीरथ चुप रहा। विवेक के गिलास में पेग नापा। फिर आइस बॉक्स लेकर फ्रिज की तरफ़ बढ़ा।

"भागी..." आवाज़ फिर आई।

बर्फ लेकर भगीरथ ट्रॉली के पास आया तो नीलम को ख़ुद ही गिलासों में शराब ढालते पाया।

ज़रा तेज़ स्वर में भगीरथ बोला, "सुन लिया। यह देकर आ रहा था।"

नीलम ने चौंककर आँखें ऊपर उठाईं, "ऐसे क्यों बोल रहे हो ? क्या मुझे इलहाम होगा कि सुन लिया था ? जवाब भी दे सकते थे।"

चुप रह जाए, नीलम ऐसी नहीं। भगीरथ ऊँचा बोलेगा तो वह और ऊँचा बोलेगी। उसकी एक का बदला वह दस से लेगी। यह आदमी लोग समझते हैं ज़रा कड़ककर बोलो, भरी सभा में ज़लील करने की धमकी दो, और औरत सहम जाएगी। पर नीलम ऐसी नहीं। तुम भीड़ का फायदा उठाना चाहोगे तो वह भी भीड़ की तरफ़ पीठ करके तुम्हें जवाब देगी।

"तुम ऐसे बोल रही हो तो कोई सुन नहीं सकता ?"

''ओह, स्टौप इट भगीरथ !'' नीलम खीझकर बोली, ''पता नहीं क्या हो जाता है तुम्हें।''

''जाओ-जाओ, अपने भौरों को और न तड़पाओ, मज़ा लूटो...।'' भगीरथ मौका हाथ से फिसलते देख ताने में बोला।

''तो यह है,'' नीलम ने घृणा से देखा, ''तुम आदमी ही रहोगे, गाज़ीपुरिया !'' और वह तीन गिलास सँभाले वापस अपने हुजूम में लौट गई।

साला रोशन, उसे वही गिलास लेना है जो वह अपने बदन से लगाए, बाँह के नीचे दबाए खड़ी है। उसके हाथ का गिलास नहीं ले सकता ?

कुछ लाचार-सा महसूस करता भगीरथ विवेक और मनीषा के पास लौट आया।

''थैंक्स यार, पर तुम बाज़ नहीं आओगे। कहा, छोटा बनाना तब तो यह हाल है।''

''कम ऑन यार !'' भगीरथ हँसा।

मनीषा ने शिकायत की, ''यह इसका पाँचवा तो है ही, अगर छठा नहीं।''

''नौनसेंस,'' भगीरथ बोला, ''तुम्हें मालूम होना चाहिए कि पहले के बाद हर पेग दूसरा होता है।''

हा...हा...हा... !

बातें होती रहीं। भगीरथ कुछ अनमने भाव से एक ओर बैठा रहा। कोई उसी से पूछ रहा था, फ़लाने समाजशास्त्री की ढमाकी थियरी...।

भगीरथ ने हाथ झटकाया, ''हुजूर, मैं न जानता हूँ न जानना चाहता हूँ। सब बेकार की बात। कितना पैसा देश का यह पैरेसाइट कौम इंटलैक्युअलों की हज़म कर लेती है। कौन-सा काम है इनका जिससे देश का ज़रा भी भला हो ? गांधी और जातिवाद,...हुँह ! अजी आए थे गांधी और गए गांधी। उन्हीं का ढोल पीटे जाएँ अब ? भई मैं तो मानता हूँ कि देश को चाहिए रोटी और यह लोग उसका ख़ाक इन्तज़ाम करेंगे। चोर हैं यह सब, चोर। ज़रूरत है साइंस की, टैक्नोलॉजी की, इंडस्ट्री की। वह करेगा इस समाज की समस्या हल, न कि यह शास्त्री।...ख़ैर छोड़िए..।''

उधर नीलम बड़े जोशीले अन्दाज़ में बहस कर रही थी। अख़बार की नीति पर स्टार ऑफ़ द शो बनी बैठी हैं। हिन्दुस्तानी औरत की सैक्सुऐलिटी पर लेख क्या लिख डाले कि बस रिपोर्टर तो एक यही हुई हैं। वैसे भी लिख ही दिया तो क्या कर डाला–सैक्सुऐलिटी जो है सो है, कौन-सा लिखकर यह लोग कुछ बदल पाते हैं। वक्त और पैसे की बरबादी और फ़ालतू की हेकड़ी।

अचानक भगीरथ को नीलम की बिन्दास अदाओं से नफ़रत होने लगी। बोलने में तल्लीन हैं, हिल-हिलकर, सिर झटक-पटककर। सिर पकड़ लूँ कि हिलने न पाए तो शायद बोल ही नहीं पाएगी। हद होती है ज़िन्दादिली जताने की भी। साड़ी का पल्ला कैसे मज़े में एक तरफ़ ढलक गया है, कमर एकदम खुली हुई है। कमर और नितम्ब का भाग किसी लम्बे संदली रंग के तानपूरे की तरह दीख रहा है।

साले, वे धीरज और रोशन और राम, साले सुन रहे होंगे या 'पी' रहे होंगे।

भगीरथ चिढ़ गया। यह आधुनिक औरतें जो बदन से बेखबर होना ही आधुनिकता समझती हैं। कपड़े कहीं जाएँ, वह कहीं। साड़ी भी पहनेंगी तो कूद-कूद के चलेंगी, नौकरी पेशा होने की यह अच्छी निशानी है। जब हो, जहाँ हो, हाथ-पैर पसार के बैठ जाएँ।

"आदमी कहीं के, वह भी गाज़ीपुरी !" नीलम की गाली। 'अश्लील दिमाग', 'ज़मींदारी तबीयत', 'मेल शोवनिस्ट पिग', एक वही नज़र औरत के लिए'।

भगीरथ विवेक और मनीषा की तरफ़ मुड़ा। जूही भी आ बैठी थी, चाँय-चाँय कर रही थी।

भगीरथ ने सिगरेट निकाली, "उँह, लाइटर कहाँ छिप गया..." जेबें टटोलीं, "लाओ जूही," उसने सिगरेट जूही की गोल बाँह पर छुआई और जलाने का अभिनय किया।

हा-हा-हा !

"बड़ा लाइट मार रही हो जूही, बात क्या है !"

"तुम्हारे पास जो हूँ।" जूही अदा से बोली।

प्यारी है, सुन्दर नहीं। ऐसे नाक-नक्श कि अलग-अलग देखो तो कुछ नहीं, पर साथ निहारो तो खींचते हैं। आँखें गिलहरी की जैसी चमकती हैं। नीलम से बहुत फ़र्क। नीलम की लम्बी, बड़ी आँखें हैं जिनमें पुतलियाँ भी बड़ी हैं और उनके पीछे का सफ़ेद पर्दा भी। वह गर्दन हल्का-सा झुकाकर, नीचे से ऊपर को जो देखती है कि बस सारी 'दूसरी नस्ल' वाले जीव इनसान से फ़ौरन 'आदमी' में तब्दील हो जाते होंगे, वह भी ठेठ गाज़ीपुरी ही ! पर जूही की आँखों में सफ़ेद नहीं है, बस बड़ी-सी गोल-गोल काली पुतलियाँ, गिलहरी की आँखों की तरह नाचती, चमकती। फुदकती-सी लड़की है, प्यारी-प्यारी। दिमाग की यों ही, पर चुलबुली।

"लाओ, एक और ले आऊँ।"

"नहीं भगीरथ। कमरा नाच रहा है।"

"नाच तो तुम रही हो, कहो तो थाम लूँ।" भगीरथ उसकी कमर पर थपकी देता है। उसे मालूम है जूही उसे पसन्द करती है।

"और भगीरथ, बताओ कैसा चल रहा है ?"

"ठीक ही है। पर 'फ़िशरीज़' में कम्पटीशन कुछ ज्यादा ही है। चाह रहा हूँ कि गुजरात में एक 'फ़िश फार्म' चलाऊँ। वहाँ चोरी का भी इतना डर नहीं और मांस-मछली के धन्धेवाले भी कम हैं। मुश्किल यह है कि मछली बहुत तेज़ी से सड़ती है, गरमी में ट्रेन से लाना होगा, बीच सफर में नुकसान हो जाता है..."

जूही की नाजुक पतली उँगलियाँ गिलास को नर्मी से लपेटे हुए हैं। नीलम के हाथ औरत-सुलभ छोटे, मोटे गुदगुदे हैं। भगीरथ को खुशी होती है कि नीलम के हाथ रैनुआ और टिशियन की औरतों जैसे हैं जो उसकी आज़ाद, आधुनिक पसन्द को दुखी करते होंगे। वह तो काम करनेवालों के, मज़दूरों के, हाथ चाहती होगी या सोचनेवालों की टेढ़ी, गाँठोंवाली उँगलियाँ।

"नीलम तो बड़ा कमाल कर रही हैं। बहुत बढ़िया लिख रही हैं।"

"हाँ। अच्छा कर रही है।" और क्या बोलूँ, भगीरथ सोचता है। मुझे क्या पता इन लिखनेवालों, सोचनेवालों के कमाल। मैं ठहरा व्यापारी...।

"नहीं मज़ाक नहीं, सच ही कमाल का लिखती हैं आपकी वाइफ़। कितनी साफ़गोई से अपनी बात कहती हैं। वरना इन विषयों पर हिन्दुस्तानी तो सोचना भी गलत समझता है। बहुत 'बोल्ड' हैं। आदिवासी औरतों के उन्मुक्त आनन्द का..."

"जूही लव, मुझे क्यों बधाई दे रही हो। मेरी पत्नी तो मेरे बावजूद यह सब करती है, मैं कुछ सहयोग नहीं देता। और मेरी 'पत्नी' कहोगी तो अभी तुम्हारी शामत आएगी। 'इनकी पत्नी' होने से अलग भी मेरा कोई अहम् और वुजूद है !' इसलिए नीलम कहो, नीलम। कहीं सुन न ले !"

कहीं जूही बुरा न मान जाए, इसलिए भगीरथ ने अपना हाथ उसके घुटने पर रख दिया। सुडौल घुटने, गोलाई लिए।

"बहुत अच्छे घुटने हैं तुम्हारे।"

"घुटने !" जूही विनोद से हँसी।

"हाँ-हाँ, तुम्हें मालूम नहीं बहुत कम लोगों के अच्छे घुटने होते हैं। अजीब घुंडीदार हड्डीवाले होते हैं !"

"चुना भी तो क्या !"

"आगे भी क़ाबिले-तारीफ़ हैं। इजाज़त हो तो बोलूँ ?" भगीरथ ने मुस्करा के छेड़ा।

दोनों हँसने लगे।

बच्ची-सी है जूही। अभी शरमाती भी है। ऐसे हाव-भाववाली लड़कियाँ नीलम को बहुत बुरी लगती हैं, हमेशा गुड़िया बनना चाहती हैं।

तभी नीलम पहुँच गई, "भगीरथ..." फिर जूही को देखा, "ओ हाय S S जूही !" वह चिहुँककर बोली और जूही का हाथ पकड़ लिया, "आ गईं तुम ?"

"कब की आई हूँ। तुम्हें अपने आशिकों से फुर्सत मिले तो पता चले..."

"क्या बात करती हो ? वह और मेरे आशिक ! पर हाउ आर यू ? तुम्हारी नर्सरी कैसी चल रही है ? उस दिन मैं उधर से गुज़री थी, निरे रशियन लिली के गमले बाहर पड़े थे।" उसकी आवाज़ से उत्सुकता चू पड़ रही थी, ऐसी कि सुननेवाला उसकी दिलचस्पी के प्रति आश्वस्त हो खुशी से अपनी कहने लगे।

"हाँ 'सेल' कर दिया था। अभी नया 'स्टौक' आनेवाला है, सोचा सब जल्दी-जल्दी निकाल दूँ। लेकिन जो मुस्तंडा तुम्हारे लिए लाई हूँ उसे 'सेल' का नहीं समझना।"

"हा-हा-हा ! मुसैंडा !" नीलम हँसी। उसकी आँखों में उत्फुल्ल जिज्ञासा भरी थी। "अभी आती हूँ, तब बताना उस कुत्तेवाली मेम का क्या चल रहा है। उसका चेहरा और ज़्यादा बुल टैरियर से मिलने लगा या नहीं ? सच्ची।" ऐसे पूछ रही थी मानो बस जूही के यहाँ आनेवाली सनकी खरीदार पर स्पेशल लेख लिखने हों। "पर एक्स्क्यूज़ मी फॉर अ बिट।...भागी, रोशन जा रहे हैं, आते हो ?"

"हाँ चलो," भगीरथ साथ हो लिया, "एक्स्क्यूज़ मी फ़ोक।"

"अच्छा भगीरथ अब इजाज़त दो। थैंक्स फॉर अ वंडरफुल इवनिंग। और जाते-जाते एक बार फिर बधाई !"

"थैंक्यू रोशन ! थैंक्स फॉर कमिंग। आई होप वी विल मीट अगेन सून।"

"ज़रूर-ज़रूर।" रोशन ने हाथ मिलाया। पट्ठा 'हैंडसम' तो है। कनपटी के बाल सफ़ेद हो चले हैं और दाढ़ी भी बड़ी सफाई से दो तरफ़ ऐसे सफ़ेद हो गई है जैसे 'डाई' की गई हो। आँखें देखो ज़रा, कांगड़ा पेंटिंग से उतारी हुई। भवों में भी दो-एक बाल सफ़ेद हैं जो नीलम को बहुत पसन्द हैं। चेहरे पर इतना प्रोफेसराना अन्दाज़ न होता तो 'मैचो मैन' की मॉडलिंग कर सकता है यह संपादक। नीलम की सुन्दर आदमी से ही दोस्ती क्यों होती है ? आदमी से ही उसकी दोस्ती क्यों होती है ?

"चलो मैं तुम्हें बाहर तक छोड़ आऊँ।" नीलम रोशन के संग निकल जाती है।

बाहर पोर्टिको से हँसी और बातों की हल्की गूँज देर तक भगीरथ के कानों

में आती है। खाने की मेज़ दरवाज़े के पास है। वहीं बाहर आती-जाती गाड़ियाँ हैं। भगीरथ एक प्लेट उठाकर उसमें खाना परोसने लगता है। गाड़ी की आवाज़। फिर गाड़ी जाती है। वह वापस जूही के पास चला आता है।

नीलम अन्दर आ रही है। वह सामने जो औरत आ रही है, मेरी बीवी है। मेरी बीवी न होती तो इस वक्त उसे देखकर मैं क्या सोचता ? शायद डरता उसकी तेज़ शख़्सियत से। शायद घबराहट में रीझ नहीं पाता। ऐसी सुन्दरी को दूर से ही निहारता। कुछ हो जाता है इन काम-काजी आज़ाद आधुनिक औरतों को। कोई 'आदमीपन' शख़्सियत का, जो उनकी नारीसुलभ सुन्दरता से मेल नहीं खाता। काम की तरक्की के साथ नीलम दिन पर दिन और निडर, हाज़िरजवाब, खुली-खुली हो गई है। किसी से पीछे नहीं। देखकर डर-सा लग जाए !

जूही उनींदी बैठी है। अकेली ही। विवाल्दी का फोर सीजंस बज रहा है।

"तुम्हें संगीत पसन्द है ?"

"हाँ। मैं तो अपने पेड़-पौधों को भी लगातार संगीत सुनाती हूँ।" वह खिलखिलाती है।

"मुझे वैस्टर्न क्लासिकल बेहद पसन्द है। कितना 'ईवोकेटिव' होता है। हिन्दुस्तानी क्लासिकल में वह बात नहीं। अपना संगीत तो एक 'मूड' का होता है, चाहे 'इरौटिक', चाहे तप, चाहे हठ का। वेस्टर्न ज़्यादा 'कॉम्पलेक्स' होता है। सुनो इस 'पीस' को प्रकृति के कितने आयाम सजीव हो रहे हैं। कभी पत्ते झड़ रहे हैं, धीरे-धीरे फूल खिल रहे हैं, कभी हलहला के नदी बहती है, कभी दूर किसी झरने में परिवर्तित हो जाती है...सुनो...कभी सुर इधर बढ़ते आ रहे हैं, अचानक उधर घूम जाते हैं, दूर पहाड़ी के पीछे किसी घाटी में उतर रहे हैं...वह देखो सागर की तरह गरजे, फिर बादल की तरह हलकोरकर छा गए, और अब भँवर में चक्कर काट रहे हैं...और अब पतली-सी धारा 'ट्रिकल' कर रही है...बस बूँदें बची हैं..."

"हाऊ ब्यूटिफुल ! तुम कितनी सुन्दरता से बता रहे हो। फिर बताओ...क्या अँ S S..." सपनों में खोई जूही पूछती है।

भगीरथ संगीत की रौ में बहा चला जाता है। वह समझता है—सब कितना आसान होता है, बस हर चीज़ में रुचि दिखाओ; बात-बात में प्रफुल्लता जताओ, आँखें विस्फारित करो...और किसी पल हाथ बढ़ जाएगा...उसका या मेरा...।

नीलम जूही की तरह मन्द-मन्द मुस्कराकर, पलकें फड़-फड़ फड़फड़ाकर, अपनी उँगलियों को हलके से कुर्सी के हत्थे पर फेर-फेरकर इशारे नहीं करती। उसे यह सब 'प्रौस्टीट्यूशन' लगता है। वह किसी भी प्रकार के दुराव को नहीं

मानती, उसे केवल खुलापन स्वीकार है। कुशलता से बातें करती है, छेड़-छाड़ करती है, और क्या पता कब...। रोशन ने उसका ट्रांसफर रुकवा दिया था।

जूही ने धीरे से कहा, "अब मैं चलती हूँ।"

"अरे...ऐसे कैसे...कुछ खा तो लो। नीलम...नीलम...देखो जूही...।"

नीलम फुर्ती से आई, "रुको जूही, मैं अभी तुम्हारे लिए प्लेट लाती हूँ। खा के जाना। अभी द नाइट इज़ यंग।" खाना परोस के नीलम जूही के बगल में बैठ गई, "अब बताओ जूही..."

जूही बोल रही है, नीलम ठहाके मार रही है—रियली ?...ओह नो !... सच्ची ? आँखें कौतुक से फटी-फटी, बच्चों की-सी उत्तेजना में उठते हाथ, मानो भारी दिलचस्पी है।

हर चीज़ में इसे इतनी दिलचस्पी है। कभी भगीरथ को नीलम का यही कुतूहल अच्छा लगा था। अब बनावटी लगता है। जिसके संग देखो उसी के संग यही हाव-भाव। नीलम चिढ़कर कहती है, 'एक जान हूँ हर बार नया चेहरा कहाँ से लाऊँ, कम, ज़्यादा, रुचि जैसी हो अपना चेहरा मैं नहीं चुनती, आप ही बनता है।' अजी हाँ, तभी दूसरों के संग बन्दूक से ठहाके छूटते हैं। मेरे संग तो कभी ज़ोर से नहीं हँसतीं।

"भागी, तुम छोड़ आओ न इसे, क्यों टैक्सी में जाए ?"

"श्योर-श्योर, माई प्लेज़र। बस मुझे इल्ज़ाम न देने लगना, तुम्हीं हमें ज़बर्दस्ती साथ पटक रही हो।"

हा-हा-हा !

रास्ते में जूही नीलम की तारीफ करती रही। क्या सोचती है, मेरे दिल की राह पत्नी से है ? फाटक पर गाड़ी रोककर भगीरथ बैठा रहा। दोनों शान्त। ऊपर शहर की बत्तियों से अँधेरा पड़ा आसमान। पास ही कोई मस्ती से पीठ किए धार मार रहा था।

जूही हँसी। कुछ हल्की-सी घबराहट इस चुप्पी पर। बोलने को बोली, "बदतमीज़ आदमी। यह भी नहीं देख रहा कोई आसपास तो नहीं।"

"बेचारा ! उसे क्या मालूम अँधेरे में गाड़ी में छिपकर कौन देख रहा है।"

"...पर मैं उसे घूरती रहूँ तो उसकी पीठ को आभास हो जाएगा मेरी आँखों का। दिखाऊँ घूरके ?"

"अच्छा ! ऐसा होता है ? चलो तुम उसे घूरो, मैं तुम्हें घूरूँ, देखें किसकी पीठ पर आँखें जलती हैं।" भगीरथ ने छेड़ा।

जूही शरमा के हँस दी। हल्का-सा सम्मोहन...।

कितना आसान है। बस यों ही झुक जाऊँ। यह चीज़ें कितनी आसान होती हैं, मन में आ जाए तो। कुछ हैरत से भगीरथ झुका, अपनी ही समझ को टोहता हो जैसे...।

"जाना चाहिए।" कुछ देर बाद जूही की भर्राई आवाज़।

"ऐसा चेहरा लेकर ?" भगीरथ जूही के पास बुदबुदाया।

"कैसा ?"

"किस्ड !"

जूही हँसी। धीमे से उतर गई। "बाय एंड थैंक्स !"

"टू यू टू !" भगीरथ ने उसकी गोल बाँह छुई।

वापस घर पहुँचा तो पार्टी अभी भी फीकी नहीं पड़ी थी। खाना-पीना, हँसना सब शिखर पर था। सावित्री बगल से निकल गई। कलाकार थी। यह ज़ात अक्सर कुछ न कुछ भूल जाते हैं, वह साड़ी के नीचे ब्लाउज़ पहनना भूल गई थी !

नीलम रोशन के संग कहीं घर के भीतर से निकली। अरे, रोशन अभी यहीं है ?

"हैलो, वैल मैट !" रोशन हँसा। "मुझे घर पहुँचते ही याद आ गया कि अपना बैग यहीं छोड़ गया। कल का फ़्लाइट टिकट भी उसी में। आप में से किसी को सुबह-सुबह मेरी सुध होगी यह भरोसा नहीं था, इसलिए वापस आ गया।"

"वंडरफुल ! इसी बात पर एक जाम और।"

"नो, औनेस्टली। अब बस चलूँगा।"

"ओ के वन फॉर द रोड।"

"ओह...ओके...पर छोटा...मेरा छोटा, तुम्हारा माप नहीं !"

रोशन का ब्रीफ़केस अन्दर कैसे पहुँचा ? नीलम रख आई थी तो अकेले ही जा के ला नहीं सकती थी ?

नीलम बगल में खड़ी कुछ खा रही थी। शाह से बात करती हुई। इस पर भी चिढ़ होती है। इतनी बोलने की शौकीन है कि खाते वक्त भी चुप नहीं रह सकती। मुँह में कौर लेके बोलेगी और समझेगी दाँतों के पीछे छिपा लिया, बस कम मुँह खोलो तो किसी को नहीं दिखेगा। बार-बार मुँह खुलेगा, पीछे से खाना झाँकेगा। क्या मैं ही देख रहा हूँ ? और हमेशा इतनी हड़बड़ी किस बात की रहती है, देखो, मुँह में डाला, निगला, मुँह में डाला, निगला। मज़ा लेना तो जानती ही नहीं, हबड़-हबड़ खाएगी।

"अच्छा अब तो चलना ही चाहिए।"

"भई दो बज रहे हैं..."

"दो ? होश में तो हो...चार से ऊपर हो रहा है !"

"अरे...चलो-चलो।"

"वंडरफुल पार्टी...हैपी ऐनीवर्सरी।

"बाय...थैंक्स अ लॉट..."

फैली प्लेटें, ख़ाली गिलास, बचा हुआ संगीत, और दोनों बधाई के पात्र। हर तरफ़ भूला-भूला-सा समा। किसी प्लेट में आधा कोफ़्ता और रोटी का टुकड़ा रह गया है, कोई गिलास लुढ़क गया है, संगीत के आख़िरी सुर मानो जल्दबाज़ी में यहीं भटकने को छूट गए हैं।

नीलम करीब सरक आई। भगीरथ की बाँह पर टिक गई, "कितनी देर कर दी। नींद से बेहाल हूँ।" जम्हाई।

भगीरथ ने भी जम्हाई ली, मानो उनके 'साथ' का कोई प्रतीक तो हो ! "हूँ, सोएँ..."

"मैं तो थोड़ी खीर और खाऊँगी। उस भीड़ में मन से खा नहीं पाई। तुम लोगे ?"

"नहीं, तुम ही लो। पर बिना मुँह खोले खाना।"

नीलम चौंकी, "यह क्या हो जाता है तुम्हें रह-रहकर ?"

"कुछ नहीं। बहुत सुन्दर नहीं लगता है।"

"मुझे नहीं पता कैसा लगता है, तुम मत देखो मेरी तरफ़।" नीलम अलग बैठकर खाने लगी।

भगीरथ को लगा, कुछ अधिक कर गया। ज़रा सोचकर सहज स्वर बनाने की कोशिश की, "क्या हुआ तुम्हारी फ़ेलोशिप का ? कुछ पता चला ?"

"तुम्हारे सामने बात हो रही थी। रोशन कोशिश कर रहा है पर वह...पता नहीं कौन, बहुत वैल कनैक्टड है, वह भी ताक में है। वैसे पाँच जर्नलिस्ट चुने जाएँगे, क्या पता मिल ही जाए। मुझे ईस्ट जर्मनी देखने की बहुत इच्छा है।"

"मेरे सामने कोई बात नहीं हो रही थी।" भगीरथ ने मुँह बनाकर कहा।

नीलम फिर चौंक पड़ी, "भगीरथ, कैसे बोलते हो ? हर वक्त जैसे चिढ़ रहे हो ?"

"नहीं, मैं सिर्फ़ रिकार्ड स्ट्रेट कर रहा हूँ। जैसे तुमने आज किया। मैं करता तो गाज़ीपुरी आदमी कहलाता। पर तुम जो चाहो करती रहो।"

"क्या किया मैंने ? बताओगे भी ?"

"तुम्हारी मंडली में इतनी देर खड़ा रहा। तुमने मानो नोटिस ही नहीं लिया,

एक बार मुड़कर बोलीं नहीं, और पीठ ही मेरी तरफ़ करे रहीं। रोशन को छोड़ मैं किसी को जानता नहीं था, परिचय तो करा सकती थीं। खड़ा रहा और अजीब लगा तो खिसक गया।''

''भागी, मुझे पता ही नहीं कब यह हुआ। तुम हमारी बातों में कभी दिलचस्पी लेते नहीं हो। मैंने जाना ही नहीं होगा कि खड़े हो।''

''हाँ, तुम कुछ भी न समझो, सब ठीक है। और मैं जब पंकजा से बोलता रहा, तुम्हारे पास किचन में नहीं आया तो कितनी लाल-पीली हो गई थीं कि आदमियों की तरह गप्प लड़ाओ, सोचो भी नहीं कि औरत अन्दर खप रही है, वह भी आना चाहेगी, जाऊँ मदद कर दूँ, उसे भेज दूँ।''

''यह सही बात नहीं है भागी ! पंकजा मेरी भी दोस्त है...''

भगीरथ का मन और खिन्न हो गया। हाँ, रोशन क्यों मेरा दोस्त होने लगा ?—''ऐसा नहीं है कि रोशन सिर्फ़ तुम्हीं से बात कर सकता है।''

''मैं कब ऐसा कह रही हूँ ? रोशन से तुम ख़ुद बात कर सकते थे। और बाकी लोगों से भी ख़ुद अपने को इंट्रोड्यूस कर सकते थे।''

''ठीक है, डोंट बौदर, मुझे तुम लोगों के विवादों में पड़ने का कोई शौक नहीं है। पर मैं ऐसे तुम्हें भूल जाऊँ, तब देखते हैं तुम क्या कहती हो।''

नीलम ने फिर प्लेट में खीर डाली, ''तुम हर वक्त कोई बदला ही लेते रहते हो।''

''अरे छोड़ो !'' भगीरथ को घिन-सी आने लगी। अब खा रही है तो खाए जा रही है। कम से कम चार बार खीर खाई होगी आज। एक तरफ़ बड़ी सोफ़िस्टीकेटेड इंटेलेक्चुअल बनती हैं, दूसरी तरफ़ यों लालची-सी पकर-पकर खाए जा रही हैं, ठूँसे जा रही हैं।

वह 'सैटी' पर पड़ा-पड़ा अपने 'बैचलर डेज़' को याद करने लगा। अचानक अफ़सोस उठा कि फिर कभी वह बेफ़िक्री नहीं होगी, वह सारे पल अब कभी बस मेरे अपने नहीं होंगे और निरन्तर यही भूत सवार रहेगा कि दूसरे के पल भी मेरे हो जाएँ, जो कभी नहीं हो सकता।

नीलम सामने कुर्सी पर आ के बैठ गई, ''भगीरथ, तुम्हें कुछ हो रहा है। तुम्हें मुझसे हर समय शिकायत है, मेरी किसी बात पर खुश नहीं। मैं तो सोचने लगती हूँ कि आख़िर तुम मेरे संग हो ही क्यों ?''

''साफ़ क्यों नहीं कह देती, हट जाओ ? यह भी बता दो, फिर किसके पास जाने का इरादा है ?''

नीलम पैर झटककर खड़ी हो गई, ''ओफ़ भगीरथ...इन ऐनी केस जब अलग

ही हो जाओगे तो मेरा क्या होता है, मैं फिर कहाँ जाती हूँ, इससे तुम्हें क्या मतलब ?"

"हाँ, जब अभी ही नहीं है तो तब तो और भी नहीं..."

"आख़िर क्या बात है ?" नीलम का गुस्सा फूटा, "तुम कहना क्या चाह रहे हो ?"

"अरे छोड़ो जी, मुझे क्या मतलब, घुसें आप किसी के संग भी बैग छूट जाने के बहाने..."

"भगीरथ," नीलम की आवाज़ कठोर हो गई, "स्टॉप बीइंग डर्टी ! रोशन मेरा बहुत अच्छा दोस्त है।"

"और क्या-क्या है, वह भी कह दो अकड़ के। कह दो, कह दो।"

पर ऐसे रवैए पर नीलम और अभिमानिनी हो जाती है। सफ़ाई दे और नीलम ?

"भगीरथ, तुम मेरे पति हो, मुझे खरीद नहीं लाए हो कि जब चाहो, जैसी चाहो जिरह शुरू कर दो। बात-बात पर रिपोर्ट माँगो..."

"नहीं जी, रिपोर्ट छोड़ें, बस दो लफ़्जों में बता दें उनका खेल क्या है ?"

"माफ़ करना भगीरथ, सँभलना तुम्हें होगा। यह बकवास नहीं चलेगी कि कुरेद-कुरेदकर हर दोस्ती के बारे में पूछो। लीव पीपल अलोन। किसी को...किसी को...दूसरे के आगे बात-बेबात स्ट्रिप करने जैसा है यह।"

"अरे जाओ," भगीरथ नफ़रत से उफनकर बोला, "अकेले में 'स्ट्रिप' करने में जो मज़ा है वह यहाँ क्यों..."

पल भर वह नीलम को घूरता रहा, अभी बड़े ग़रूर से निकल जाएगी। जी में आया उसे खींचकर एक तमाचा जड़े। पर तब वह और अधिक अभिमान से निकल जाएगी। उसके पहले मैं ही...। वह पैर पटकता हुआ अन्दर कमरे में चला गया।

इतनी शराब के बाद भी नींद नहीं आ रही थी। नीलम काफी देर बाद आई। कपड़े उतारकर बाथरूम में ब्रश कर रही थी। बला की खूबसूरत तो है।

पास लेटकर नीलम धीमे से बोली, "आज हमारी ऐनिवर्सरी है..."

"है नहीं, थी। सुबह हो गई !"

नीलम छत की ओर मुँह किए लेटी थी। अचानक वह उदास हो गई। मासूम प्यार का ख़याल आ गया। कितने बरस हो गए ! एक-दूसरे से नाहक खुश रहने के वे दिन। आँखों में आँखें डालकर वह बैठे रहना। वह करवट बदलकर एक ही साँस में भगीरथ के करीब पहुँच गई। चिपटकर बोली–"ए"–हल्के-से कोहनी

मारी—"आओ ना !"

वही शब्द, वही हाव-भाव... । सब कितना आसान होता है । भगीरथ चेहरे भूल जाना चाहता था—'उसका' और 'उसका' और नीलम का भी । तब वे सारे पल जुड़कर एक मदहोश अनवरत कड़ी बन जाते । वह साँसें, वह कसमसाहट...जूही कैसे चिल्ला पड़ी थी...पागल आवेश में ।

"ओ..जानी..." नीलम के अलसाए सुर ।

किसको याद कर रही है...साली । रोशन...या 'वह'...या 'वह' जिसने कहा था 'यू आर अ फ़िनौमिनन इन बेड ?' फ़िनौमिनन । इन आज़ादख़ोरों का यही हाल है, समझते हैं नोचो-खसोटो, चीखो-चिल्लाओ तो फ़िनौमिनन । जैसे चप-चप हबड़-हबड़ खाती है, वैसे ही प्यार करती है । पल-पल की हल्की-हल्की सहलन, धीमी-धीमी झनकार, जूही के नर्म मुलायम स्पर्श...यह धमाधम उठा-पटक नहीं... ।

"भागी, कहाँ हो ?" नीलम ने आँखें ज़रा-ज़रा खोलीं । आधुनिक औरत—बढ़-बढ़कर करती उन्मत्त हरकतें ।

भगीरथ को लगा, नीलम दया भी करती है । सोचती है मैं उनमें 'मिक्स' नहीं हो पाता, तरस खाकर मुझे पुचकार रही है, किसी जानवर को हलराते हैं जैसे । ऊपर है मुझसे । ऊपर ।

उसके जी में आया ज़बर्दस्ती करे, नीलम की मर्ज़ी के खिलाफ़ । और चिल्लाए—'जूही' और 'वह' और 'वह' । 'स्ट्रिप' नहीं करना चाहतीं दूसरे के आगे । मैं 'दूसरा' हूँ । मैं करता हूँ 'स्ट्रिप' अभी इसको.. । सबको... ।

"भगीरथ ! मैं यह बर्दाश्त नहीं कर सकती ।" अपमान के बोध से वह तमतमा रही थी ।

भगीरथ विद्रूप भाव से हँसा या फुँकारा । सर्र से कमरे के बाहर निकल गया । कुचल दूँ काश उसे, अधूरा कर दूँ, सिर्फ अधूरा । टूटा नहीं पर जुड़ा नहीं ।

मिलन की तारीख टल चुकी थी । सवेरा गुमनाम गलियों से सरकता हुआ बढ़ता आ रहा था । रोज़मर्रा का नकाब ओढ़कर जीवन फिर बाहर निकलेगा । कुछ देर के लिए यह अजीब-अजीब खेल, जो 'इंटीमेसी' एक-दूसरे से खिलवाती है रुक जाएँगे । पर 'इंटीमेसी' की आड़ अनोखे खतरों की है । इसके पर्दे में अभी बहुत खेल खेलेंगे । तोड़ते रहेंगे, बस टूटने न देंगे ।

हाशिए पर

वह दिन या रात के किसी भी वक्त आ जाता था, लेकिन सिर्फ़ 'औटम' की छुट्टियों में। होस्टल का फाटक बन्द होता तो भी उसे कोई दिक्कत नहीं होती थी। मेरा कमरा निचले तले पर ही था। और वह ज़रा-सा खड्ड में उतरकर मेरी खिड़की पर उँगलियों की टीप मार देता। मैं लिहाफ़ से निकलकर, शॉल लपेट के खिड़की का पर्दा ऊपर उठाकर बाहर झाँकती। उसे देखकर हाथ हिला के फिर पर्दा गिरा देती। 'औटम' से ही सर्दी शुरू हो जाती, ख़ासकर रातें तो अक्सर बहुत ही ठंडी हो जाती थीं और शायद हिन्दुस्तानी होने के नाते मुझे कुछ ज़्यादा ही सर्दी लगती थी। जल्दी से जिस्म पर कपड़ों की बहुतेरी परतें चढ़ाकर और सबके ऊपर कोट डालकर बाहर निकल आती।

अक्सर चाँद निकला रहता। रात की शुरुआत हो तो बड़ा-सा नारंगी रंग का 'औटम' का चाँद और देर हो चुकी हो तो नन्हा-सा, धुन्ध के पीछे, टिमटिमाता सफ़ेद चाँद। रजत भी धुन्ध की प्रतिमा ही लगता, अँधेरे में लबादे से कोट में सिमटा खड़ा। वह मेरी तरफ़ बढ़ता तो हाथ जेब में होते और सिर कोट के कॉलर में गर्मी सेंकने घुसा होता। लगता कि बस एक लम्बा कोट और उस पर टिकी पीक कैप रात को चीरते हुए बढ़े आ रहे हैं !

पास आकर वह सिर उठा लेता और उसके चश्मे के लैंस पर खुशी की एक चमक थिरक जाती।

"मैं सोच ही रही थी कि तुम्हारी आंट से तुम्हारी खबर पूछूँ। बल्कि मुझे तो लगने लगा कि शायद तुम हिन्दुस्तान लौट गए हो।"

"नहीं," वह मुँह से भाप छोड़ता हुआ बताता, "मुझे एक्सटेंशन मिल गया है। पर नई परेशानी आ गई है। थीसिस ख़त्म होने को आई तो नियम बना दिया कि अंग्रेज़ी में नहीं चलेगी, फ़्रेंच में ही लेंगे। अब ट्रांसलेटर का कर्ज़ा अलग ढोना है।"

"हाँ, यहाँ भी पूरी कोशिश चल रही है कि जर्मन कम्पल्सरी कर दें।"

"और तुम कैसी हो ?" वह हल्के-से मेरी पीठ पर हाथ फेरकर पूछता।

"ठीक हूँ।"

हम सुनसान सड़कों पर चलने लगते, मखमली पहाड़ों के बीच, बैंगनी आसमान के नीचे। बहुत जल्दी मैं भूल जाती कि वह मेरे साथ है, इसलिए कि उसका साथ होने का इत्मीनान अन्तरमन में कोने-कोने तक फैल चुका होता। एक तरफ़ घाटी में दूर झिलमिलाती मकानों की बत्तियाँ होतीं। दूसरी तरफ़ 'स्प्रूस' की कतारें होतीं, घिरे अँधेरे में मौन पादरियों की तरह शीश भक्ति में झुकाए, हाथों में धीमी-धीमी लौ की मोमबत्तियाँ लिए।

हम अँधेरे में ही एक-दूसरे को देखकर मुस्करा देते।

"पैरिस होता तो अभी कहीं भी बैठकर वाइन पीते। पर तुम्हारा यह ट्यूबिंगन तो बस...!"

हम चलते रहते। अपने-अपने ख़यालों व नाख़यालों की नींद में। कभी-कभी पौ फटने तक हम भटकते रहते। जब एक पल के लिए धरती सहसा रुक जाती, एकदम ठहर जाती, बुरी तरह से टीसकर...। निस्तब्ध। और अगले पल धीमे से, निश्चल भाव से झूमने लगती। अँधेरे में हल्का नीला-सफ़ेद सवेरा पेड़ों के सोते, काले सायों को धीरे-धीरे सहलाने लगता। जगाने लगता।

तब हम लौट जाते। होस्टल तक पहुँचते तो घास, पत्तों, पर काँच के चूरे-सी बिखरी फ्रौस्ट नज़र आने लगती। मैं दीवार से लिपटी गुलाबी 'आइवी' पर हाथ फेर देती। कोमल पत्तों पर हाथ फिसल जाते। प्रभात के भीगे आलोक में उनका यह निष्पाप नवजात शिशु-सा, मासूम चिकनापन और रंग का निखरापन मुझे हैरत में डाल देता। क्या यह मौत का रंग हो सकता है ? हफ़्ते-दस दिन में यह सूखकर झड़ जाएगा। यह जीवन की आख़िरी लौ है, जीने की तड़प में तपती हुई। उसी ललक में इतनी तीव्र कि भरे-पूरे जीवन का भ्रम दे बैठी...।

"फिर मिलेंगे।"

कब, कहाँ, हम कभी तय नहीं करते।

हर रिश्ते के अपने अलग नियम ख़ुद-ब-ख़ुद बन जाते हैं। इससे, जिनका रिश्ता है, उनके स्वभाव के बारे में परिणाम निकालना सही नहीं होता। वही इनसान एक के संग सौम्य और शील हो सकता है पर दूसरे के संग पिशाच। एक की इज़्ज़त करता है, दूसरे को मुट्ठी में भरकर भींच लेना चाहता है। न ही इस सबका उनके प्यार के वज़न से रिश्ता है। सम्बन्ध है तो उस चिनगारी से जो एक से निकलकर दूसरे में सुलगती है और लपट बन जाती है। यह कहाँ से जाना जाए कि किसकी लौ कहाँ से उठेगी, किसके साथ ?

पर तब मैंने यह सब नहीं सोचा। इसलिए एक माने में जाना भी नहीं।

रजत आता था। पतझड़ की छुट्टियों में। हम कभी मिलने का दिन या वक्त तय नहीं करते। यह भी नहीं कहते कि अगले 'औटम' में ज़रूर मिलेंगे। कितना ही कुछ नहीं करते।

फिर भी कितना कुछ कह डालते।

खासकर जब वह शाम के करीब लाइब्रेरी पहुँच जाता।

"अरे वाह !" मैं उत्फुल्लता से उसका हाथ पकड़ लेती और उठ जाती।

वह मेरे हाथों से ज़बरदस्ती 'इंडौलोजी' की मोटी-मोटी किताबें ले लेता और उनके नाम गौर से पढ़कर चिढ़ा देता, "कुछ पल्ले भी पड़ता है ?"

मुझे यह जुमला हमेशा लड़की से कही लड़के द्वारा बात लगती कि अरे प्यारी-सी, छोटी-सी बेवकूफ़-सी...गुड़िया...बच्ची...! पर मैं सत्रह-अठारह की तो रही नहीं कि बात-बात पर बवाल मचा दूँ।

हम पैदल ही पहाड़ी पर चढ़ने लगते। तब धूप चमकती होती और सारा पहाड़ कंचन की तरह दमकता रहता। कभी-कभी तो इतनी तेज़ धूप होती कि दूर की पहाड़ियों को आँखें मिचमिचाकर देखना पड़ता। लगता जैसे किसी बावरे आर्टिस्ट ने आँखें चुंधियाकर ब्रश से मनपसन्द रंगों—लाल, नारंगी, पीले, भूरे, बैंगनी—में ज़ोरदार थपेड़े मारे हों। सारे पेड़ों पर ये रंग आग की तरह उछलकर जगमगाने लगते।

पर ऊपर तक पहुँचते-पहुँचते धूप शीतल होने लगती। दूर पहाड़ों की ठोस नोकें पिघलकर गोलाई में बहने लगतीं। मैं खुश हो जाती कि मेरी किताबें रजत पकड़े है और मेरे हाथ मेरी जेबों की गरमाई में हैं।

होस्टल से पहले दुकान पड़ती थी। मैं रुककर दूध, रोटी, मांस, अंडा, खरीद लेती। रजत उसी बीच 'वाइन' चुन लाता। मेरी फ़ेवरिट रेड वाइन होती।

किसी 'रोबो' की तरह हम दुकान से सीधे बगल के चर्च की सीढ़ियों पर किताबें और थैले रखकर बैठ जाते थे। 'पोपलर' की सुनहरी पन्नीनुमा पत्तियाँ सिर के ऊपर सर्द हवा में हौले-हौले काँपती रहतीं। नीचे ट्यूबिंगन की पुरानी इमारतें शहर को गरिमा प्रदान करतीं। रजत एक सुनहला पत्ता ज़मीन से उठाकर, डंठल की तरफ़ से मुँह में डाल लेता और दाँतों के बीच दबा, एक ही जगह फिरकी की तरह नचाता रहता। डंठल गुलाबी होता।

हम ज़्यादा देर नहीं बैठते। लेकिन बैठते ज़रूर। बैठते ही ठंड लगने लगती थी।

पर मुझे अच्छा लगता था। पहले से निर्धारित क्रम पर अमल करना जितना किसी एक सन्दर्भ में खल सकता है उतना ही किसी दूसरे में सुखदायक होता

है। कब ऊब होगी, कब ख़ुशी मिलेगी, ख़ुदा जाने !

पगडंडी छोड़कर हम अपने 'फेवरिट' जंगल में चले जाते। 'बीच' के पेड़ों का। साँझ की धरती अलसाई-सी करवट लेती और 'बीच' की शाखें गहरी काली हो जातीं। उनके गाढ़े पीले पत्ते भारी पीपल की बनी पान की झालर-से लटक जाते। झनर-झनर झूलती पत्तियाँ। मुझे लगता वह हल्के से बज उठतीं।

हमारे पैरों के नीचे पीले, लाल, भूरे पत्तों का फ़र्श होता। जो जूतों के नीचे सरसरा के फिसलने लगता। हम जानकर पैर घसीट-घसीटकर चलते जिससे उनकी सरसराहट एक मायावी गुंजार में बदल जाती। हर तरफ़ से प्रतिध्वनित होती। किसी पागल जीव की आतुर चीख बनकर चक्कर काटने लगती। हमारे पैरों के नीचे से हरहरा के निकलती और गोल-गोल घूमती हुई ऊपर उठ जाती। लगातार, बार-बार आती, लहरों की तरह। एक थमती नहीं कि दूसरी आ जाती। जंगल सिहरने लगता। झनर-झनर-सर-सरर-सरर-झन-झनर-सरर...। मेरा सिर घूमने लगता, गूँज के नशीले दौर में।

जंगल अचानक ही एक खुले मैदान में खत्म हो जाता और उसकी गूँज थिरकते-थिरकते थम जाती। जंगल के पार यह पहाड़ का बड़ा-सा ढलान था जहाँ से लुढ़ककर प्यार से घाटी में गिर जाने का मन करता था। हरी घास का नर्म ढलान।

तब हम पेड़ों से गिरे गाढ़े नीले 'प्लम्स' बटोर लेते जो कानूनी है। आसपास कोई न होता। तब हम पेड़ की डालों से गाढ़े नीले 'प्लम्स' तोड़ लेते जो ग़ैरकानूनी है। रजत अपने रूमाल से फल को जतन से पोंछकर मुँह में भर लेता। उनका गहरा नीला-बैंगनी रंग का रस उसके होंठों पे छलक आता। मुझे वह रंग बेहद पसन्द था। वह उस फ़सल के आख़िरी 'प्लम्स' होते।

ढलान के नीचे घाटी नज़र आती—खिलौनों से घरों में धुन्ध के बीच उठता धुँआ, दूर घुमावदार सड़कों पर सन्नाटे से चलती गाड़ियाँ और नैकर नदी की चमकती धार। घाटी के आगे, पहाड़ी के ऊपर, सूरज लाल गोला बनकर हवा में तिर रहा होता।

फिर मानो किसी बीहड़ निश्चय के साथ वह थम जाता और, और लाल होने लगता। और लाल, और-और लाल। भीतर से बढ़ता ताप। और लाल। मानो उसका सबकुछ लाल होते जाने पर टिका है। चटाख—किसी को सुनाई नहीं पड़ता पर वह इस भीषण संकल्प में चटक जाता। और लाली—गहरी, गाढ़ी—पहाड़ों पर, आकाश में, हवा में, 'प्लम्स' के रस की तरह फट पड़ती। तब सूरज घोर निराशा में सिमटकर डूबने लगता, क्षितिज के पीछे, पहाड़ की आड़ में, भागने लगता।

जितना ही वह डूबता सारी प्रकृति उतनी ही गाढ़ी और सायेदार बनने लगती।

मुझे याद है कहीं से दो सफ़ेद पंछी आए थे और सूरज के पीछे, लय में पंख उड़ाते, जाने लगे थे। दूधिया सफ़ेद। गाढ़े सायों के बीच लाल गोला डूब रहा था और श्वेत पंछी उसका पीछा कर रहे थे। दूर पहाड़ की पगडंडी पर किसी गाड़ी की हल्की टिमटिमाहट बत्ती में बदल गए थे...।

हम लौट जाते। कत्थई और ताम्बई रंगों से लिपे पहाड़ों पर। मेरे कमरे में चले आते।

एक ही कमरा था। खाना, सोना, पढ़ना, सब वहीं होता। ज़रा-सी कुकिंग स्पेस भी थी जहाँ फ्रिज और हॉट प्लेट रखा रहता। हम सामान रखकर वाइन खोलते। एक 'बोल' में मेवे रख लेते और अमीर ख़ाँ का रिकार्ड लगा देते थे। धुन्ध के सन्नाटे में राग दरबारी–किन बैरन कान भरे ऽ ऽ ऽ...मोरे पिया मोसे बोलत नाहीं...किन बैरन कान भरे...

औटम की छुट्टियों में बहुत कम लोग वहाँ रहते थे। ऐसे ही जर्मनी की रातें नीरव होतीं–आते जाड़ों की अपेक्षा से भरी औटम की रातें एकदम सन्नाटेदार होती थीं। अमीर ख़ाँ के प्रगाढ़ सुर, मुझे लगता, बाहर पहाड़ी की गहन हवा पर स्थिर हैं। हम रिकार्ड थोड़ा तेज कर देते जिससे हर तरफ़ से गूँज आती और हम गायन के बीच हो जाते। ऐसे ही हिमालय की गुफा में योगी-मुनी पालथी मारकर भीषण वीरानी में तपस्या का अलाप छेड़ते होंगे।

तब हम इधर-उधर की बातें करते। मैं अपनी सोशल वर्क लीग के बारे में बताती। जिस अस्पताल में हमने काम किया था वहाँ आनेवाले रोगी बच्चों का ज़िक्र करती जो वायु-प्रदूषण के कारण बीमार फेफड़ों के साथ पैदा हुए थे। उस दौरान मैं जर्मनी की प्रतिनिधि बन जाती और रजत के फ्रांस को भरपूर लताड़ती। वहाँ इस औद्योगिक प्रदूषण के खिलाफ़ आवाज़ नहीं उठती, क्योंकि वह कभी उसकी चपेट में ऐसे नहीं आए हैं। फिर उनके पश्चिमी ओर समुद्र है जहाँ से बहकर ताज़ी हवा आती है, दूषित हवा को आगे ठेल देती है। जर्मनी के पश्चिमी छोर पर फ्रांस और नीदरलैंड हैं और आगे इंगलैंड। इन देशों में उठती ज़हरीली हवा का 'डंपिंग ग्राउंड' बन गया है बेचारा जर्मनी। तभी 'हमारी लाइफ़ एंड वेजिटेशन' का यह हश्र हो चला है। पर 'आप सब तो हँस देते हैं, साला रोमांटिक जर्मन औद्योगिक युग में जंगल बचाने की पुकार कर रहा है, इंडस्ट्री रोकने का शोर कर रहा है।'

"देखो ना हमारे खूबसूरत ब्लैक फ़ॉरेस्ट को जला के रख दिया है आप लोगों की एसिड रेन ने। भुस गए हैं।"

रजत हँस देता, "तभी तो ब्लैक हुए हैं, ब्लैक फ़ॉरेस्ट।" थोड़ी और वाइन डालकर मुस्कराता, "क्यों मुझ गरीब पर अपनी इस एसिड रेन की तरह पिल पड़ी हो ? यकीन मानो, फ्रांस मेरा नहीं है, मेरी एक नहीं सुनता। मेरा उससे क्या लेना-देना ?"

"कब लौट रहे हो ?" मुझे मालूम था भारत में उसकी बीवी है, एक बच्चा है।

दूसरी बात छिड़ जाती। वह पैरिस की कशिश का बयान करने लगता, "अगर हिन्दुस्तान से बाहर कोई जगह है जहाँ मैं खुशी से रह सकता हूँ तो वह पैरिस ही है। खुशहाल, ज़िन्दादिल। बेशुमार चीज़ें करने को...इंटलैक्चुअल कैपिटल...आर्ट कैपिटल...रंग-बिरंगे आदमी, देश-देश से...। इस एक शहर में कितनी जातियाँ होंगी...फ्रांसीसियों का नहीं, 'सेटलर्स' का शहर है यह तो...। जैसे लंदन भी है...पर वहाँ काले अलग, गोरे अलग, भूरे अलग दिखेंगे। यहाँ देखो 'मिक्स्ड कपल्स' की तादाद।...मानता हूँ पैरिस में भी लुके-छिपे भेदभाव के किस्से हैं, पैरिस के बाहर तो ख़ैर 'रेसिज़्म' का नंगा रूप है...पर फिर भी, काफी हद तक यह ट्रू लिबरल, फ्री...क्या गज़ब का शहर है...।"

फिर एक अजीब-सी मायूसी उसकी ऐनक के पीछे झलकती, "सच तो यह है कि हमें कहीं भी अपना एक कोना बना लेना ज़रूरी है, बस। उससे समझौता कर लेना ज़रूरी है। वी हैव टू कम टू टर्म्स विद लाइफ़ एनीवेयर। वहाँ अपनत्व है, यहाँ हम उखड़े हुए हैं यह सब एक हद के बाद कोई माने नहीं रखता। हमारे-तुम्हारे जैसे लोग चाहे यहाँ, चाहे देश में, एक अपने ज़रा से दायरे में ही तो घूमते हैं। कौन हमारी जड़ें वहीं ज़्यादा मज़बूत हैं ? कौन हम देश के लोग, समाज, परम्परा...से ही जुड़े हैं। वी आर अ बास्टरडाइज़्ड लॉट। बस ज़रा-सी जगह में जीते हैं, चाहे यहाँ, चाहे वहाँ...।"

वाइन का भीगा-भीगा आलोक, अमीर खाँ की हिप्नोटिक आवाज़ और धुन्ध से घिरे पहाड़, सबका अनूठा समावेश, हम अपने कमरे में महसूस करते। हर बात का मतलब होता लेकिन उतना नहीं कि दूर तक फैले परिवेश से जुड़े हमारे तारतम्य को तोड़ पाए। मानो अनजाने में हमारी ज़िद थी कि छाए सौम्य को कोई नहीं छेड़ेगा, न सवाल, न शख़्स...।

देश से जुड़े होने की बात कभी वह कहता, कभी मैं। बल्कि जो कहता दूसरा उसकी मुख़ालफ़त करता। इसलिए कि दोनों एक थे और निदान की तलाश में थे, कभी इधर, कभी उधर। तो जब वह हिन्दुस्तान में पराएपन की बात करता, मैं प्रतिवाद कर बैठती।

कि मिट्टी से जुड़ाव इन सब चेतन में आई वजहों से कहीं गहरा है, अटूट है। कि वह छोटे-बड़े सवाल जैसे उबली पत्ती से दोबारा अपने लिए चाय पकाती नौकरानी, पर्दे की ओट में दुनिया को दर्शक की तरह देखती हमारी औरतें, कहीं हमारी आत्मा, हमारे ज़मीर में ऐसे उतरती हैं जैसे यहाँ की एसिड रेन और होम्स में कैद बूढ़े नहीं उतरते, नहीं उतर सकते। यह भी तो मानवीय सवाल हैं पर यह बात नहीं...हमसे रिश्ता नहीं...शायद...।

"क्यों," रजत मुकाबला करता, "अगर यह सवाल जो जग-भर के प्राणियों के हैं उनके प्रति हम उदासीन हैं तो बढ़ते-बढ़ते बात यह साबित कर जाएगी कि तुम भी यही कह रही हो कि मूलतः हमारे जैसे लोगों को बस अपने बेहद निजी, इंडिवीजुअल मसलों से ही मतलब है। फिर तो वही हमारा छोटा-सा दायरा है जिसके लिए हम लड़ते हैं, यहाँ हो या वहाँ हो।"

"मैं इतना ही कब कह रही हूँ ? मैं कह रही हूँ कि मुझमें गढ़वाल और कुमाऊँ के खत्म होते जंगल ज़्यादा दहशत पैदा करते हैं पर इनके लिए इनके झुलसते ब्लैक फॉरेस्ट। इन गोरों..."

कहीं बीच ही में मज़ाक छिड़ जाता। रजत टोक देता, "इन गोरों की ऐसी कम तैसी।...सुनो, पैरिस के लोग भी ज़्यादा खूबसूरत हैं, क्योंकि एक-आध कतरा कालों के खून का आ मिला है। तुम्हारे यह जर्मन तो...फोटो के नैगेटिव की तरह हैं—बाल और भवें चेहरे से भी सफ़ेद ! कैसे कोई रह सकता है यहाँ ?"

यों ही बात कहीं से कहीं चली जाती। किसी बेचैनी में नहीं। किसी खिझलाहट में नहीं। यों ही। संगीत की तरह लय में लहराती हुई।

तब हम विलायत खाँ का दरबारी लगा देते। मैं आँखें बन्द करके सितार के उन सुरों को सुनती जो अजीब अकुलाहट में इधर से उधर दौड़ते। व्याकुल हो के लहराते, तिलमिलाती तान में तड़प जाते और मानो पागलपन को बिखरने से रोक लेते और बार-बार सँभल के सम में लौट आते। मैं पलकों के पीछे से इन बौराए स्वरों को तारों की तरह टिमटिमाते देखती। किसी ने एक तारा फेंका...एक गुच्छा तारों का फेंका...फुलझड़ी की तरह वह झरने लगते...दर्द के शरारों में टूटते जाते...। एक ऐसे सितारे में खो जाते जिसकी दर्द-भरी गूँज बार-बार सुनने पर ही सुनाई पड़ती। एक तारा टूट जाता। अनगिनत तारों में छिटक जाता। विलीन हो जाता। अँधेरों में।

मैं अँधेरे के पट पर तारों की यह अकुलाहट देखती रहती।

"ए ई !" रजत हल्के से कोहनी लगाता, "जागो सोनेवालो !"

"सुनो मेरी कहानी," मैं बेसुरी लय में गा देती।

"सुनाओ भी सही। आजकल क्या चल रहा है तुम्हारे साथ ?" फिर वह एक बड़ा-सा सवाल पूछ लेता, "तुम खुश तो हो ?"

रजत उन लोगों में से है जिसे बड़े-बड़े बेमाने सवाल पूछने में कोई झेंप-झूँप नहीं होती। मुझे हमेशा ताज्जुब होता है क्योंकि मैं तो झिझक की बीमार हूँ। ख़ास अपने ही बारे में सवालों को उठा के उनमें उलझना अजीब पशोपेश में डाल देता है मुझे। फिर भी मेरे भी दिमाग में बड़े-बड़े सवाल उग आते हैं--जीवन के, स्वपरिचय के, मकसद के, मौत के। साथ-साथ यह भी मानती रहती हूँ कि इस तरह के मोटे-मोटे लफ़्ज़ों में पूछे गए सवाल बेकारों की निधि है, जिन्हें जीने की फुर्सत आलस्य नहीं देता। वरना जीनेवालों को यह सवाल पूछने नहीं पड़ते--उनके तो रोम-रोम में आप ही बसे होते हैं इन सवालों के जवाब, अलग से सवाल नहीं पूछने पड़ते।

तब मेरे मन मे एक उपमा कौंधती है, प्रकृति और नींद के गहरे सम्बन्ध की कि जिसने नींद में--यानी वह वक्त जब वह एकदम असुरक्षित है, अचेतन है, मासूम है...खुली प्रकृति को नहीं जाना है, वह ठलुआ है ! प्रकृति जो हवाओं के साथ रोम-रोम में बसनेवाली चीज़ है, उसके लिए अकृत्रिम साधनों से देखनेवाली चीज़ है, इसलिए नकली है, खोखली है। जैसे इन गोरों के लिए जो गर्मी और जाड़े में खिड़की-दरवाज़े बन्द करके एयरकंडिशन कमरे में सोते हैं। तभी उन्हें वीक एंड पर जतन करके गाँव, पहाड़, जंगल में जाकर बड़ी-बड़ी साँसें लेनी पड़ती हैं और एयरकंडीशंड कमरे में लौटकर मिट्टी की सुगंध व पत्तों की महक पर कविताएँ लिखनी पड़ती हैं। लेकिन अपना देशी झुलसती हवाओं में सोता है, आँगन में बूँदों के प्रहार से जागता है, और पौ फटने के पहले आधी नींद में उठकर हल्की-फुल्की सफ़ेद चादर तान लेता है। रात की रानी, मधुमालती, चमेली, अनजाने में ही उसके फेफड़ों को सींचती हैं। कुछ चीज़ें सोचनेवाली नहीं होतीं, जीनेवाली होती हैं। सोचते ही हम उनका खून नहीं तो ख़राबा तो कर ही देते हैं।

बस यह सब सोचकर मैं निखट्टुओं के अपने इन ख़यालों पर हिकारत से मुस्करा देती हूँ और समझती हूँ ख़ुद पर हिकारत से मुस्करा के मैं अपने गिजगिजेपन से कुछ ऊपर उठ गई। तब मैं अपनी इस सुविधाजनक सोच पर एक घृणाभरी मुस्कान मारती हूँ और एक बार और क्षमित हो जाती हूँ। फिर इलज़ाम लगाती हूँ। इसलिए फिर निर्दोष हो जाती हूँ। और फिर और अपराधी...! यह क्रम चलता रहता है, जिससे मैं उन बेढब सवालों से कहीं बेढब सवालों में फँसी रहती हूँ। निकम्मों की शहज़ादी-सी !

पर रजत के संग यह सब नहीं होता। सादगी से पूछे गए बड़े सवाल से वह

कम होनहार नहीं हो जाता। आत्मीयता से भरा उसका स्वर कहीं मुझे भिगो देता है।

पता नहीं कैसे पूछता था वह कि मेरी आँखों से पीछे, आँखों से अभी दूर ही, नमी छलछला पड़ती

"क्या बताऊँ ?" मैं मुस्कराती।

"नरेश...?" शायद उसने पूछा भी नहीं।

मैं अपने नाखून चबाने लगती। दाँतों से खींचकर कच्चा उघाड़ती। दर्द की टीस पर होंठ दबा लेती। मैं बार-बार उसी टीस को और टीसती।

मुझे अच्छा लगता है। मैं चौंक जाती।

"यह क्यों होता है रजत कि तुम मेरी खुशी उसी से जोड़कर देखते हो ?"

वह कुछ सकपका जाता, अपने जूतों की नोकें साथ ठोंकने लगता।

रिकार्ड पूरा हो गया तो वह उचककर उसे बदलने पहुँच गया।

"क्या सुनना है ?"

"दरबारी !" मैं बिना सोचे बोली थी।

दरबारी मेरा 'फ़ेवरिट' राग है। रजत कहता, "फ़ेवरिट तुम्हारा फ़ेवरिट लफ़्ज़ है !"

तब वह डागर बन्धु का दरबारी लगा देता, जो भीमकाय, विशाल तप-सा फैलने लगता।

"मैं तलाक़ के लिए राज़ी हो गई। तलाक़ हो भी चुका, शायद छह महीने से ऊपर हो गए।"

रजत कुछ देर चुप बैठा रहा। वह ग़ौर से मेरी तरफ़ देखता रहा। फिर उसने धीरे-से मेरा हाथ मेरे दाँतों से अलग कर दिया। स्पष्ट, लेकिन मुलायम आवाज़ में बोला था, "तुमने अच्छा किया। देअर इज़ नो पॉयंट इन फ्लैगिंग अ डैड हॉर्स।"

मुझे बुरा नहीं लगा।

पर अचम्भा हुआ था।

अक्सर होता है। जब भी उस रिश्ते के बारे में सोचती हूँ। "अ डैड हौर्स !" नरेश ने यही भाव दूसरे शब्दों में व्यक्त किया था, "अब रह ही क्या गया है हमारे बीच ?" पहले ही क्या था हमारे बीच ? क्या होता है कभी भी किसी के बीच ? कोई तिरती हुई भावना जिसका सूत्र कहीं नहीं मिलता। जब तक वह होती है तब तक कुछ होता है हमारे बीच। सारी 'बन', सारी 'अनबन' प्रेम से उस पर टिकी रहती है। वह जाती है कि सब कुछ फिसलकर धराशायी हो जाता

है, और बिखरे टुकड़ों में बस 'अनबन' ही पहचान में आती है।

शायद उसके पहले 'औटम' में रजत ने मुझे बार-बार यही सुझाया था कि यह बेकार की ज़िद छोड़ो। ज़बरदस्ती पकड़ने से कोई नहीं रुकता है। फ़ेस इट, वह जा चुका है। "फ़ेस इट एंड इट वोंट सीम सो हार्ड।" लहर की दहाड़ से डरकर भागना फ़िज़ूल है, आने दो उसे, आएगी, टकराकर बिखर जाएगी...लौट जाएगी...और तुम अपने को फिर भी खड़ा पाओगे...।

वाइन कम बची रह गई। रजत ने अंडे उबाल दिए, मांस भून दिया। मेज़ पर छोटी-छोटी तिपाई बिछाकर हम भोजन कर लेते थे। खाने के साथ हल्की-फुल्की फिल्मी धुनें—गीता दत्त, सुरैया, और सहगल की—लगा लेते।

कभी-कभी औटम की झिरझिरी-सी बारिश होने लगती और हम पर्दा हटा देते। खिड़की, रोशनदान पर बूँदें चिपककर गिलास क्रिस्टल्स की तरह लगतीं। प्लेटों में अंडे के छिलके और चुसे हुए हड्डी के टुकड़े होते। हम भी मगन भाव से रिकार्ड के संग गा उठते।

कभी भी रजत उठ जाता, "अब चलूँ।"

अगले दिन या अगली औटम तक के लिए...।

फिर बारिश अक्सर आ जाती थी। हवा भी उड़ने लगती। पत्ते झड़ जाते। बूँदों और हवा पर लुका-छिपी खेलते-खेलते। ज़मीन पर दौड़ लगाने लगते। नंगी शाखें बर्फ के लिए जगह करतीं, बचे-खुचे पत्तों को नीचे ढकेल देतीं। बारिश और आगे चलकर बर्फ़ में लिथड़े पड़े सुनहले और ताँबई पत्ते लिसलिसाते रहते।

पतझड़ के साथ ही रजत भी झड़ जाता। कभी, अनियमित रूप से वह या मैं एक-दूसरे को एक कार्ड भेज देते तो वह औटम की छुट्टियों की भीनी-सी याद-भर होती।

ज़िन्दगी चलती रही। पहिए की तरह घूमती रही। लैक्चर्स, ट्यूटोरियल, पर्चे, थकावट, संगी-साथी, चीं-चपड़, चहल-पहल...गोल-गोल, गोल-गोल। पता नहीं एक ही जगह पहिया नाच रहा था या आगे भी बढ़ रहा था ! हम तो बस उसकी गति में तन्मय थे, और कुछ सोचने-समझने का वक्त नहीं रहता।

फिर छुट्टियाँ आतीं। 'चेस्टनट' के पत्तों की किनारी पीली होकर बीच की तरफ़ बढ़ने को मचलने लगती। देखते ही देखते पेड़ों में होड़ मच जाती, तुम गुनगुने पीले तो मैं तपता पीला। तुम दमकता ताँबा तो मैं लाल, दहकता लाल। और आसमान बैंगनी हो जाता।

पूरी प्रचंडता से धूप निकलती। घाटियों पर पिल पड़ती। वह जानती थी उसका भी पतझड़ है। जाड़ा उसे भी डस लेगा। बर्फ़ीली सफ़ेदी में वह भी दुबकने

को मजबूर हो जाएगी। तो चमक लो तब तक। लाद दो पेड़ों पर झिलमिलाती मुहरें! कंचन, ताँबें, काँसे की चरमराती मुहरें।

लोग लालच से भरे उन प्रान्तों में भागते जहाँ सूरज का राज अभी फीका नहीं पड़ा है। होस्टल सूना पड़ जाता। शहर ख़ाली दिखने लगता। औटम की हल्की-हल्की सरसराती हवा में मानो वक्त थमने लगता। पहिया रुकने लगता। रुक जाता।

फिर किसी दिन रजत टपक पड़ता। 'औटम' के किसी कोने से प्रवेश करता। माई औटम फ्रेंड ! रंगीन मखमली पहाड़ों पर निरुद्देश्य घूमने के लिए। लहकते रंगों को नाहक निहारने के लिए।

दोपहर की धूप सेंकने हम नैकर नदी के किनारे चलते। 'बर्च' की सफ़ेद डालियों पर भी चकत्ते पड़ने लगे थे और पत्तियाँ सोने की कड़ियों की तरह झूलती रहतीं। पेड़ों से जैसे पीली पंखुड़ियाँ झड़कर तने के चारों ओर एक गोलाकार क्यारी बना देतीं। पीले, झरे पत्ते।

हम बियर गार्टन में बैठ जाते। बैग से 'प्रेट्ज़ेल' रोटी निकालते और बड़े-बड़े 'मग्स' में बियर पीते। नदी के उस पार वह बुर्ज नज़र आता जहाँ हौल्डरलिन पागल होकर रहा था और शायद लिखता भी था–

मैन इज़ अ गॉड वैन ही ड्रीम्स,
अ बैगर वैन ही रीफ्लैक्ट्स।
भटकते रहते हम।

रजत अपनी थीसिस के बारे में बताता–प्री इंडस्ट्रीयल सोसायटी में पाप्यूलर और एलीट कल्चर के घनिष्ठ सम्बन्ध पर, फ्रांस के एक प्रान्त के सन्दर्भ में। हिन्दुस्तान में इन्हीं आयामों पर महत्त्वपूर्ण काम हो सकता है, वह तल्लीन भाव से सुनाता, और लौटकर वही करने का निश्चय लेता।

"कब लौट रहे हो ?" मैंने पूछा था।

रजत ठिठक गया। बियर का एक लम्बा घूँट लेकर बोला, "जल्दी लौटना चाहता हूँ। एक-दो जगह अप्लाई भी कर रखा है। देखो क्या होता है।"

धूप की एक फाँक मेरे सिर के पीछे से होते हुए सीधी उसकी आँख में चमक रही थी। वह जब सिर उठाकर बोलता तो एक उँगली ऊँची कर देता, आँख की सीध में, चमकते टुकड़े की राह में।

मैं हँसने लगी–"कैसे बेहूदे लग रहे हो। एक आँख मींचे, हवा में बेढंगे कोण पे उँगली उठाए !"

उसने हँसकर अपनी कुर्सी की दिशा बदल दी।

"मीरा", वह बताने लगा, "नहीं चाहती कि मैं अपने ऑपशंस बन्द कर दूँ, यहाँ फ्रांस में। उसकी राय है यहाँ भी रास्ता खोजूँ।"

झटके से उसने सिर उठाया था और उसकी झपकती आँखों में मिचमिचा के बेचैनी भर गई थी।

"मैं गर्मियों की छुट्टी में हिन्दुस्तान गया था। वहाँ...ऐकेडैमिक्स में जगह पाना...जुआ है...तरह-तरह के दाँव लगाओ...फिर भी पता नहीं जीतोगे कि हारोगे...या सीधे बेईमानी पर उतर आओ।"

"किसी काम के आदमी से मिले ?"

"हाँ...पर...कुछ पक्का नहीं है। अभी कोई उम्मीद लगती नहीं। कभी-कभी...बेसब्री बढ़ जाती है।"

फिर वह मीरा और अपने बेटे की बात करने लगा। बच्चे के लिए फ्रांस बुरा नहीं होगा। इस उम्र में उसे भरपूर आराम, सेहत, मज़ा दे पाए तो क्या बुरा ? कलकत्ते की 'तारीफ़' वह पहले भी कर चुका था।

"फ्रांस में औसटर्म के ज़रिए दो साल की ग्रांट मिल रही है। उनका काम करना होगा। पर इन दो वर्षों में...शायद...कहीं और...यहीं...।"

"क्या रखा है" वह उचककर बोला। "झक मारकर लौटेंगे या झक मारकर यहीं टँगे रहेंगे। अभी आराम से बियर पिओ !"

इसी तरह हम छोड़ देते थे, छोटी-बड़ी तरह-तरह की परेशानियों को। उनका ज़िक्र आता भी तो छटपटाहट के साथ नहीं। या फिर उस छटपटाहट के साथ जो पहले होती थी और बाद में होगी। पर इस 'औटम' में नहीं।

एक बहुत ही सहज, शान्त, अथाह, जिसमें कोई कुलबुलाहट, दर्द की या खुशी की, आती भी तो सिर्फ दूर हाशिए पर। शान्त की सतह पर तैरते बुलबुले किनारे को छोड़ भी नहीं पाते थे कि फूट जाते थे।

शान्त। गहरा। प्रश्नहीन।

नदी में आकाश धीरे-धीरे उतर जाता। मासूम रंगों के बाद, अँधेरों का। तब हम फिर पहाड़ पर चढ़ने लगते। दूर शहर का 'कासल' जादुई दिखने लगता—जैसे किसी ने तरह-तरह के आकार और नाप में प्रकाश फेंककर वह दुर्ग खड़ा कर दिया है।

रजत मुझसे फिर बड़ा-सा सवाल पूछ बैठता—"बहुत अकेले-अकेले लगता होगा ना ?"

ऐसा सवाल जो सबसे पूछा जा सकता है इसलिए एक से पूछने पर 'एबसर्ड' लगता है और जिसका जवाब इतना बड़ा है, इतना सार्वभौमिक है, कि जो भी

कहो अधूरी बात है, कुछ गलत-सी है।

रजत ने कह दिया था कि नरेश से टूटी तो टूटी पर एक बच्चा होता तो क्या था ! उसका बेटा अब ढाई का हो गया था और हाल ही में उसने एक अनूठी खोज कर डाली थी—अपनी परछाईं की ! बेचारा मंत्रमुग्ध हो अपनी परछाईं को पकड़ लेने की कोशिश में लगा रहता पर अफ़सोस, परछाईं पीछा ही करती रहती। तब उसने सोचा होगा कि 'स्पीड' से तो किसी को भी हरा सकते हैं। तो रुकता, देखता और अचानक, झटके से, मानो छलनीति से, अपनी परछाईं पर कूद जाता कि पैरों के नीचे दबा ले पहले कि वह चेते और फिर निकल जाए !

तब ठंड बढ़ गई थी और हमारे मुँह से धुआँ निकल रहा था।

"सुनो तुम्हारे बच्चे को तो वाकई यहाँ बड़ा मज़ा आएगा। लकड़ी मुँह में डालो और 'चेन स्मोकिंग' करो ! फू ऽ ऽ ऽ..." मैंने धुआँ छोड़ा।

"सुनो, तुम मुझे 'कंज़रवेटिव' कहोगी। पर काश तुम फिर शादी कर लेतीं। यहीं सही।"

मैं चौंक गई थी।

तब वह झेंप गया।

"...कोई बेचैनी...अकेलापन...दूर करने के लिए नहीं...सब अटपटा लग रहा है...वह नहीं कह रहा...पर एक आड़ मिल जाती है। अकेलापन मुँह बाए हर वक्त हर कोने पर नज़र नहीं आता।" वह सफ़ाई देते-देते तेज़ रफ़्तार से बोल गया।

मैंने उसकी पीक कैप, जो उसकी कोट की जेब से अब गिरने की ही तैयारी में थी, उठाकर उसके सिर पर दबा दी, "इस पहिए में घूमो तो आड़ ही आड़ है, क्या अकेले, क्या दुकेले। मुझे तो मेरा अकेलापन तुम्हारे से रत्ती-भर ज़्यादा नहीं नज़र आता कहीं।"

ख़ाली कोने तो हर तरफ़ बिखरे हैं। हिलते रहो। फिर क्योंकर नेत्र उधर टिक पाएँगे ?

उसने धीरे से मेरे कन्धों को झकझोर दिया था।

हम 'बीच' के जंगल से होकर निकले थे। उसकी काली, घोर काली, डालियों के नीचे से। जंगल की रहस्यमयी चकराती गूँज के मद में हमारा जीव थिरक रहा था। हम नशे में पत्ते चरमराते चले गए थे। तभी मुझे लगा था कि कहीं इस सबके परे, अकेलापन, दुकेलापन, रिश्ते, बच्चे के परे, कहीं कोई पुकार है, जो न दुख की है न सुख की है, जिसके लिए हम सब जीते हैं, जी लेते हैं, जीना पड़ता है। समुद्र के किनारे बसनेवाले केकड़ों की तरह जो रेत पर, ज़बरदस्त मकसद का भाव ओढ़े, अपने दो नन्हें हाथों से बालू खोदकर घर बनाते हैं, उन्हीं हाथों से

बालू बटोरकर अपनी अँजुरी में भरकर, किरपिट, किरपिट समुद्र की तरफ़ बढ़कर, उसके अनन्त में अर्पित कर देते हैं कि दहाड़ के लहर आती है और पल-भर में फिर सारे घर बराबर हो जाते हैं। द डेल्यूज। लेकिन केकड़ा है कि अपने अतीत से बेखबर, भविष्य से बेखबर, उसी श्रद्धा से सिर उठाकर फिर काम में लीन हो जाता है। किरपिट-किरपिट दौड़ता हुआ, हाथों की अँजुली ऊपर उठाए।

सिर का चक्कर थमा तो मैंने कह दिया—मार्च ऑफ़ हिस्टरी। रजत ने ध्यान नहीं दिया। क्या कहा, क्यों कहा।

यह 'क्या' और 'क्यों' से वर्जित औटम। शान्त, मखमली, मुलायम।

आता ही रहता था साल-दर-साल।

जाड़ा आया था। फिर बसन्त। गर्मी। फिर औटम...। फिर जाड़ा। हर शनीचर को अंडे की ज़र्दी खोपड़ी में मलने के बावजूद बाल सफ़ेद होते जा रहे थे।

और होते-होते मेरी किताब पूरी हो गई। दिल्ली से छपी। किताब के बल पर लोग मिले। लोगों के बल पर एक दिन नौकरी मिल गई।

मैं वापस जा रही थी।

मैंने ज़्यादा सोचा नहीं था, ऐसा कुछ ठाना नहीं था। पर कभी अतीत पर निगाह डालती हूँ तो यही दिखता है कि जो नहीं सोचा था, होता चला गया है।

और रजत औस्टर्म से मेज़ों द सियैंस द लोम पहुँच गया था। मीरा और बेटा भी अब उसके साथ थे। पिछली औटम में अपनी आंट के पास आया भी नहीं था। पता चला गर्मियों में एक लौंग वीकएंड पर सबके साथ आया था, पर तब मैं लंदन के ब्रिटिश म्यूज़ियम में खप रही थी।

अगली गर्मियों में मुझे ही मौका लग गया पैरिस जाने का, इंगलैंड की राह में।

"जब आओ, हमारे यहाँ रहना।" रजत कहता था।

मैंने गार द लैस से उसे फ़ोन किया। ऑफ़िस ने घर का नम्बर दिया। मीरा से बात हुई।

"अरे बिलकुल, मैं तुम्हें जानती हूँ। फ़ौरन आ जाओ।" उसने खुशी की किलकारी भरी, "रजत तो भौंचक्का रह जाएगा। हम समझे थे कि तुम चली गई होगी।"

'मेट्रो' मुझे रास नहीं आता। मशीन ही तो है, कहीं वहीं पाताल लोक में बैठ गई—सोचकर ही साँस फूलने लगती। ट्यूबिंगन तो देहात है पर वही भला ! खैर, इसके सिवा कोई चारा नहीं था, सबसे आसान तरीका वही था, तो धरती

भेदती अंडरग्राउंड ट्रेन में मैं उनके घर पहुँच गई।

अच्छा-खासा फ्लैट था। सम्पन्न गृहस्थी जमा ली थी रजत ने। तीसरी मंज़िल पर एक बेडरूम, एक सिटिंग रूम, एक स्टडी कम चिल्ड्रेन्स रूम।

''बहुत लकी हो कि इतनी जल्दी ऐसा कायदे का फ्लैट मिल गया है।''

''है ना ?'' मीरा को अच्छा लगा, ''पर एक और कमरा होता तो आसानी होती। सफ़ाई, मेहमान, खिलौने...बस एक और होता तो ठीक से फैल पाते।''

''फिर भी बहुत अच्छा सेटअप कर लिया है।''

मीरा बहुत कुशल गृहस्थिन लगती थी। एक-एक चीज़ करीने से सजी रखी थी। ज़रूरत और मनोरंजन का सामान अपने-अपने कोनों में सुरक्षित। क्या टेलिविज़न, क्या म्यूज़िक सिस्टम, क्या वॉशिंग मशीन और क्या किचन ऐपेरेटस। मीरा की हस्तकला के नमूने हर तरफ़ थे--कहीं टी. वी. पर ढका कतरनों का कवर, कहीं रुई-ऊन के जुटे वॉल-हैंगिंग्स, काँच और मोती जड़े मोम के पेपरवेट तथा कपड़े और कागज के रंग-बिरंगे लैंप शेड।

''दोस्तों ने यह चीज़ें काफी पसन्द कीं। अब मैं सोच रही हूँ इनका एक प्राइवेट धन्धा शुरू कर दूँ। यार हिन्दुस्तान में यह घास-फूस फिंका पड़ा मिलता है और यहाँ आँख बन्द करके उन्हें जोड़ दो और फ्रांसीसी ऑब्ज़े दार्त ऑब्ज़े दार्त खुशी से चिल्लाने लगता है !'' वह खूब हँसती थी।

मुझे खिलखिलाकर हँस पानेवालों से हमेशा थोड़ी ईर्ष्या होती है। अजनबी, तनाव भरा, तकल्लुफ़ी माहौल, कुछ भी हो, एक इस हुनरवाला इनसान चाहिए जिसको बस अपनी हँसी का फव्वारा छोड़ना है--बैठे लोगों का सारा संकोच उसी में धुल जाता है और बेतकल्लुफ़ी हर तरफ़ बहने लगती है। पर मैं उन बदनसीबों में से हूँ जिनकी जितनी हँसी बढ़ती है उतनी ही आवाज़ गायब हो जाती है। बहुत कोशिश करती हूँ तो ढकी पतीली में उबलती-उछलती भाप की तरह हँसी फुस...फुस...फ्स...स...अन्दर ही अन्दर नाचती है और बाहर निकलने का कोना तलाशती है और जब मुँह को पा जाती है तो भाप की बुलबुली की तरह भक से फट जाती है !

पर मीरा खूब हँसमुख और मिलनसार लगी।

''रजत को अभी नहीं मालूम। बहुत मज़ा आएगा,'' उसने ठहाका लगाया, ''अब आता ही होगा, बेटू को 'क्रेश' से लेकर।''

''तुम्हे पता है,'' उसने गरम-गरम कॉफी कपों में उँड़ेली, ''रजत यहाँ नहीं रहना चाहता था। भारी असमंजस में था। पर सच, वह कुछ ज़्यादा ही आदर्शवादी है। हमारे यहाँ कितनी छीछालेदर है। जिसको आत्म-सम्मान प्यारा

है, उसकी जूते से धुनाई होती है। मैं नहीं चाहती थी वह 'बिटर' हो जाए।''

फिर बिना किसी बनावटीपन के वह बोली, ''देखो, बोलनेवाले मुझे ही कोसते हैं कि जी रजत की पत्नी को कलकत्ता के मच्छरों ने काट भगाया कि उन्हें हमारी भीड़-भक्खड़ की पसीने की बू पर उबकाई आती थी, वगैरह-वगैरह। कस लें जितना व्यंग्य चाहें, पर इतना तो है ही मैं बहुत साधारण हूँ और थोड़ा-बहुत आराम पसन्द करती हूँ। नहीं हूँ ग्रैंड, डैडिकेटड, कमिटेड इनसान, क्यों झूठ बोलूँ। वहाँ हमारी छोटी-सी दुनिया थी, यहाँ हमारी छोटी-सी दुनिया है। यार, बच्चा हो जाता है तो आदमी का स्वार्थ बेशरम हो जाता है—उसके लिए ज़बरदस्त ठाठ-बाट नहीं तो कम से कम शुद्ध वायु तो चाहिए ही। बेटू इतना हैल्दी हो गया है यहाँ आकर, टच वुड। वहाँ हमेशा उसका पेट खराब रहता था, नाखून काले-काले, और बदन पर मच्छर के काटे के निशान। मुझे बहुत बुरा लगता था। यार, कोई चीज़ तो भारत में असली मिलती नहीं। घी हो, दूध हो...हमारा नौकर ढाबे में काम करने लगा है, कहता है कि सारे होटल हर हालत में साम्भर में बुरादा मिला के गाढ़ा करते हैं।'' उसके बदन से कँपकँपी छूटी, ''माफ़ करो जी, मैं स्वार्थी ही ठीक हूँ, दे सकती हूँ तो दूँगी अपने बच्चे को कुछ सामान्य सुविधाएँ। कम से कम उसका बचपन तो खुशहाल रहे।''

मैं सोच रही थी रजत को कैसा लगता है। वहाँ 'बिटर' हो जाता। यहाँ ?

मेरी तरफ़ देखकर मीरा बोली, ''पर तुम तो लौट रही हो ना ?''

''हाँ...''

''रजत तुम्हारी बहुत प्रशंसा करता है। वी थिंक यू आर रियली रीमारकेबल ! सच !''

फिर वह मुस्करा पड़ी, ''पता है मैं सोचती थी जिस तरह वह बात करता था कि तुम दोनों एक ही जगह में हो, यहीं कहीं साथ पढ़ते हो। मैं यकीन ही नहीं कर पाई कि तुम इतनी दूर-दूर थे।''

मैं भी मुस्काई, ''हाँ, हिन्दुस्तान से जर्मनी और फ्रांस सब एक ही लगते हैं।''

''तुम वापस जाने को उत्सुक हो ?''

''मेरी बात और है,'' मैंने थोड़ा सोचकर कहा, ''बाल-बच्चे नहीं हों तो एक जगह से दूसरी जगह, कहीं भी, उठ आना आसान है।''

शायद वह नरेश के बारे में भी जानती होगी। मुझे अजीब-सा लग रहा था कि वह मेरे बारे में क्या-क्या जानती है। मुझे कुछ बेचैनी-सी होने लगी कि पता नहीं और क्या जानती है।

मैं रजत से पूछूँगी—क्यों मेरी बात करते हो।

या शायद आइन्दा सोचकर उससे बोलूँगी।

अचानक मुझे ख़याल आया कि वह मीरा की ज़्यादा बात नहीं करता था। मैंने सकपकाकर नज़र उठाई।

तभी घंटी बजी।

"वही है ! छिप जाओ !" उसने उतावलेपन से मुझे ढकेला।

मैं वहीं बैठी रही।

रजत की आवाज़ सुनाई दी, "हम भी मम्मी से नहीं बोलेंगे। हमसे भी कहती है कि घूमने चलेंगे और फिर भूल जाती हैं..." तभी उसने दूसरे कमरे में मुझे देखा।

"अ-र-रे !" उसे मानो विश्वास नहीं हुआ। उसकी ऐनक फिर चमक उठी, "वाह, हाऊ लवली !" और उसने मुझे गले लगा लिया।

"तो तुम फ़ैमिली से मिल भी चुकीं ?" उसने मेरे कन्धे से हाथ बिना हटाए पूछा।

"और नहीं तो क्या। हम पुराने दोस्त हैं अब। और हम दोनों का एक ही दुश्मन—तुम ! सारी दोपहर तुम्हारी ही बखिया उधेड़ते रहे।" मीरा ने उसकी पीठ पर एक धप् लगाया।

मैंने बेटू को भी प्यार किया। रजत की शक्ल पाई थी। शरमाकर मीरा के पीछे दुबक गया। मुझे अफ़सोस हुआ, उसके लिए कोई खिलौना-किताब लाने की नहीं सूझी।

"बताया नहीं ?" रजत ने आश्चर्य दिखाया।

"तुम बता के आते थे ?" मैंने पुरानी अज़ीज़ी में फ़िकरा कसा।

"रुकोगी ना ?"

"कल जा रही हूँ।"

"क्या यार," मीरा ने उसे धक्का दिया, "आते ही साथ पहला सवाल कब जा रही हो ! अब वह देश जाएगी बस, जहाँ दूध का स्वाद जब दूध जैसा होगा तो अपने को चिकोटी काटेगी कि सोती है कि जागी !"

सब हँस पड़े। रजत हाथ-मुँह धोकर निकला और मुझे सिटिंग रूम में ले गया। मीरा ने रसोईघर से आवाज़ दी—"रजत, बेटू का खाना ले जाओ।"

रजत सूप और ब्रेड लेकर आया। मीरा भी हाथ एप्रन पर पोंछती हुई आई। बेटू को गोद में बिठाकर रजत उसे खिलाने लगा।

"ख़ुद खाने दो न !" मैंने हल्की-सी फटकार सुनाई।

"गुड !" मीरा बोली, "अब तुम ही समझाओ तो शायद माने। मैं तो

कहते-कहते थक गई। इतनी हमारी लड़ाइयाँ हुई हैं एक इसी बात पर। बेटू के पैदा होने के बाद तो हमारे बीच में झक-झक के सिवा कुछ रह ही नहीं गया है ! इतना ज़्यादा लाड़ करता है बेटू का कि बच्चा ढीठ होता जा रहा है। सच, यह नहीं रहता तो बेटू एन्जल हो जाता है, पर इसके आते ही...''

''ब्रैट !'' मैं हँसी।

''बिलकुल,'' मीरा ने शिकायत जारी रखी, ''यार, रोया नहीं कि इसे हुई परेशानी—'क्या चाह रहा है...दे दो...क्यों रुला रही हो...' रोना न हुआ कोई बहुत भारी ट्रैजेडी हो गई ! हाँ, नहीं तो ! मैं कहती हूँ सिसी बना दोगे अपने बेटे को, कुछ उसके मुँह से निकला नहीं कि तपाक से जनाब हुक्म पूरा करने चले। ज़ाहिर है इसके आते ही बेटू मेरी कुछ नहीं सुनता। मैं कुछ कहती हूँ तो बस शिकायत—'पापा, मम्मी कह रही हैं कि...' और पापा फौरन कोई मुँहतोड़ जवाब सिखाते हैं, 'मम्मी से कह दो कि तुसी ग्रैंड हो जी !' ''

''नई...नई...'' बेटू बड़े चाव से सुन रहा था, ''नई...मम्मी से कह दो तुसी ग्रेट होंदी, तुसी लड्डू होंदी, तुसी जलेबी होंदी...हा-हा-ही-ही...!''

''देखा !'' मीरा ने बेटू को लाड़ से देखा।

रजत काफ़ी चुप, मुस्कराते हुए, बेटू को खिलाता रहा। बीच-बीच में कोई बहलाने को बात कर दी। रोटी का टुकड़ा सूप में डालकर चम्मच पर उठाकर, फूँक मारकर, बेटू को 'आ ऽ ऽ' करके खिला देता।

मैंने देखा, सफ़ेद रोटी है। ''अब भारत छोड़ ही दिया है तो कम से कम यह गन्दी ब्रेड तो बन्द कराओ। यह तो मैदा है बस, पेट में जाकर चिपकता होगा। यहाँ की बढ़िया, पौष्टिक ब्राउन ब्रेड लो।''

फिर हम खाने बैठे। मीरा ने काँटा-छुरी-प्लेट लगाए, रजत ने खाना गरम किया। इन बड़े-बड़े गैजेट और करीनेदार साज-सज्जा के बीच मुझे छात्र-सा फटेहाल रजत कुछ मज़ाकिया लगा।

''याद है ?'' मैंने अपने हॉट प्लेट और रफ़-एंड-रैडी इन्तजामों को याद करके कहना शुरू किया कि मुझे देर रात का सन्नाटा याद आ गया। दस, बारह, दो...कोई हिसाब है हम कब खाते थे ? सधी-सँभली क्रमबद्ध इन चीज़ों के बीच मैं नाहक चुप हो गई।

''खा के घूमने चलेंगे। पैरिस इसे पता तो चले। वरना जर्मनी को यूरोप समझती लौट जाएगी !''

मीरा ने अपनी पड़ोसन से फोन पर बात की। तय हो गया कि बेटू को सुलाकर वहीं छोड़ देंगे।

रजत ने घड़ी पर नज़र डाली, आठ से ऊपर हो गया था। "जाओ फिर सुला आओ," उसने कहा।

"तुम्म जाओ।" मीरा ने हठीली आवाज़ में कह उसकी बाँह खींची।

मैं उनके रिकार्ड देखने लगी। हिन्दुस्तानी क्लैसिकल के साथ-साथ जैज़, ब्लूज़ और पॉप म्यूज़िक के रिकार्ड भी थे।

कभी-कभी अजीब-सा लगता है किसी को दूसरी चीज़ों के बीच देखकर। जैसे किसी ट्रैंप को दिन में उसके फटे जूतों और लबादे में ट्रैश-बिन से खाने-पीने के दाने बटोरते देखो और शाम को थ्री-पीस सूट में किसी लम्बी-सी गाड़ी से उतरकर फ़ाइव स्टार होटल में घुसते देखो ! मैं मन ही मन मुस्कराई। मज़ाक अपनी जगह है। किन्तु छात्र को, जो हमेशा गरीब होता है, उसके बसे-बसाए घर में पाकर अचम्भा होता ही होगा। कोई 'स्टीरियोटाइप' छवि है जो दिल से उतरना नहीं चाहती।

मीरा ने कैबिनट खोलकर 'आमारितो' निकाला। बदाम का लिक्योर।

"यह अच्छा है, उसे काम में उलझा हम शराब उड़ाएँ !'

"टू द विमेंस ईरा !" मीरा ने महीन काँच की छोटी गौबलेट ऊँची उठाई।

कोने में पड़े सितार पर इशारा कर मैंने पूछा, "तुम बजाती हो ?"

"हूँ..." मीरा गर्दन घुमाई, "हम दोनों बजाते थे, रजत मुझसे अच्छा। कलकत्ता में। अब सजाते हैं !"

हम फिर हँसे।

"पता है हम पहले-पहल सितार की क्लास में ही मिले ?"

"अच्छा ?" मुझे नहीं पता था।

"सबसे पहले मुझे रजत की उँगलियों से प्यार हुआ, सितार के तारों को छेड़ती हुई। इतनी खूबसूरत हैं। बेटू ने पाई हैं, मुझे बड़ी खुशी है। लम्बी, सैंज़िटिव,...पर गुदगुदी, चिकनी, बेवकूफ़ी-भरी नहीं। कैरैक्टर से भरपूर, किसी दार्शनिक की, थोड़ी टेढ़ी-मेढ़ी, जोड़ों पर गाँठें लिए, लम्बी पतली उँगलियाँ।"

"अच्छा !" मैंने कभी रजत की उँगलियों पर ग़ौर ही नहीं किया। औटम में सबकुछ बदला-बदला-सा लगता है...।

"उसका सबकुछ टेढ़ा है, पता ?" मीरा गोपनीय भाव से मुस्कराई, "उसका चेहरा भी..."

तभी रजत आ गया। "देखो", मीरा ने उसका सिर यों सामने किया जैसे दुकानदार ख़ास माल आगे करता है, "यहाँ माथे से ठोढ़ी तक नाक की सीध में लाइन खींच के चेहरा आधे-आधे में बाँट दो फिर देखो—बाईं तरफ़ चौड़ा है,

इस तरफ़ पतला है।''

''वाकई !'' मैंने ग़ौर से देखा, ''नमूना है भई !'' उसका एक चीकबोन भी दूसरे से ज़रा ऊँचा था।

''पर भला-भला है कि नहीं ?'' रजत ने अपना सिर मीरा की गिरफ़्त से आज़ाद किया।

फिर बच्चों की-सी उतावली से हम पैरिस की सैर करने निकले। 'वाइनरी' में तरह-तरह की 'चीज़' चखी, वाइन पी। आगे बढ़े। 'क्रैप' खाए और 'सीद्र' पी। आगे बढ़े। 'सेन' के किनारे खड़े होकर लौंच में घूमने वाले पर्यटकों का हँसकर, हाथ लहरा-लहराकर अभिनन्दन किया। आगे बढ़े। 'शौंज़लीज़े,' जादुई 'नौत्र दाम', अजूबा 'आइफ़ल टावर', सारे मंजर रात की टिमटिमाती रोशनी में देखे। 'शैतले' पर उतरकर किसी पागल की कल्पना का साकार 'सौंत्र पौंपदू' भी देखा और मतवालों की भीड़-भक्कड़ को पार करके 'सौं दैनी' पर दर-दर खड़ी अर्धनग्न औरतें और उन्हें घेरे हुए अश्लील चमक-धमक भी देख आए। आख़िर में 'मोंपारनास' में कहीं खूब वाइन पीते रहे और पैरिस के हो-हल्ले में कुछ अपना भी मौज-भरा शोर ठोंक आए।

रात देर से घर लौटे तो मैं पल-भर में सिटिंगरूम के काउच पर लुढ़क गई !

किसी वक्त बेटू रोया होगा। रजत और मीरा की आवाज़ें आईं, उसे बहला रहे थे। धीमे-धीमे, थपकाते हुए—''शू-शू-शू...चुप-चुप...सब सो गए हैं...चन्दा मामा भी सो गया...बच्चे भी सो गए...कुत्ता भी सो गया...म्याऊँ भी सो गई...पेड़ भी सो गए...बेटू भी सोएगा...मम्मी भी सोएगी...।''

मेरी आँख खुल गई। उजली-उजली चाँदनी कमरे में झाँक रही थी। लम्बी अपरिचित छायाएँ हर तरफ़ पड़ी हुई थीं।

शाम की चहल-पहल के बाद अनजान चेहरे का सन्नाटा।

'बिस्त्रो' में मीरा ने और वाइन माँगी थी। रजत ने उसका हाथ सरका दिया था, ''नहीं, बस।'' मीरा ने छोटी-छोटी मुट्ठियाँ बनाकर रजत को बच्चों की तरह पीटना शुरू कर दिया था। मुझसे शिकायत करने लगी, ''हम्मेशा मास्टरफुल मेल बनता है। मालिकाना अन्दाज़। क्या हुआ है मुझे जो और न लूँ ?'' रजत गुस्सा हो गया था, लोग देख रहे हैं और यहाँ तमाशा। ''बन्द करो। स्टौप इट। नहीं तो हम इसी दम यहाँ से चल देंगे। सॉरी कहो।'' ''छोड़ो भी,'' मैं हँसी थी। रजत अड़ा रहा, ''से सॉरी !'' और मीरा ने मुँह फुलाकर 'उँह, सौरी'' कह दिया। मैंने अपनी गिलास उसे थमा दी और हँस पड़ी।

लेटे-लेटे मैंने सोचा, रजत को लताड़ सुनाऊँगी—यह कौन-सा रूप है

तुम्हारा ? ठीक कर दूँगी !

वह मायूस-सा क्षण रहा होगा, जब 'औटम' का इस गर्मी से कोई नाता नहीं जुड़ा।

मैं जानती थी मैं कुछ नहीं कहूँगी...।

सवेरे खलबली मची थी। मीरा बेटू को तैयार कर रही थी। मैं अपनी तैयारी में लगी थी। अपने एक कुलीग से मिल लेना चाहती थी, पैरिस छोड़ने से पहले। रजत ज़िद कर रहा था कि ऑफ़िस जाते वक्त वह मुझे वहाँ छोड़ देगा, जहाँ मेरे कुलीग रहते हैं। मैंने मीरा को धन्यवाद किया और भारत में मिलने को ज़ोर दिया।

बेटू को 'क्रैश' में छोड़कर हम गाड़ी में चुपचाप जा रहे थे। टार की सड़कों पर उन हज़ारों गाड़ियों के टायर चीखते हुए सन्न से निकल जाते। कहीं मेरे मन में हल्की-सी शिकायत उभरी थी--'कैसे हो गए हो तुम ?' मैंने कहा, "तुम सच ही कहते थे, इस जगह में गज़ब की जिन्दादिली तो है।"

पहले भी हम चुप चलते थे। अथाह शान्त के बीच जो सिर्फ़ औटम में आता था। अब पैरिस के धौल-धप्पे में बेकरार-सी चुप्पी थी।

मैं सोच रही थी, क्या होता है ? जगह ? कि लोग ? कि वक्त ?

मेरी गली पर गाड़ी रोककर रजत उतर गया।

"ओ के," मैंने हाथ बढ़ाया।

रजत ने बढ़कर मुझे समेट लिया।

"बाय...टेक केयर...।" उसने धीरे से मेरे कान में फुसफुसाया था।

गाड़ी में बैठकर उसने नई आवाज़ में कहा, "कभी-कभार ख़बर देती रहना।"

"तुम भी।"

फिर मैं कुलीग के घर की तरफ़ चलने लगी। 'यह बहुत पॉश इलाका होगा', मैंने कुत्तों और उनकी गन्दगी से बार-बार पैरों को बचाते हुए सोचा और मुस्कराने लगी।

मैं हिन्दुस्तान लौट रही थी। लेकिन जहाँ मैं रहूँगी, वहाँ 'औटम' नहीं होता। होता है तो बसन्त और जाड़े में लिपटा आता है।

कुछ-कुछ नाटकीयपन से मैंने तय किया कि नहीं, कॉकटेल्स मुझे अच्छे नहीं लगते !

अनुगूँज

आँख खुलने पर पाया कि राहुल उसे बाँहों में उठाए अन्दर ला रहा है।

"तुम कब बाहर चली आई, मुझे पता भी नहीं लगा।"

"मैं जीती हूँ ?" मुनिया ने उनींदे स्वर में प्रश्न किया।

राहुल हँसने लगा, "क्या मतलब, जीने की बात कर रही हो या जीतने की ?" उसने धीरे-से मुनिया को पलंग पर लिटा दिया।

"हँ...हाँ..." मदहोशी की हालत में मुनिया ने पति को कसकर भींच लिया।

"दोनों, मेरी पगलेट जान, तुम जीती हो और जीती हो। तुम्हें क्या, फ़ुर्सत ही फ़ुर्सत, जीतने को। जब चाहो सोओ, जब चाहो उट्ठो। खाओ, पिओ, मौज करो। मेरे लिए पकवान बनाओ, मेरे लिए पकवान बनो।" राहुल ने शरारत से अपने दाँत मुनिया की गर्दन में गड़ा दिए।

बरसात के दिन थे। चाँद ताका-झाँकी में लगा हुआ था। कभी किसी बदली की बाँह पर टिककर एकदम करीब भटक आता, कभी बहुत दूर, झूमते पेड़ों के पीछे, चमकती टिकुली बन जाता। चाँदनी के कारण पनियल बादल कुछ-कुछ उजलापन लिए हुए थे। और स्याह अम्बर बढ़-बढ़कर उनको अपने बाहुपाश में भर लेता। बादल ख़ुद अपने पर मुग्ध, मस्तियाए डोलते रहते, आकाश में घुलने लगते।

पति की बाहों में मुनिया को बेहद 'सिक्योरिटी' का एहसास मिला। धीरे-धीरे उस पर ख़ुमार बरसने लगा। पति के स्पर्श के नीचे वह पिघलने लगी, उसकी एक-एक सिलवट खुलने लगी, नन्ही-नन्ही तरंगों में बहने लगी। पति की लालसा में मुनिया को अपना लुभावना अक्स नज़र आने लगा। वह पति से एकाकार हो गई। पति के होंठों से अपने आपको चूमने लगी। अपनी गोलाइयों पर उमड़ पड़ी। पति के बौराए मन से आह्लादित हो उठी। दोनों उसके हहराते सागर में डूबने लगे...।

फिर राहुल सो गया।

अचानक मुनिया के अन्तरमन में इलहाम जैसा हुआ कि यह बेहद

'सिक्योरिटी' उस बुलबुले की तरह है, जिसने हवा का एक कतरा भी नहीं जाना है।

सवेरे राहुल तेज़ी में था। फटाफट-फटाफट चाय-नाश्ता सब करके वह मुनिया के नज़दीक आया। मुनिया ने धीरे-से अपनी किताब बन्द कर दी और सिर आलस्य से उसके कन्धे पर रख दिया।

"बस-बस, बहुत हुआ।" राहुल फौरन ठिठोली करने लगा, "हर वक्त रोमांस हर वक्त रोमांस। सब तुम्हारी तरह निखट्टू नहीं हैं। काम-काजी लोग हैं। चलो हटो। पढ़ो। पहले काम फिर क़ाम !"

राहुल उसके शरमाने का इन्तज़ार कर रहा था। मुनिया लौट आई। चेहरे पर औरत की प्यार की लाली दौड़ गई, "धत् गन्दे !"

"ओके बाय माई ओन" कहते हुए राहुल दरवाज़े की ओर मुड़ा। मेज़ पर ऐप्लीकेशन फॉर्म अभी भी पड़ा था। उसने प्रश्नसूचित निगाहें मुनिया पर डालीं। बोला, चलो आज तुम्हें कहीं घुमा लाएँ। तैयार रहना। ऑफिस से लौटकर चलूँगा। सैर कराऊँगा।" एक फ्लाइंग किस देकर वह निकल गया।

उसके जाते ही मुनिया निढाल होकर कुर्सी पर बैठ गई।

खिड़की खुली थी।

आज कौन जीतेगा ? सूरज कि बरसात ? पिछले कई दिनों से होड़ लगी हुई थी। कभी बादलों की फौज बूँदों के बाणों की बौछार करती और धूप को छिन्न-भिन्न कर देती, तो कभी सूरज अड़कर फिर खड़ा हो जाता और दूनी ताकत से किरणों को गोलियों की तरह दागने लगता।

मुनिया निढाल बैठी थी। राहुल के जाते ही वह अक्सर ढीली हो जाती थी कि अब क्या करे।

दिन-भर की फुर्सत थी। खाने की, पीने की, सोने की। कुछ करने की।

राहुल कहता है, कुछ करो। लिखतीं क्यों नहीं ? पत्रिकाओं में लेख भेजो, तुम्हारी अंग्रेजी इतनी सुन्दर है। इतनी फ़ुर्सत है, घर बैठकर ही लिख सकती हो। बाहर ऐसी फ़ुर्सत मिलेगी, इस मुग़ालते में मत रहो। दूसरे शहर में नौकरी की कोई ज़रूरत नहीं।

दो घर बनाना अच्छे-अच्छों के बूते का नहीं है, मुनिया जानती थी। वह यह भी जानती थी कि ऐसा प्यारा घर आसानी से नहीं मिलता। यहाँ तो रहने का मन करता है।

इस घर पर मुनिया पहले दिन से मोहित हो गई थी। दो तल्ले का छोटा-सा मकान। ऊपर बड़ा बैडरूम, नीचे सिटिंग रूम और गेस्ट रूम। घर को ठंडा रखने

के लिए किसी आर्किटेक्ट ने मिट्टी के सकोरों को उल्टा करके अन्दर से छत में जड़वा दिया था—प्यारी-प्यारी बुन्दकियाँ बन गई थीं। मुनिया ने ढेर सारी शॉपिंग की—आदिवासियों की पछेड़ियों के पर्दे बुने, उनकी ओढ़नियों के रंग-बिरंगे मेज़पोश और पलंगपोश बिछे। पीतल के कलशों में पौधे लगे, अनाप-शनाप खूबसूरत वॉलहैंगिंग्स और बन्दनवार सजे। .ख़ुद अपनी निपुणता पर मुनिया फ़िदा हो गई।

लगा था जैसे सारी मुरादें पूरी हो गईं।

बस यही टोना कर गया यह घर। अब क्या ? केवल मौत का इन्तज़ार ? मुनिया को लगने लगा, यही उसका काशी धाम है।

राहुल ने बहुत प्यार से समझाया था—"जानी, किसलिए दूसरे शहर चलें ? एक दिन में यहाँ नहीं पहुँच गया हूँ, तुम भी जानती हो। बरसों के स्ट्रगल के बाद यह पोज़िशन मिली है। बोलो, छोड़ने की बात सोची भी जा सकती है ?"

नहीं, मुनिया को .ख़ुद अपनी बात तुच्छ और मूर्खतापूर्ण लगी कि उसकी फ़ालतू-सी सम्भावना के लिए राहुल इतने जतन से जुटाया नसीब छितरा दे। सारी जद्दो-जहद का फल गँवा दे। जिसका न संघर्ष है, न फल है, उसके लिए।

"निठल्ली बैठने को नहीं कह रहा। तुम जानती हो, मैं वैसा नहीं हूँ। पर क्या घर के बाहर ही काम किया जा सकता है ? इन सुभीतों का इस्तेमाल क्यों नहीं करतीं ? इतना आराम, इतना वक्त मिल रहा है। यह क्या सम्पन्न औरतों का मर्ज़ पाल रही हो कि बोरियत होती है ? तुम पढ़ो, मैं किताबें ला दूँगा, लिखो, जो चाहो बताता रहूँगा। इसी शहर में, घर में ही, तुम कुछ कर सकती हो।"

हर 'कुछ', 'कुछ नहीं' से तरक्की है। सही बात है। फिर उस शहर में राहुल को यहाँ से नीची पोज़िशन मिलेगी। यह बिलकुल जायज़ नहीं। फिर भी मुनिया का मन क्लान्त हो उठा।

तब राहुल अपनी पहचानी अदा रो चिढ़ाने लगा, "देखता हूँ तेरा इलाज ज़रूरी है। ऐसे तू नहीं मानेगी बच्चा..." उसने खलनायक के अन्दाज़ में अश्लील लिप्सा के भाव से जीभ होंठों पर फेरी, "एक से नहीं चलेगा। पूरी पलटन चाहिए। बोलो, कर दूँ इन्तज़ाम ? अभी ? इसी दम ?" और उसने पाजीपन से मुनिया का बदन दबा दिया, "मेरी गोल-मोल, छोटी-मोटी जान !"

कॉलेज में मुनिया दुबली, छरहरी होने के ख़्वाब देखती थी। 'तनु लता,' जो एक दिन किसी मज़बूत वृक्ष से चिपट जाएगी। जॉगिंग, स्किपिंग, योग, डायटिंग, नई-नई तरकीबें आजमाई जातीं। पर राहुल के आते ही वह चिन्ता काफ़ूर हो गई। राहुल को मोटी लड़कियाँ पसन्द थीं—"वरना मज़ा ही क्या ? लड़कियों को

नर्म, गुदगुदा होना चाहिए।'' उसे तो मुनिया भी दुबले की तरह दीखती। ''कोई फ़र्क ही नहीं तुझमें मुझमें। तुझसे ज़्यादा तो मेरे हैं।'' तब से मुनिया बेफ़िक्र हो गई। राहुल उसके गदराए गोरे जिस्म को निहारता है, ''मोटापा तुझ पर खूब फबेगा।'' मुनिया अपने चिकने, रुई से मुलायम, भरे-भरे बदन को सहलाती और पति की बढ़ती कामना की कल्पना करके .खुद सिहर उठती।

पर मुनिया निढाल बैठी थी। 'वुमैन एंड होम का इश्तिहार बन सकती हूँ,' सोचकर उसका दिल बैठने लगा। इतना सधा-सँभला सलोना जीवन।

शायद राहुल बोला था, ''जीवन जहाँ भी हो जीवन होता है। चाहे खुले मैदान में हो, चाहे बन्द बिल में।''

मुनिया उद्विग्न होने लगी। उसके सिर में सहस्रों बेचैन उँगलियाँ टीपें मार रही थीं।

उठकर वह साबुन से कपड़े ही पीटने लगी। तमाम मैले कपड़े धो दिए। उन्हें फींचकर पीछे का दरवाज़ा खोला तो और घरों की औरतें नज़र आ गईं। सब अपने-अपने पिछवाड़े में पापड़ सुखाती हैं, अचार डालती हैं, चाँय-चाँय करती हैं। मुनिया वहाँ कपड़े फैलाती है तो अधीर हो जाती है, जैसे बेझिझक चलता लँगड़ा सहसा दूसरे लँगड़े के सामने पड़कर अपने अपाहिजपन पर विचलित हो उठे।

मुनिया हड़बड़ाकर लौट आई। सामने लॉन में चली गई। यहाँ अभी कोई नहीं था। भीगी घास में उसके पाँव हौले से घुस गए। फूलों की हल्की महक आ रही थी। घर की दीवार पर रैंबलर रोज़ज़ की लता कितनी प्यारी लग रही थी।

पर मुनिया 'हैज' पर कपड़े फैलाकर वहीं सीढ़ियों पर बैठी तो मन अभी भी परेशान था। इस नीरव सुन्दरता में कुछ तो है जो अखरता है, किरकिराता है—स्वादिष्ट दाल में कंकड़ की तरह।

इस मनोरम सुहानेपन में कहीं अज्ञान का संचार है। यहाँ लगता है जैसे सब शान्त और सुन्दर है, समस्वरित प्रकृति है। लगता है यही दुनिया है।

पर मुनिया ने सुन रखा है—एक और दुनिया के बारे में, जिसमें लोग कीड़े भी बनते हैं, राक्षस भी। जहाँ बेहिसाब तरीकों से लोग हारते-जीतते हैं, जहाँ 'स्ट्रगल' के बाद लोग 'पोज़िशन' पाते हैं।

राहुल उसे बताता है। राहुल वहाँ जीता है।

मुनिया को लगा, उसके पैरों के नीचे असल दुनिया का एक्सटैंशन-भर है, जो अपने आप में नीरस ही हो सकता है पर उस दूसरी दुनिया के साथ होकर सुरीला संगीतमय बन जाता है। उस दुनिया का ज़रूरी अंश हो सकता है, पर .खुद में दुनिया नहीं हो सकता।

अस्थिर चित्त से वह फिर भीतर लौट आई। घड़ी बारह बजा रही थी। अभी कम से कम चार घंटे और वह 'स्पेस' में डोलती रहेगी। मुनिया पढ़ती है, घर का काम करती है। सोती है, घर का काम करती है। लिखती है, घर का काम करती है। फ्रिज से मक्खन-रोटी-चीज़ खा लेती है, घर का काम करती है...। खिड़की से झाँककर मौसम का मुआइना करती है। बरसात के दिनों की तो कैफ़ियत ही निराली है--दिन में बादलों का अँधेरा, शाम को छितरी धूप का उजाला !

थमे हुए वक्त को भी आख़िर कुछ सूझ आई। अचानक, वह आगे बढ़ने लगा। जब वक्त चलता है तो उसकी रफ़्तार का कोई ठिकाना नहीं। घबराकर मुनिया उठ बैठी। चार बजने को आए, सारा काम समेटना है। मुनिया 'स्पेस' से 'ऑर्बिट' में लौट आई।

जब रात का खाना बना चुकी तो ख़ुद बनने-सँवरने चली। 'वॉर्डरोब' में कपड़ों की भरमार थी, राहुल जहाँ जाता वहाँ से साड़ी ले आता। एक बार तो मुनिया ने पीली शिफ़ॉन बाहर निकाली--कॉलेज में कितना पहनती थी, पीला गुलाब खिल उठता था। पर राहुल को पीला सख़्त नापसन्द है। 'अबकी ये साड़ियाँ माँ के पास छोड़ आऊँगी,' मुनिया ने मन ही मन तय किया। राहुल को हरा रंग ख़ास प्रिय है। कोई भी हरा हो, सी ग्रीन, ऑलिव ग्रीन, एमरेल्ड ग्रीन, पैरट ग्रीन। मुनिया ने काली किनारी की हरी साड़ी निकाली। फिर गहनों का डब्बा टटोलने लगी। सुनहरे बुन्दे ज्यादा चटक लगेंगे। पर यह जयपुर की मीनाकारी अच्छी चलेगी। हरे और काले बुन्दे व हार। हाथों में लाख के कड़े भी डाल लूँगी।

तब मुनिया ने चेहरे पर उबटन का लेप लगाया--बेसन, सन्तरे के छिलकों का पाउडर और मलाई का। थोड़ी देर बाद वह शावर लेने घुस गई। 'कैमे' से नहाकर जब वह बाहर निकली तो उसकी सारी त्वचा दमक रही थी। भीना-भीना महकता बॉडी लोशन उसने सारे शरीर पर मला। शीशे के आगे बैठकर बख़ूबी मेकअप किया--हल्का लिपस्टिक, हरा आई शैडो, खुली जुल्फें।

राहुल के आने के आध घंटा पहले से वह पूरी की पूरी तैयार, सिटिंग रूम में बैठ जाती थी। सिर में टीपें मारती बेताब उँगलियाँ अब तक शान्त हो चुकी थीं, हर तरफ़ प्यार की तरलता छाने लगी थी। अब मुनिया को फुर्सत नहीं, वह रॉकिंग चेयर पर बैठी-बैठी राहुल की लालायित नज़रों से अपने 'फबते' रूप पर रीझ रही थी। बार-बार उसकी आँखें दरवाज़े के नीचे की दरार पर जातीं, राहुल का साया कब आएगा वहाँ ?

घंटी बजने पर मुनिया मुस्करा दी। पति को हाथ से खींचकर महकती बयार

के स्निग्ध घेरे में ले आई। राहुल ने उसे नाजुक-सा बोसा दिया, "हलो, मेरे खूबसूरत फूल !" मुनिया अपने को कोमल-कोमल महसूस करके रोमांचित हो गई।

जब वह चाय लेकर आई तो राहुल सोफे पर निढाल पड़ा था। ऑफ़िस दूर था। रास्ते में शहर के भीड़-भाड़वाले हिस्से को पार करना होता। शाम तक उसकी पेशानी पर थकावट की रेखा उभर आती।

"थोड़ा लेट लूँ ?" राहुल ने उसकी गोद में सिर रखकर कहा। सारे दिन की माथापच्ची। किसी से बकझक, किसी से तनातनी। यह आर्डर दो। वह कैंसल करो। फ़ोन की ट्रीं-ट्रीं, ट्रैफ़िक की पीं-पीं।

मुनिया धीरे से उठी। पति के सिर के नीचे 'कुशन' रखकर उसका गुसल तैयार करने चली गई। ज़रा सुस्ता ले, फिर सीधे नहाने जाएगा।

राहुल की आँख लग गई।

वैसे भी मुनिया चाहती थी कि दूधवाला आ जाए तभी वे लोग निकलें। राहुल भूलता नहीं था, उसे याद होगा कि उसने मुनिया को बाहर घुमाने का वादा किया है।

बरसात की हल्की-सी बौछार हवा के साथ अन्दर आ गई, उसके मुँह पर प्यारी-सी चपत मार गई। मुनिया खिड़की के आगे खड़ी हो गई। बारिश में उसका मन मचलने लगता है। सैलाबी उफ़ान से भरने लगता है। जी चाहता है कि बस बाहर निकल जाए, खुली सड़क पर चली जाए, चलती चली जाए, चलती चली जाए। भीगती हुई, चीखती हुई, बाँहें पसारे। पता नहीं क्या-क्या बटोरना चाहती है मुनिया, हाथ फैलाकर जो आए उसे ही समेट लेना चाहती है, इस कदर भर लेना चाहती है और भरती चली जाना चाहती है कि आगे का बटोरे तो पीछे का फिसल जाए।

मुनिया ने राहुल से एक बरसाती लाने को कहा था। पर राहुल ने वादा किया कि वह गाड़ी में उसे घुमाएगा, मूसलाधार बरसात में। अकेली निकलेगी तो अजीब लगेगा। इन सड़कों पर भेड़िए घूमते हैं, माल नोचने, खाल नोचने।

तभी दूधवाले की साइकिल की आवाज़ आई। इससे पहले कि वह घंटी बजा पाए, मुनिया दरवाजा खोलकर बाहर आ गई। हिसाब की बात करने मुनिया ने मुँह खोला। परन्तु कोई आवाज़ नहीं निकली। दिन-भर के सन्नाटे के बाद ज़बान हिलना भूल गई थी।

दूधवाला टखनों पर बल दिए पउए से दूध पतीली में डाल रहा था। सुडौल, साँवला बदन जिसकी एक-एक हड्डी पुख़्ता खाल में मढ़ी हुई थी। चेहरे पर

कितनी रेखाएँ थीं, होंठों और आँखों के कोरों में जीवन और मौसम के खुले थपेड़ों की लकीरें। चेहरे पर भी हड्डियाँ उभरी-उभरी थीं और उनकी रूमानी बनावट पर कसी हुई खाल थी। कानों में ऊँचे कुंडल थे। आँखों में सजगता, ललाट पर स्वाभिमान, चाल-ढाल में गरिमा।

दूधवाले की धोती उसकी मांसल जाँघों पर चढ़ गई थी। खिंची हुई मांसल देह...। सिर के बालों पर बरसात की बूँदें चमक रही थीं। मुनिया को लगा, उसकी उँगलियों पर वे मोतियों की तरह झरेंगी। वह चौंककर उठ गई।

राहुल धीमे-धीमे खर्राटे ले रहा था। वह एक पैर का मोज़ा उतारे बगैर ही सो गया था। मुनिया ने धीरे से मोज़ा निकाला, राहुल के चेहरे पर झुके-झुके वह ठिठक गई। गीली-गीली थकान की गन्ध। राहुल के माथे पर उसके बाल अस्त-व्यस्त होकर झूल आए थे। कहीं-कहीं सफ़ेद भी पड़ने लगे थे।

मुनिया शीशे के आगे जाकर बैठ गई। बचपन से वह राहुल के लिए शीशे के आगे बैठती आई है, अपने हाव-भाव सँवारती आई है। उसने अपना आँचल 'सेक्सी' कसावट से ब्लाउज़ पर लपेटा। आदतन वह अपने नाज़-नखरे देखने लगी। हाथों को हल्के-हल्के सहलाने लगी, मानो वह नाजुक खरगोश हों। राहुल देख रहा था...राहुल प्यार करेगा...उसका गुड़िया-सा सुकुमार रूप। बेऐब, बेदाग़। निहायत बेशिकन...।

अचानक दूधवाले का तूफ़ान में पला रूप याद आया। एक गुदगुदाती गन्ध-सी उठी।

मुनिया हैरानी से शीशे में देख रही थी। मोम की गुड़िया पिघलने लगी। किसी कन्फैक्शनरी की सजी दुकान की तरह लगने लगी। गोल-गोल खरोंच-रहित चिकना गात क्रीम पफ़्स की याद दिलाता था। उसका फबता शरीर पेस्ट्री की तरह फूला हुआ, चिपचिप करता लगा। वह चू रही थी, मक्खन की तरह। वह कुछ नहीं थी, केवल फच् से फट पड़नेवाला रसीला फल थी, जो किसी और के मुँह में चुस जाता है।

उसे ताज्जुब हुआ, वह आज तक लड़कियों को ही निहारती रही। उन्हीं के रूप-लावण्य की व्याख्या करती रही। पतली कमर ऐसी कि भरे बदन का वज़न सँभालना गज़ब दिखे, ख़ुमारी लिए धीमी-धीमी चाल, नर्म, गुदगुदा...। यह राहुल को भा सकती न ?

एक बिजली-सी कौंधी। तना हुआ निर्भीक बदन, फुर्ती से सरसराते अंग, जीवन की तपिश से दिप-दिप करता चेहरा...

मुनिया आतंकित हो उठी। राहुल के पास आ गई। पर उसके माथे पर

चिन्तन के गहरे चिह्न देखकर वह व्याकुल हो गई।

वह फिर शीशे में देखने लगी। एक दिन एक बुढ़िया वापस घूरेगी। यों ही, एक दिन, एक लम्बे थमे अरसे के बाद।

जीने का दरवाजा खोलकर वह छत पर चली गई। शाम की बेला धरती पर उतर रही थी। ऊपर आकाश में अभी भी उजलापन था। मुनिया ने अचरज से देखा, सामने के तालाब में किनारे के पेड़ों का प्रतिबिम्ब ख़ुद पेड़ों से ज़्यादा साफ़ है। पानी में उतरे उजले आकाश के कारण सफ़ेद पट पर गाढ़े चित्तों की तरह, जबकि झुटपुटा अँधेरा धरती के पास साया बनकर किनारों के पेड़ों को धुँधलाकर उनमें लोट रहा था।

बहुत देर तक मुनिया वहीं खड़ी रही।

जब लौटकर आई तो मन शान्त था, पर रीता-रीता। उसके भरे घर, भरे बदन में एक रिक्तता आ गई थी।

वह टी.वी. खोलकर उसके सामने बैठ गई। स्क्रीन पर तिरती आकृतियों को देखकर उसे कुछ हो रहा है, यह आभास मिलने लगा।

"फिर तुमने टी.वी. इस तरह चला रखा है।" राहुल डाँट रहा था, "इस चैनल पर कभी कुछ आता है ?"

बाहर का झुटपुटा, पेड़ों और पर्दों के लहराते साए, हवा की थिरकन, सब मिलकर टी.वी. स्क्रीन पर हिलोरें पैदा कर रहे थे।

राहुल ने मुनिया को पास खींचा, "बहुत देर हो गई न ? सॉरी, मैं थक गया था। बस अब चलते हैं, मैं दो मिनट में आया। तुम्हें घुमाने ले चलता हूँ।"

मुनिया के होंठों पर आया—'तुम ही घुमाओगे ?' पर अचानक कोई स्वर ही नहीं निकला।

मन ठसाठस भरा हुआ है, इतना कि अन्दर कुछ हिलता नहीं। उलट भी दो तो भी कुछ नहीं निकलता। पर किसी तरह, ठोंक पीटकर, अँगुल-भर भी कुछ खींच दो तो बस...बाकी सब भड़-भड़, भड़-भड़ आप ही बाहर निकलता चला आएगा। रोके नहीं रुकेगा।

वह जो आज अगम्य है, तब हासिल हो जाएगा।

तब परछाईं बिखर जाएगी...

बदल जाएगी...

●●●